大师谈风景

THE MASTER'S INTELLIGENT SERIES

金晶◎编著

时代文艺出版社
SHIDAI WENYI CHUBANSHE

图书在版编目（CIP）数据

大师谈风景 / 金晶 编著. —长春：时代文艺出版社，2011.4（2023.7重印）
（世界大师的生命智慧）

ISBN 978-7-5387-3708-0

Ⅰ.①大... Ⅱ.①金... Ⅲ.①散文集—世界 Ⅳ.①I16

中国版本图书馆CIP数据核字（2011）第140287号

出 品 人 陈 琛
选题策划 朱凤媛
责任编辑 苗欣宇 田 野
装帧设计 孙 俪
排版制作 郭亚蕊

大师谈风景

金晶 编著

出版发行 / 时代文艺出版社
地址 / 长春市福祉大路5788号 龙腾国际大厦A座15层 邮编 / 130118
总编办 / 0431-81629751 发行部 / 0431-81629758
官方微博 / weibo.com/tlapress
印刷 / 永清县晔盛亚胶印有限公司
开本 / 710×1000毫米 1/16 字数 / 235千字 印张 / 15
版次 / 2012年1月第1版 印次 / 2023年7月第3次印刷 定价 / 58.00元

图书如有印装错误 请寄回印厂调换

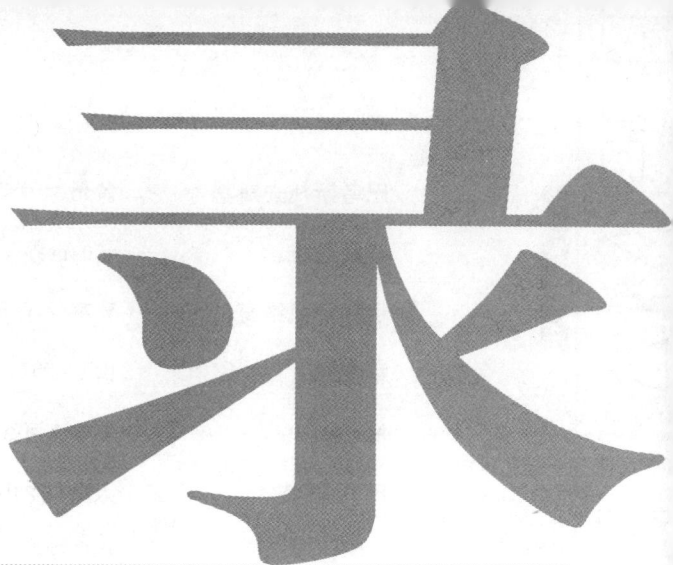

目录

罗多

何塞·恩里克·罗多（1871—1917），乌拉圭散文家、文学评论家。
主要作品有《爱丽尔》、《普罗特奥的宗旨》、《普罗特奥的新宗旨》、
《普罗特奥的最后宗旨》、《普罗斯佩罗的游廊》、《美洲人》等。

※ 航船

　　看，大海的寂寥。一道无法穿越的线封锁着它；这道线与整个穹窿连在一
起，只在海滩处留下空隙。一艘船，趾高气扬，带着隆隆的轰鸣驶离了海岸。西
斜的太阳，温和的云朵，阵阵海风催人远行。船在前进，在空中留下黑色的烟
尘，在海上留下白色的浪花。前进，行驶在平静的波涛上。它驶到海天交接处，
穿越那道界线。只剩下高高的桅杆依稀可见；这最后的迹象也终于消失了！那无

法穿越的线又变得神秘莫测！谁能否认它的存在呢？它就在那里，那是实实在在的分界，那是深渊的边沿。然而它的后面仍是茫茫沧海，浩瀚无垠。大海越来越深，越来越广；在它的另一端，是将它与别的海面隔开的陆地，新的陆地，更辽阔的陆地，太阳为它们涂上了不同的色调，那里生活着不同的种族；神奇、宽广的土地，高尚、完美的世界，或者已被开拓，或者荒无人烟。在这浩瀚之中有着船舶起锚的码头。它们或许在那里停靠，然后便在无限的天地中各奔前程，而且一去不复返，如同那条已经通过的大海的界线一样：虚无缥缈，一切都在那里消失……

总有一天，注视那同一条神秘的线，你会看到一缕袅袅升起的青烟，一面旗帜，一根桅杆，一个似曾相识的船体……这是那返航的船只！它回来了，犹如一匹忠于牧场的骏马。它或许比离去时更加可怜，体重减轻了；或许被肆虐的波涛伤害了；然而它也可能平安无恙并满载珍贵的收获凯旋而归。在它强劲脊背上的褡裢中也许驮来了热带的奉献：醉人的香料，甜蜜的柑橘，像太阳般闪光的宝石或者柔软的、光彩夺目的毛皮。作为运去货物的代价，它或许带来了心地更加淳朴、意志更加的顽强、臂膀更加粗壮的人们。光荣和幸福属于航船！如果它来自勤奋之邦，或许运来了炼好的铁器，用来武装劳动的双手，要么它运来的也许是织好的毛线或者贵重金属制成的、用来装点世界的完美的饰物；或者是一块块青铜和大理石，人类的艺术为它们注入了生命的气息，或者是一沓沓纸张，通过微小铅字的痕迹，引来具有思想的人民。光荣和幸福属于航船！

请你稍加注意，一个思想，你将它排除，或者它自行消失；你再也望不见它；天长日久，它又在你心灵的明媚的阳光下出现，然而已经变成和谐、成熟的意念，变成了能以整个辩证法的力量和炽热的激情来展开的说服力。

一个轻轻的疑惑模糊了你的信念；你将它驱除，将它瓦解，然而当你已牢牢地将它忘却时，它又毅然再现，使你无可奈何，以致你的信念的整座大厦顿时永远地倒坍。

你在阅读一本令人沉思的书，你又置身于人群和事物的纷纭混乱之中；你忘却了那本书所留下的印象。随着时间的推移，你终于明白，尽管是无意地、不假思索地翻阅，那本书却在你的心灵中发挥作用，以致你整个精神生活都受它的制约并按照它的要求而改变。

你在体验一种感觉。它对你是匆匆过客；其他的感觉要抹掉它的余味和记忆，宛如一个海浪冲去前面的海浪留在海滩上的痕迹。总有一天你会感到一种巨大而又令人折服的激情从你的心灵中溢出，你会意识到那一连串的活动来自那被遗忘的感觉。正是这内心的活动将这个感觉变成你自身的全部力量所遵从和依傍的中心，如同茂盛的藤蔓顺从地缠绕在一条柔软的绳索周围一样。

这一切事物都恰似航船：启程，消失，然后又满载而归。

（赵振江 译）

普鲁斯特

马塞尔·普鲁斯特（1871—1922），法国小说家。
代表作有长篇小说《追忆逝水年华》。

※ 月光奏鸣曲

　　对父亲的依恋、皮娅的冷漠、我的敌手的顽强，有关这一切的回忆和顾虑给我带来的疲惫比起旅途劳累来有过之而无不及。白天陪伴我的阿森塔跟我不大熟悉，可是她的歌声，她对我的那份柔情，她美丽的红、白、棕色混杂的肤色，那在阵阵海风中持久不散的幽香，她帽子上的羽毛以及她脖颈上的珍珠却化解了我的疲劳。晚上九点左右，我感到精疲力竭，我请她乘车回家，让我留在野外稍事休息。她表示同意后，就离我而去。我们离翁弗勒仅有咫尺之遥，那里的地势得天独厚，背倚一堵山墙，入口处的林荫道旁有两行挡风的参天大树，空气中透出丝丝甜味。我躺在草地上，面向阴沉的天空。我听见身后大海的涛声在轻轻摇荡。黑暗中我看不清大海。我立即昏睡过去。

我很快进入了梦乡，在我面前，夕阳映照着远方的沙滩和大海。夜幕降临了，这里的夕阳、黄昏与所有地方的夕阳、黄昏好像没有区别。这时，有人给我送来一封信，我想看却什么也看不清楚。我只觉得天色昏暗，尽管印象中光线又强又亮。这夕阳异常苍白，亮而无光，奇迹般地照亮了黑沉沉的沙滩，我好不容易才辨认出一只贝壳。这个梦幻中的特殊黄昏宛若极地的沙滩上病态而又褪色的夕阳。我的忧郁顿时烟消云散，父亲的决定、皮娅的情感、我的敌人的欺诈犹如一种出先天性而又无关痛痒的需要仍然萦绕着我，却无法将我压垮，昏暗与灿烂的矛盾，魔法般地中止了我的痛楚的奇迹，并没有让我产生疑虑和恐惧，然而我却被包围、沉浸和淹没在逐渐增长的柔情之中，这种愈演愈烈、愉快美妙的情感最终将我唤醒。我睁开双眼，那辉煌而又暗淡的梦依然在我身边展现。我瞌睡时倚靠的那堵墙十分明亮，墙上常春藤长长的阴影轮廓分明，仿佛那是在下午四点。一株荷兰杨树的树叶在一阵难以觉察的微风中翻动、闪烁。海面上波浪和白帆依稀可见，天清气朗，月亮冉冉升起；浮云不时从月亮前掠过，染上深深浅浅的蓝色，苍白得就像蛇发女怪美杜莎的寒霜或蛋白石的核心。然而我的眼睛却根本无法捕捉遍地的光明。在幻景中闪亮的黑暗仍在草地上持续，树林、沟渠一团漆黑。突然间，一阵轻微的声音犹如焦虑缓缓而来，迅速壮大，越过整个树林。那是微风揉搓树叶发出的簌簌声。在整个夜深人静的暗夜我听见一阵阵微风波涛般地翻卷。随后这声音逐渐减小直至消失。我面前夹在两行浓阴覆盖的橡树之间的狭小草坪中似乎流淌着一条光亮之河，两边是阴影的堤岸。月光召唤着被黑夜淹没的岗哨、树叶和船帆，却并不唤醒它们。在这万籁俱寂的时刻，月光仅仅映照出它们外表的模糊身影，让人无法辨认它们的轮廓，而白天看起来分明实在的这些轮廓则以它们确切的形状和永远平庸的氛围压迫我。缺少门扉的房屋、几乎没有枝杈没有树叶的树木、无帆的船犹如沉浸在暗夜中酣睡的树木离奇飘忽而又明媚的梦，那不是一种残酷得不能否认、单调得千篇一律的现实。树林陷入深深地酣睡之中，让人感受到月亮正利用树林的沉睡不动声色地在天空和大海中举行这个暗淡而又甜蜜的节日盛典。我的忧伤烟消云散。我听到父亲对我的训斥，皮娅对我的嘲讽，我的敌人策划的阴谋，这一切在我看来都不真切。惟一的现实就存在于这种不现实的光亮之中，我微笑着乞讨这种现实。我不明白究竟是哪种神秘的相似性把我的痛苦与树林、天空以及大海欢庆的盛大秘密连接在一起，然而我却感觉到它们高声说出的解释、安慰和道歉。我的智慧有没有触及这个秘密无关紧要，因为我的心灵分明听到了这种声音。我在深夜里以它的名义呼唤我的圣母，我的忧伤从月亮中认出它那不朽的姐妹，月光照亮了黑夜中变形的痛苦和我的心，驱散了乌云，消除了忧愁。

　　我听到了脚步声。阿森塔朝我走来，宽松的深色大衣间露出了她白皙的脸。她略微压低嗓音对我说："我的兄弟已经睡觉，我怕您着凉就回来了。"我走近她，我在颤抖。她把我揽在她的大衣里，一只手拉着大衣下摆绕过我的脖颈。我们在昏暗的树林底下走了几步。有什么东西在我们前面发亮，我来不及退避，往旁边一闪，好像我们绊到了一段树桩，那障碍物就隐藏在我们脚下。我们在月光中行走，我把她的头凑近我的头。她微微一笑，我流下眼泪。我看见她也在哭。我们明白，哭泣的是月亮，它把自己的忧伤融入我们。月光令人心碎，它甜蜜温馨的音符深入我们的心坎。月光在哭泣，就像我们。月光不知为何而哭，我们也几乎永远不知道自己为何哭泣，然而月光却刻骨铭心地感觉到它那温情脉脉而又不可抗拒的绝望之中蕴含着树林、田野、天空，它再度映照着大海，而我的心终于看清了它的心。

（张小鲁 译）

科莱特

加布里埃尔-西多尼·科莱特（1873—1954），法国女作家。
主要作品有《动物对话》《亲爱的》《克洛迪娜之家》等。

※ 松鼠

　　战前，我有一只松鼠。它的旧主人在我上车的时候，很巧妙地把它作为礼物
悄悄塞进我的大衣口袋里，当时我已经相继欣赏然而谢绝了一只滑头滑脑、气味
浓重的北美浣熊，一只年满一岁的豹猫，一只四个月大的小母狮和一只像生菜盆
一般大、人家向我保证会伸出爪子的名叫阿纳托尔的癞蛤蟆。

　　我曾在别处说起过这只松鼠，它全身呈深铜绿色，翘起的尾巴顶端和腹部则

是红色的。兴许我这样描绘它还早了点儿，其实我对它并没有一个基本的了解，因为，那时我把它叫做"母松鼠"和丽科特。比我聪明的人恐怕也会弄错的……

我一开始就察觉到皮蒂里基确实野性十足，换句话说，它对人一无所知，竟以为可以无所顾忌。它的身上燃烧着一颗海盗和山大王的灵魂，并在它那站起来才二十二公分长的身体内随意地表现出来。

第一天，它就把波斯猫吓得直哆嗦，而巴儿狗在它面前竟说不出话来。瞧着这个快快活活、疯疯癫癫的家伙一本正经地坐在椅子的靠背上，瞪着那双羚羊般椭圆形眼睛盯着每一样东西，谁不会发抖呢？它一边口中咂咂作响，一边摇晃它那镶有一条"绦带"的可爱的圆耳朵，把榛子壳和它的威风胡乱撒向我那些惊愕不已的小动物。

第一天，它喝牛奶，在我的头发上蹭干净两只手，然后模仿松鸦的叫声，往空中蹦跳。它沿着天花板的突饰奔跑，过一会儿，又趴在一块路易十六时代的地毯上，把一个戴头盔的半裸人物的鼻子吃掉。不过，它并不认为我会惩罚它，又回到我的肩上，梳理我的头发，用冰冷而友好的小鼻子、肉乎乎的舌头在我耳朵下方蹭，它那独特的气息散发出麝香的味道。

"它挺好看，可是……它对人亲热吗？"我的男女朋友们这么问道。

我觉得，他们这样直截了当地提出问题真放肆，他们总是问同样的问题。多么苛刻，而且，对待动物多么卑劣……"有来有往"，可我们又给它了些什么呢？一些儿食物和一条锁链。

"拴住它，它抓了一团毛线！"

一条在皮蒂里基童年时就箍在它腰周围的锁链磨损了它的毛皮。它那如羽毛般轻盈、如火焰般闪烁、翘在空中的尾巴在跳来跳去时便发出一种如苦役犯戴的镣铐的声音。

"抓住它，把它拴住，它把糖果盒拿走啦！"

它被缚住以后，就把手指长长的手，那一天要洗十次，保养得很好的手塞进钢制腰带和肋部之间，陷入沉思。当我带它去乡间时，我恍然大悟，直到那时，它一直过的是沉闷的城市生活。它没有立刻走出敞开的笼门。它把一双手紧紧贴在胸前，出神地凝视着由花园、草地和大海构成的一片无边的绿色，身体则有规律地战栗，我只能把这种战栗比作生命垂危的蝴蝶的抖动。它的美丽的如一颗泪珠般凸起的眼睛里映出一片绿色，不过，皮蒂里基已经与我们一道生活了相当长的时间，并不指望有过分的恩赐。我牵住链子的另一端，它便随我一起在草坪上行走。在草地上，它干净利落地小便，采摘一粒粒黑色的野果子。然后，它用前肢攫住一棵鲜花盛开的女贞树底部的枝桠，发疯似的摇晃它，咬住它，仿佛要看看这树枝是不是活的。

这时，它瞧见空中飞过的鸟儿，便伸长脖子向鸟儿致意，这一举动几乎使它离开了地面。

然而，那时候它只有一条稍长的锁链。难道不该提防野猫、狗、寒夜，尤其是我放养的四只来回盘旋瞭望的雀鹰吗？那些自由自在地走动的动物渐渐走近它，有时使它亢奋，有时惹它恼怒。它遇见一条脆蛇蜴，耳朵之间的前额上便立即堆起皱纹，竖起了脖子和尾巴的簇毛，血丝也蒙上了暗色水晶一样的眼睛。在我赶来调解之前，皮蒂里基已经翻了个空心斤斗，像只好斗的公鸡在空中打了个旋，那蠕蠕而动、并不伤人的小蛇已然躺在地上，断成两截……

但是，对癞蛤蟆，松鼠只是表现出相当反常的厌恶。有时，它向表皮长满疙瘩的、肥肥的雌性癞蛤蟆伸出爪子，显得挺友好地搔它那脓疱状的脑袋，但是，癞蛤蟆却鼓起了肚子，表示抗拒，皮蒂里基气得眼都红了（确实如此），发出刺耳的喊杀声。

它度过了愉快而又充实的复活节假日，它发胖了。除了我敞开给它的榛子、核桃、杏仁外，它还咬了窗帘，镜框的一角，凿穿了一个银匙，整天把一根葡萄枝搂在怀里走来走去，用嘴唇舐着。它轻盈地在我双肩之间窜来窜去，往我耳朵里吹气，可是，我讨厌它身上那条链子的声音和它柔软光滑的肋部的周围那一小圈被磨损的皮毛。

五六月间，在巴黎我那小小的园子里开满了白洋槐花、杜鹃花和葵花。皮蒂里基被关在笼子里，把它的可爱的鼻子挤在两条栏杆之间……我知道，我终将打开笼子，解开它的锁链，而且我会想它的。

我给皮蒂里基自由的时候，我回想起来正是六月，温煦的微风轻轻吹拂，洋槐花和双瓣樱桃花如一条条雪白色的斜线在空中摇曳，而自由了的松鼠却一动也不动。它两只手交叉，久久地、全神贯注地坐在窗台上。它开始做它的习惯动作，把手塞进腹部和链子之间，但它没找到链子。它笨拙而轻轻地跳了一下，估量那根原先拴它的断链带的确切长度，然后，又试着跳了一下，那时，它只是瞅着我。最后，它不安地咳嗽，急急地奔跑起来，然后，消失得无影无踪。

暮霭降临时，我叫它的名字，但没有用。可是，夜色深沉时，窗台上却响起了松鼠那轻轻的、朴实的干咳声，它呼唤着我，皮蒂里基像主人似的回到房间。它步履迟缓，因户外的空气、树木、鲜花和海拔高度而为之心醉。它就着盥洗盆的水嘴畅饮，用一双手梳洗一番，准备床铺——那个它每天晚上打开，然后又裹在身上的毛线团，像粗汉那样嘟囔："我的床！他妈的，我的床！"夜里，它乱梦萦绕。第二天，我又见到它自由自在地坐在窗边，等待着折断那条其实已不存在的链子……

那天，它没有离开花园。在杜鹃花、洋槐花丛中，在我那低矮的房子的天沟里，重新开始像人间天堂一般的生活。一群飞来飞去的燕子和麻雀围着皮蒂里基，对它鸣叫，时而用喙啄它，它便咕唧不休，并开始蹦蹦跳跳，鸟儿们见它这样，劈劈啪啪地像鼓掌似的舞动翅膀。

它欣喜若狂，忘乎所以，追逐我那宝贝猫，把猫从洋槐树那儿撵走，它得意洋洋，像洗瓶毛刷那样蹲在洋槐树枝上，一脸满不在乎、睥睨万物的神态："现在，该轮到谁啦？"

放假了，我们管不着它啦……皮蒂里基来到花园，在三条小径环绕的几幢住房附近玩耍。它还没丧失爱交际的性情，甚至还向那儿的居民施展自己的社交影响，于是，便有人来告诉我：

"皮蒂里基在尼古罗街午餐，吃了高脚盘里的核桃和一些葡萄干……"

"皮蒂里基在维塔尔街耽搁了两个小时。它坐在钢琴上，听小姑娘学唱歌……"

"有人从埃格隆·勒鲁太太家来，说要看看皮蒂里基有没有带来一把镶银的玳瑁小梳子，它是从小梳妆台上拿走的。埃格隆·勒鲁太太说，如果找不到，也没关系……"

它每天早出晚归，精力充沛，皮毛光亮，因为获得自由的缘故，甚至因为感恩的缘故，它显得神采奕奕，它从不忘记回家，从不忘记向我滥施松鼠式的爱抚和亲吻。这重新开始的世界，这一平衡状态，这野生动物和我们之间的纯洁关系，持续了两三个星期。一天晚上，皮蒂里基没有回来，后来的晚上也没有再回来。我确信，人类的双手又重新攫住了它，攫住它的毛皮，它用来滑跳的柔软的后爪，它那为了伸出脑袋让人抚摸而贴在两侧的耳朵。

可是因为想起皮蒂里基，想起那些生活在我们中间感到别扭，因而悲伤地隐居起来的其他野生动物，我才那样经常地感到我"厌恶"人。

（谭立德 译）

※ 最后的炉火

点吧，你在炉里点起一年的最后一次火吧！阳光和火焰一起，要把你的脸照亮。你手一挥，一捆柴烧起来了，火光四射，烟袅袅上升，但我已不再认出我们那冬天的炉火了，由于不断添进干柴和大量树根，我们的火炽热旺盛，劈啪作响。它像一颗极为明亮的星，今天早晨从开着的窗子外直飞进来，落在我们的房里，像主人一样留了下来。

瞧！太阳不可能像关心我们的花园那样关心别的花园，你好好地瞧瞧，因为这里的一切一点也不像我们去年的园子了。今年一开始，尽管春寒料峭，但它已经开始着手改变我们那安闲的隐居生活的环境了。它使梨树的每根树枝上长出饱满而有光泽的花骨朵，它使每一丛丁香长出一簇簇新的尖叶子……

啊！特别是丁香，你看看它们究竟在怎样生长！去年你从旁边经过时，你亲得着它们的花朵，不过当五月又来临时，你闻不到它们的香味了，你只好踮起脚尖，用手把它们那一串串花勾到你的嘴边来……你好好地瞧瞧那小路的细沙上，红柳那枯瘦的阴影吧，明年，你会认不出它来了……

说到堇菜花属，它们好像着了魔似的，昨天晚上在草地上突然全部开放了，你还认得出它们来吗？你弯下身子，像我一样，你很惊奇，在春天时它们的蓝颜色不是显得还要重一些吗？不，不，你搞错了，去年我看到它们的时候颜色还没那么深，那时是蓝紫的，你难道想不起来了……你反驳着，你摇着头，笑得很认真，嫩草的碧色使你那闪着金褐色色彩的眼神也相形失色了……更紫一些……不，更蓝一些……别在这上面费口舌了，你还不如去闻闻这些多变的堇菜花特有的香气呢！在闻着那使你入迷的能忘却以往岁月的香气时，你像我一样去瞧瞧，那重新苏醒复活过来的、在你眼前越来越清晰的你那童年时代的春天吧！

颜色更紫……不，更蓝……我仿佛又重新看到了草地，看到了深深的树林，林里新发的嫩叶使整个林子蒙上了一层绿色的烟雾，一种很难形容的绿色。寒冷的小溪，溪水刚冒出来又马上被沙子吸没了。还有复活节时候的报春花，黄色的红口水仙，花蕊的颜色是橘黄色的，还有堇菜花，堇菜花，堇菜花……我重新看到一个安静的女孩子，春天那粗犷的野性气息使她心醉神迷，使她感到一种夹杂着凄凉而又神秘的幸福……这是一个白天被关在学校里的女孩子，她用玩具和图片来和附近农场放羊的小姑娘交换她从树林里带来的最早的一束束堇菜花，这些花都用一根红棉线扎起来，有短茎的堇菜花，有白色的堇菜花，蓝色的堇菜花，还有一种泛着蓝色的白堇菜花，花上还有紫色的脉纹，还有报春堇菜花，它叶宽而软弱无力，长长的茎上高挂着一些没有香气的惨淡的花冠，还有二月在雪地里开花的堇菜花，它经常被霜打落，变成红黄色，很难看，散发着一丁点儿香味……啊，我童年时代的堇菜花啊，你们一朵朵全都在我面前再现了，在这四月乳白色的天空里，到处都排列着你们那数不清的小脸，不断地飘舞着，使我晕眩，使我如痴如醉。

你把头向后一仰，在想些什么呢？你抬起你那安静的双眼勇敢地朝着太阳，但这只是为了去看一只今年第一次见到的蜜蜂，它正在飞翔，它飞得不太灵活，迷了路，正在寻找带蜜的桃花……赶走它，它快挂在发亮的栗树花蕾上了！不，它消失在蓝色的空气中，一种像长春花汁液似的蓝色，在这有点雾然而又很洁净的天空里，它使你眩晕……你啊，你也许会对这破布似的一块蓝天感到满意，这块因被我们狭小的园子围墙局限而显得像片碎布一样的天空。你去幻想吧，去想象在世界的某个地方，一个令人羡慕的、会在那里发现整个天空的地方！想吧，你去遐想吧，就像你在向往到一个无法接近的王国一样！你去想吧，在那遥远的天边，在接近大地边缘的地方，那种微妙的发白的颜色……在这姗姗来迟的春天里，有一天，在那边，越过墙，我在捉摸一条微微起伏的有力的线条，那条被孩子时的我称做大地的边缘的线，它变成玫瑰色，接着又成蓝的了，变成一种像水果核旁的那种汁的颜色，一种柔和的金色……你那美丽而又令人怜悯的眼神，别抱怨我这样强烈地在想我想要的东西！我那急切的愿望总使我在想一些我没有而又想得到的东西！是的，我笑了，带着好心笑了，笑你那闲着的没有拿花的手……太早了，太早了，蜜蜂和我们，还有那朵桃花，我们都过早地去寻找春天……

菖蒲睡着了，它在三层发绿的绸子里把自己卷成圆锥形，而牡丹呢？它用它那像珊瑚那样硬的树枝使劲地顶土而出，不过玫瑰还只敢长出一点点红色的像栗子那样大小的蓓蕾，一种很像蚯蚓那样的颜色。现在到处可以采到棕色的桂竹香，它在郁金香之前开放，这种花颜色很深，土里土气，穿了一件很结实的绒衣，好像一个乡巴佬。但是现在还是先别去找铃兰，它像淡菜的壳一样，长在两个瓣之间，它那东方绿的珍珠般的花苞，在慢慢地很神秘地鼓起来，马上就要散发出一种浓郁的香味……

阳光在沙地上移动，从淡紫色的东方刮过来了一阵冰冷的风，使你感到像雹子那样的冰冷。

在空中，桃花被刮得到处都是……啊呀，我都感到冷了，那只逼罗母猫，它的脸像一块深色的丝绒，刚才还很安静很自在地躺在温暖的墙边，突然睁开了它那蓝宝石一样的眼睛。肚子，长长的，贴着地，怕冷的耳朵贴着脖子，向家里匍匐着走去……瞧！我怕这朵紫色的云，它镶了一条古铜色的边，在威胁着落日。你刚才点着的火现在在房里蹦跳着，真像一只关在家里的欢快的动物，正在窥伺着我们的归来……

啊，一年里最后一次的炉火，最后的，也是最美的火！这是你的一朵粉色的牡丹，在炉子里零乱地不停地开放着。我们向火弯下身来，我们伸出了手，它们被火红的微光烘烤着……我们园子里没有一朵花能比它更美丽，没有一棵树的枝叶能比它更茂盛，没有一株草能比它更随风飘曳，也没有一根藤像它那样专横，那样出其不意地把人缠住！让我们呆在这里吧！我们要照顾好我们这位变化无常的神，它使你那忧郁的眼睛里出现了一丝微笑……再过一会儿，当我脱下连衣裙的时候，你会看到我全身也是红红的，像一尊彩绘的塑像一样。我站在这位神的面前，一动也不动，在那一明一暗的微光下，我的皮肤被激活了，颤抖着，就像在相爱的时刻里，那无法躲避的爱的羽翼，突然向我扑来一样……让我们呆在这儿吧！一年里最后一次的炉火使我们沉静下来，懒洋洋的，使我们得到了一次非常温馨的小憩！我倾听着，头倚在你的胸前，倾听着风、火焰和你的心的跳动。这时，在黝黑的玻璃窗外，一枝粉色的桃树枝却不停地敲打着窗子，它的叶子已大半脱落，显得非常可怕，活像一只在暴风雨中被击败的鸟儿。

（吴名 译）

※ 诗意盎然的黎明

除了一小块地方，除了那棵银杏（我常常把它鲻鱼形的树叶赠给同学，他们拿去夹在地图册里），整个花园热气逼人，沐浴在略带红、紫的黄灿灿的阳光里。可是我不知道这红色的印象是来自我感情的满足，还是因为我眼花的缘故。金黄的沙砾反射的夏天，穿透我的大草帽的夏天，几乎没有黑夜的夏天……我母亲有感于我对黎明的深情，允许我去迎接它。她按照我的请求，三点半叫醒我；我两臂各挽一只篮子，朝河边狭长的沼泽地走去，去采摘草莓、黑茶藨子和长满须髯的醋栗。

此刻万物仍在混沌的、潮润的、隐隐约约的蓝色中沉睡，我踏着沙砾行走，被自身重量羁绊的烟霞首先浸润我的双腿，然后是我的嘴唇、我的耳朵和全身最敏感的鼻孔……就在这条路上，就在这个时候，我意识到自己的价值，意识到一种不可言喻的幸福，意识到我和晨风、第一只鸟儿，以及椭圆形的刚刚出现的太阳之间的默契。

我母亲叫我一声"美人，金宝贝"，然后放我走了；她望着她的作品——她把我当作她的"杰作"——跑开并且在山坡上消失。我当年也许是俊俏的；我母亲的评价和我当时的照片并非总是一致的……我那时之所以显得俊俏，那是因为我风华正茂，因为黎明，因为我碧绿的眼睛，我在晨风中飘拂的金发和我作为被唤醒的孩子同其他尚在酣睡的孩子相比的优越感。

我听见敲头遍弥撒钟就往回走。但在此之前我已经饱餐了野果，像独自出猎的猎犬已经在树林中兜了一个大圈，还品尝了我崇敬的两眼清泉。一股清冽的泉水铮铮淙淙，勃然冒出地面，并在四周形成一个小沙洲。这股泉水刚出世就丧失了勇气，重新钻入地下。另一股泉水几乎不露踪迹，像蛇一样掠过草地，在草地中央隐秘地迂回。惟有一簇簇开花的水仙证实它的存在。头一股泉水有橡树叶的味儿，另一股泉水有铁和风信子茎的味儿。提起这些泉水，我希望我万事皆休的时候嘴里能够充满它们的芳香，并且含着这想象的清冽的泉水离去……

（程依荣 译）

米哈伊尔·米哈伊洛维奇·普里什文（1873—1954），前苏联作家。
主要作品有长篇小说《恶老头的锁链》，中篇小说《人参》和长诗《叶芹草》。

※ 林中小溪

　　如果你想了解森林的心灵，那你就去找一条林中小溪，顺着它的岸边往上游或者下游走一走吧。刚开春的时候，我就在我那条可爱的小溪的岸边走过。下面就是我在那儿的所见、所闻和所想。

　　我看见，流水在浅的地方遇到云杉树根的障碍，于是冲着树根潺潺鸣响，冒出气泡来。这些气泡一冒出来，就迅速地漂走，不久即破灭，但大部分会漂到新的障碍那儿，挤成白花花的一团，老远就可以望见。

水遇到一个又一个障碍，却毫不在乎，它只是聚集为一股股水流，仿佛在避免不了的一场搏斗中收紧肌肉一样。

水在颤动。阳光把颤动的水影投射到云杉树和青草上，那水影就在树干和青草上忽闪。水在颤动中发出淙淙声，青草仿佛在这乐声中生长，水影则显得那么调和。

流过一段又浅又阔的地方，水急急注入狭窄的深水道，因为流得急而无声，就好像在收紧肌肉，而太阳也不甘寂寞，让那水流的紧张的影子在树干和青草上不住地忽闪。

如果遇上大的障碍物，水就嘟嘟哝哝地仿佛表示不满，这嘟哝声和从障碍上飞溅过去的声音，老远就可听见。然而这不是示弱，不是诉怨，也不是绝望，这些人类的感情，水是毫无所知的。每一条小溪都深信自己会到达自由的水域，即使遇上像厄尔布鲁士峰一样的山，也会将它劈开，早晚会到达……

太阳所反映的水上涟漪的影子，像轻烟似的总在树上和青草上晃动。在小溪的淙淙声中，饱含树脂的幼芽在开放，水下的草长出水面，岸上青草越发繁茂。

这儿是一个静静的深水潭，其中有一棵倒树，有几只亮闪闪的小甲虫在平静的水面上打转，惹起了粼粼涟漪。

水流在克制的嘟哝声中稳稳地流淌着，它们兴奋得不能不互相呼唤：许多支有力的水都流到了一起，汇合成了一股大的水流，彼此间又说话又呼唤——这是所有来到一起又要分开的水流在打招呼呢。

水惹动着新结的黄色花蕾，花蕾又在水面漾起波纹。小溪的生活中，就这样一会儿泡沫频起，一会儿在花和晃动的影子间发出兴奋的招呼声。

有一棵树早已横堵在小溪上，春天一到竟还长出了新绿，但是小溪在树下找到了出路，匆匆地奔流着，晃着颤动的水影，发出潺潺的声音。

有些草早已从水下钻出来了，现在立在溪流中频频点头，算是既对影子的颤动又对小溪的奔流的回答。

就让路途当中出现阻塞吧，让它出现好了！有障碍，才有生活：要是没有的话，水便会毫无生气地立刻流入大洋了，就像不明不白的生命离开毫无生气的机体一样。

途中有一片宽阔的洼地。小溪毫不吝啬地将它灌满水，并继续前行，而留下那水塘过它自己的日子。

有一棵大灌木被冬雪压弯了，现在有许多枝条垂挂到小溪中，煞像一只大蜘蛛，灰蒙蒙的，爬在水面上，轻轻摇晃着所有细长的腿。

云杉和白杨的种子在飘浮着。

小溪流经树林的全程，是一条充满持续搏斗的道路，时间就由此而被创造出来。搏斗持续不断，生活和我的意识就在这持续不断中形成。

是的，要是每一步没有这些障碍，水就会立刻流走了，也就根本不会有生活和时间了……

小溪在搏斗中竭尽力量，溪中一股股水流像肌肉似的扭动着，但是毫无疑问的是，小溪早晚会流入大洋的自由水域，而这"早晚"就正是时间，正是生活。

一股股水流在两岸紧夹中奋力前进，彼此呼唤，说着"早晚"二字。这"早晚"之声整天整夜地响个不断。当最后一滴水还没有流完，当春天的小溪还没有干涸的时候，水总是不倦地反复说着："我们早晚会流入大洋。"

流经了冰的岸边，有一个圆形的水湾。一条在发大水时留下的小狗鱼，被困在这水湾的春水中。

你顺着小溪会突然来到一个宁静的地方。你会听见，一只灰雀的低鸣和一只苍头燕雀惹动枯叶的簌簌声竟会响遍整个树林。

有时一些强大的水流，或者有两股水的小溪，呈斜角汇合起来，全力冲击着被百年云杉的许多粗壮树根所加固的陡岸。

真惬意啊：我坐在树根上，一边休息，一边听陡岸下面强大的水流不急不忙地彼此呼唤，听它们满怀"早晚"必到大洋的信心互——打——招——呼。

流经小白杨树林时，溪水浩浩荡荡像一个湖，然后集中流向一个角落，从一米高的悬崖上落下来，老远就可听见哗哗声。这边一片哗哗声，那小湖上却悄悄地泛着涟漪，密集的小白杨树被冲歪在水下，像一条条蛇似的一个劲儿想顺流而去，却又被自己的根拖住。

小溪使我流连，我老舍不得离它而去，因此反倒觉得乏味起来了。

我走到林中一条路上，这儿现在长着极低的青草，绿得简直刺眼，路两边有两道车辙，里边满是水。

在最年轻的白桦树上，幼芽正在舒青，芽上芳香的树脂闪闪发光，但是树林还没有穿上新装。在这还是光秃秃的林中，今年曾飞来一只杜鹃：杜鹃飞到秃林子来，那是不吉利的。

在春天还没有装扮，开花的只有草莓、白头翁和报春花的时候，我就早早地到这个采伐迹地来寻胜，如今已是第十二个年头了。这儿的灌木丛，树木，甚至树墩子我都十分熟悉，这片荒凉的采伐迹地对我说来是一个花园：每一棵灌木，每一棵小松树、小云杉，我都抚爱过，它们都变成了我的，就像是我亲手种的一样，这是我自己的花园。

我从自己的"花园"回到小溪边上，看到一件了不得的林中事件：一棵巨大的百年云杉，被小溪冲刷了树根，带着全部新、老球果倒了下来，繁茂的枝条全都压在小溪上，水流此刻正冲击着每一根枝条，一边流，一边还不断地互相说着："早晚……"

小溪从密林里流到旷地上，水面在艳阳朗照下开阔了起来。这儿水中蹿出了第一朵小黄花，还有像蜂房似的一片青蛙卵，已经相当成熟了，从一颗颗透明体里可以看到黑黑的蝌蚪。也在这儿的水上，有许多几乎同跳蚤那样小的浅蓝色的苍蝇，贴着水面飞一会就落在水中；它们不知从哪儿飞出来，落在这儿的水中，它们的短促的生命，就好像这样一飞一落。有一只水生小甲虫，像铜一样亮闪闪的，在平静的水上打转。一只姬蜂往四面八方乱窜，水面却纹丝不动。一只黑星黄粉蝶，又大又鲜艳，在平静的水上翩翩飞舞。水湾周围的小水洼里长满了花草，早春柳树的枝条也已开花，茸茸的像黄毛小鸡。

小溪怎么样了呢？一半溪水另觅路径流向一边，另一半溪水流向另一边。也许是在为自己的"早晚"这一信念而进行的搏斗中，溪水分道扬镳了：一部分水说，这一条路会早一点儿到达目的地，另一部分水认为另一边是近路，于是它们分开了，绕了一个大弯子，彼此之间形成了一个大孤岛，然后又重新兴奋地汇合到一起，终于明白：对于水说来没有不同的道路，所有道路早晚都一定会把它带到大洋。

我的眼睛得到了愉悦，耳朵里"早晚"之声不绝，杨树和白桦幼芽的树脂的混合香味扑鼻而来。此情此景我觉得再好也没有了，我再不必匆匆赶到哪儿去了。我在树根之间坐了下去，紧靠在树干上，举目望那和煦的太阳，于是，我梦魂萦绕的时刻翩然而至，停了下来，原是大地上最后一名的我，最先进入了百花争艳的世界。

我的小溪到达了大洋。

（安荣 译）

※ 一年四季（节选）

一年四季千变万化，其实除了春、夏、秋、冬以外，世界上再没有更准确的分法了。

自然晴雨表一会儿细雨蒙蒙，一会儿太阳当空。我拍摄下了我那条小河，不料把一只脚弄湿了，正要在蚂蚁作窝的土丘上坐下来（这是冬天的习惯），猛然发现蚂蚁都爬出来了，一个挤一个，黑压压的一群，待在那里，不知是等待什么东西呢，还是要在开始工作以前醒醒头脑。大寒的前几天，天气也很温暖，我们奇怪为什么不见蚂蚁，为什么白桦还没有流汁液。后来夜里温度降到零下十八度，我们才明白：白桦和蚂蚁从结冻的土地上，都猜到了天会转冷。而现在，大地解冻了，白桦就流出了汁，蚂蚁也爬出来了。

最初的小溪

我听见一只鸟儿发出鸽子般的"咕咕"叫声，轻轻地飞了起来，我就跑去找狗，想证明一下，是不是山鹬来了。但是肯达安静地跑着。于是我回来欣赏泛滥的雪融的水，可路上又听见还是那个鸽子般"咕咕"叫的声音，并且一再地听见了。我拿定了主意，再听见这响声时，不走了。于是慢慢地，这响声变得连续不断起来，而我也终于明白，这是在不知什么地方的雪低下，有一条极小的溪水在轻轻地歌唱。我就是喜欢这样在走路的时候，谛听那些小溪的水声，从它们的声音上诧异地认出各种生物来。

亮晶晶的水珠

风和日丽，春光明媚。青鸟和交喙鸟同声歌唱。雪地上结的冰壳宛如玻璃，从滑雪板下面发出裂帛声飞溅开去。小白桦树林衬着黑暗的云杉树林的背景，在阳光下变幻成粉红色。太阳像在铁皮屋顶上开了一条山区冰河似的，水像在真正的冰河中一样从那里流动着，因此冰河便渐渐往后面退缩，而冰河和屋檐之间的那部分晒热的铁皮却愈来愈大，露出原来的颜色。细小的水流从暖热的屋顶上倾注下来挂在阴冷处的冰柱上。那水接触到冰柱以后，就冻住了，因此早上的时候，冰柱就从上头开始变粗起来。当太阳抹过屋顶，照到冰柱上的时候，严寒消失了，冰河里的水就顺着冰柱跑下来，金色的水珠一颗一颗地往下滴着。城里各处屋檐上都一样，黄昏前都滴着金色的有趣的水珠。

还不到黄昏时，背阳的地方早就变冷了，虽然屋顶上的冰河仍然后退着，水还在冰柱上流，有些水珠却在阴影处的冰柱的末尾上冻结住，并且愈结愈多。冰柱到黄昏开始往长里长了。而翌日，又复艳阳天，冰河又复向后退，冰柱早上往粗里长，晚上往长里长，每天见粗，每天见长。

春装

再要不了几天，过那么一个星期，大自然便会用奇花异草、青葱的苔藓、细嫩的绿茵，把森林中这满目败落的景象掩盖起来了。看着大自然一年两度细心打扮自己形容憔悴、恹恹待死的骨骼，着实令人感动：第一次在春天，它用百花来掩盖，免得我们再看见，第二次在秋天，它用雪来掩盖。

榛子树和赤杨树还在开花，金色的花穗现在还被小鸟惹得飘下蒙蒙花粉来，但是毕竟物换星移，这些花穗虽还活着，好时光却已过去了。现在满目都是星星般的蓝色的小花儿，娇俏妩媚，令人叹赏，偶尔也会遇见瑞香，一样有惊人的美色。

林道上的冰融化了，畜粪露了出来，数不尽的种子仿佛嗅到了粪香。从云杉球果和松球果里飞到了它们的身上。

稠李凋谢了

白色的花瓣纷纷落在牛蒡、荨麻和各种各样的绿草上，那是稠李凋谢了。接骨木和它下面的草莓却盛开起花来。铃兰的一些花苞也开放了，白杨树的褐色叶子变成了嫩绿色，燕麦苗像绿衣小兵一般散布在黑色的田野上。沼泽里的薹草高高地站立着，在黑黝黝的深渊里投下了绿色的影子，一些小甲虫在黑色的水中飞快地转着圈子，浅蓝色的蜻蜓从一个绿茵茵的薹草岛上飞到另一个岛上。

我在荨麻丛中的发白的小径上走着，荨麻的气味熏得我浑身发痒。成了家的鹈鸟们惊叫着把凶恶的乌鸦赶离了自己的窝，赶得老远老远。一切都是很有趣的：数不清的动物生活中的每一件小事，都说明着大地上的和谐的生命运动。

杨花

我拍摄白杨树上的鞭毛虫，它们正把杨花纷纷撒落下来。蜜蜂迎着太阳顶风飞着，犹如飞絮一般。你简直分辨不出，那是飞絮，还是蜜蜂，是植物种子飘落下来求生呢，还是昆虫在飞寻猎物。

静悄悄的，杨花蒙蒙飞舞，一夜之间就铺满了各个道路和小河湾，看去好像盖上了一层皑皑白雪。我不禁回想起了一片密密的白杨树林，那儿飘落的白絮足有一厚层。我们曾把它点上了火，火势就在密林中猛散开来，把一切都变成了黑色。

杨花纷飞，这是春天里的大事。这时候夜莺纵情歌唱，杜鹃和黄鹂一声声啼啭，夏天的鹪鹩也已试起歌喉了。

每一回，每一年春天，杨花漫天飘飞的时候，我心里总有说不出的忧伤：白杨种子的浪费，竟比鱼在产卵时的浪费更大，这使我难受而不安。

在老的白杨树降白絮的时候，小的却把肉桂色的童装换为翠绿色的丽服：

就像农村里的姑娘，在过年过节串门游玩的时候，时而这么打扮，时而那么打扮一样。

人的身上有大自然的全部因素。只要人有意，便可以和他身外所存在的一切互相呼应。

就说这根被风吹折下来的白杨树枝吧，它的遭遇多么使我们感动：它躺在地下林道的车辙里，身上不止一天地忍受着车轮的重压却仍然活着，长出白絮，让风吹走，带它的种子去播种……

拖拉机耕地，不能机耕的地方用马来耕；分垄播种机播种，不能机播的地方用筐子照老法子来播，这些操作的细节令人看不胜看……

雨过后，炎热的太阳把森林变成了一座暖房，里面充满了正在生长和腐烂的植物的醉人芳香：生长着的是白桦的叶芽和纤茸的春草，腐烂的是别有一种香味的去岁的黄叶。旧干草、麦秆以及长过草的浅黄色的土墩上，都生出了芊绵的碧草。白桦的花穗也已绿了。白杨树上仿佛小毛虫般的种子飘落着，往一切东西上面挂着。就在不久以前，去岁硬毛草的又高又浓密的圆锥花序，还高高地兀立着，摇来摆去，不知吓走过多少兔子和小鸟。白杨的小毛虫落到它身上，却把它折断了，接着新的绿草又把它覆盖了起来。不过这不是很快的，那黄色的毛骨骼还长久地披着绿衣，长着新春的绿色的身体。

第三天，风来撒播白杨的种子了。大地不倦地要着愈来愈多的种子。微风轻轻送来，飘落的白杨种子越来越多。整个大地都被白杨的小毛虫爬满了。尽管落下的种子有千千万万，但只有其中的少数才能生长，毕竟一露头却就会成为翁茸的小白杨树林，连兔子在途中遇上都会绕道而过。

小白杨之间很快会展开一场斗争：树根争地盘，树枝争阳光。因而人就把它们疏伐一遍。长到一人来高时，兔子开始来啃它的树皮吃。好容易一片爱阳光的白杨树林长成，那爱阴影的云杉却又来到它的帷幕下面，胆怯地贴在它的身边，慢慢地长过它的头顶，终于用自己的阴影灭绝了爱阳光的不停地抖动着叶子的树木……

当白杨林整片死亡，在它原来地方长成的云杉林中在西伯利亚狂风呼啸的时候，却会有一棵白杨侥幸地留存在附近的空地上，树上有许多洞和节子，啄木鸟来凿洞，椋鸟、野鸽子、小青鸟却来居住，松鼠、貂常来造访。等到这棵大树倒下，冬天附近的兔子便来吃树皮，而吃这些兔子的，则是狐狸：这里成了禽兽的俱乐部，整个森林世界都像这棵白杨一样，彼此有千丝万缕的联系，都应该描绘出来。

我竟倦于看这一番播种了，因为我是人，我生活在悲伤和喜悦的经常交替之中。现在我已疲乏，我不需要这白杨、这春天，现在我仿佛感到，连我的"我"也溶解在疼痛里，就连疼痛也消失了，——什么都不存在了。我默默地坐在老树桩上，把头捂在手里，把眼盯在地上，白杨的小毛虫落了我一身，也毫不在意。无所谓坏的，无所谓好的……我之存在，像一棵撒满白杨种子的老树桩的延续。

但是我休息过来了，惊讶地从异常欢愉的安谧之海中恍然苏醒，环视四周，重新看到了一切，为一切而欣喜。

第一只虾

雷声隆隆，雨下个不休，太阳在雨中露脸，一条宽大的虹从天的这边伸到那边。这时候稠李开放了，一丛丛的野醋栗敧斜水面，也转绿了。第一只虾从一个洞中探出头来，微微动了一下触须。

春天的转变

白天，空中的一个高处挂着"猫尾巴"，另一个高处云团浮沉，有如一大队数不尽的船只。

我们真不知道天会刮旋风，还是逆旋风。

到了傍晚，才都明显起来：正是在今天傍晚，梦寐以求的转变开始了，没有打扮的春天要转变为万物翠绿的春天了。

我们到一片野生的森林中去侦察。云杉和白桦之间的土墩上残留着枯黄的芦苇，使我们回想起春天和夏天的时候，这片森林该是如何密不透光，无法穿越的。我们是喜欢这种密林的，因为这里空气温暖宜人，万物春意深浓。突然近旁水光闪了一下，原来那是涅尔河，我们欢欣若狂，直奔河岸去了，仿佛一下子到了另一个气候温暖的国度，那里生活沸腾，沼泽上百鸟争鸣，大鹬、沙锥发着情，小神马好像在阴暗下来的空中驰骋，野乌鸡呼唤着伴侣，白鹤几乎就在我们的身边发出喇叭般的信号；总之，这儿的一切都是我们所喜爱的，连野鸭也敢落在我们对面的澄清的水中。人为的声音一点也没有：既没有鸣笛声，也没有发动机的嘟嘟声。

就在这个时刻，春天的转变开始了，万物茁长，百花争艳。

柳兰

转眼夏天到了，在森林的阴凉处，散发着像瓷一样白的"夜美女"的醉人芳香，而在树桩旁边的向阳地方，伫立着森林中的丰姿英俊的美男子——柳兰。

河上舞会

黄睡莲在朝阳初升时就开放了，白睡莲要到十点左右才开放。当所有的白睡莲各个争奇炫巧的时候，河上舞会开始了。

旱天

大旱仍没有完。小河干透了，只留下些原来被水冲倒、可以当桥过河的树木，猎人追索野鸭时走出来的小路也还留在岸上，沙地上却有鸟兽的新鲜足印，它们是照老例到这儿来喝水的。它们一定能在什么地方的小深水坑里找到水喝。

小白杨感到冷

在秋高气爽的日子里，云杉树林的边上聚集着颜色深浅不一的幼小的白杨树，一棵挨着一棵，密密匝匝，在云杉林中它们似乎感到冷，伸到林边来晒太阳取暖。这真像我们农村里的人，也常出来坐在墙根土台上，晒太阳取暖。

落叶期

茂密的云杉林中出来一只兔子，走到白桦树下，看见一片大空地，就停下了。它不敢径直走到空地对面去，只顺着空地的边，从一棵白桦到另一棵白桦绕过去。但在中途又停下来，侧耳细听着……要是在森林中怕这怕那的，那么在树叶飘落，窃窃私语的时候，就最好别去。

那兔子一边听，一边老觉得后面有什么东西窃窃私语，偷偷地走近来。当然，胆小的兔子也可以鼓起勇气，不回头去看，但这里往往有另外的情况：你倒不害怕，不受落叶的欺骗，可是恰恰这时有个东西，趁机悄悄地从后面把你一口咬住。

降落伞

连蟋蟀也听不见草丛中有自己同伴的声音，它只轻轻地叫着。在这样宁静的时候，被参天的云杉团团围住的白桦树上，一片黄叶慢慢地飘落下来。连白杨树叶都纹丝不动的宁静的时候，白桦树叶却飘了下来。这片树叶的动作，仿佛引起了万物的注意，所有云杉、白桦、松树，连同所有阔叶、针叶、树枝，甚至灌木丛和灌木丛下的青草，都十分惊异，并且问："在这样宁静的时候，那树叶怎么会落下来呢？"我顺从了万物的一致要求，想弄清那树叶是不是自己飘落下来的。我走过去看个究竟。不，树叶不是自己飘落下来的，原来是一只蜘蛛，想降到地面上来，便摘下了它，作了降落伞：那小蜘蛛就乘着这片叶子降了下来。

星星般的初雪

昨天晚上没来由飘下了几片雪花，仿佛是从星星上飘下来的，它们落在地上，被电灯一照，也像星星一样烁亮。到早晨，那雪花变得非常娇柔：轻轻一吹，便不见了。但是要看兔子的新足印，也满够了。我们一去，便轰起了兔子。

今天来到莫斯科，一眼发现马路上也有星星般的初雪，而且那样轻，麻雀落在上面，一会儿又飞起的时候，它的翅膀上便飘下一大堆星星来，而马路上不见了那些星星以后，便露出一块黑斑，老远可以看见。

森林中的树木

一片皑皑白雪。森林中万籁俱寂，异常温暖，只怕雪都要融化了。树木被雪

大师智慧书系

裹住，云杉垂下了沉重的巨爪，白桦屈膝弯身，有的甚至把头低到地上，形成了交织如网的拱门。树木就像人一样：云杉无论在怎样的压力下面，没有一棵会弯腰屈膝，除非折断完事，但是白桦，却动辄就低头哈腰。云杉高耸着上部枝叶，傲然屹立，白桦却在哭泣。

在下了雪的静谧的森林中，戴雪的树木姿态万千，神情飞动，你不禁要问："它们为什么互不说话，难道见我怕羞吗？"雪花落下来了，才仿佛听见簌簌声，似乎那奇异的身影在喁喁私语。

人的宝藏

峡谷里的森林下层既潮湿，又同地窖一样阴暗，你好不容易从这黑黝黝的深渊中出来，穿过被蛇麻草缠住身的赤杨树和荨麻，到了奇花烂漫，蝴蝶蹁跹，树浪环绕的草地上。这时候，你才确确实实地知道，才以整个身心理解到，这周围有多么大的不曾取走的财富，圣约翰节前夜人人想觅宝发财，在这财富面前简直微不足道。你蓦然想起了那些宝藏以后，反会因为人的想象力的贫乏和某种浅薄而感到吃惊。睁开眼睛看看吧，没有被人取走的财富毫不神秘地聚在你的眼下。它们不是在哪儿的地下，就在你的眼下。你就去取吧！你满心欢喜，站在它们面前。奇怪人为什么还不伸手去取这实在的财富，取这真正的幸福。说出来吧，给人指明吧，但是怎么说好呢，免得人家百般地称赞你，说都是因为你独具慧眼的缘故，反而把全部幸福都糟蹋了。

（潘安荣 译）

托马斯

爱德华·托马斯（1878—1917），英国作家，
大部时间生活在汉普郡和肯特郡，一生贫寒，卖文为生，
因此写了几本随笔，尽显其天赋，遂跻身于最伟大的英国自然作家之列。

❖ 夏天——苏塞克斯

　　丘陵草原远处，白天与黑夜的空气浸透了忍冬和新干草的清香。在这里散步好，静静躺着也好；雨好，日头也好；是刮风好还是风和日丽的天气更好，我们还是让一个十二月的审判日来决定吧。

　　一天，雨下了起来，无风，所有的运动都在黑黢黢的天空错综交叉地进行；天空混沌却使大地尽头显得格外美丽，比天空更显明亮；那是因为草地的

绿色与丁香在生亮，因为假升麻花的黄色在添彩，因为正在成熟的玉米在随风轻轻地摇曳。

　　然而，到了第二天，太阳早早地热起来。潮湿的干草蒸气缭绕，散发着香甜。一团团气向南飘去，丝丝缕缕地落进一个山谷，叶繁枝茂的紫杉暖融融如果实墙壁，黏稠的芳香从墨角兰和百里香释放出来，又被来来往往的蝴蝶扇向四方；在这鲜花和翅膀的金黄与艳紫的热烈映衬下，湿汲汲的云彩正在拥拥挤挤地飘行，穿过蓝蓝的天空，沿着起伏的山头，呈现着融化的冰雪特有的灰白颜色。云团的巨大阴影久久地笼罩在干草上方，在更加暗淡的丘谷里风把中午前不停滴水的灌木丛吹得沙沙作响。

　　夜过去的另一个早晨，蔚蓝的天空铺着高悬的白净的薄云，几阵强劲的晨风吹过，高空仿佛涟漪粼粼，云波起伏。千军万马似乎一下子停止了激战。战斗结束了，而战斗留下的所有残痕一览无余，历历在目；但是将士们放下了武器，和平的天空是广阔的，雪白的，惟有大地色彩斑斓——瞧瞧风铃草的湛蓝，蕨丛和活跃的荆豆间杂的玫瑰的浓紫，沙地上的欧石楠和毛地黄粉色一片，薄荷花酷似古色古香的丁香，白花锈线菊简直如同泡沫；水边有柳兰的桃红色，飞蓬的淡黄色，丘陵草原有龙胆的浅紫色和岩蔷薇的嫩黄色；在那些小而密的伊甸园里是无边无际的青枝绿叶，这里的荨麻、白芷、悬钩子和接骨术创造出了那些深深的小路两边斜坡上的每一个夏天。上千只雨燕上下翻飞，仿佛在群山最高处遇上了猛烈的风，掠过那个面向大海的大军营和军营的三座坟墓及苍老的荆棘，俯冲向耸立在下面玉米地老式院落周围的栗树林。

　　就在这些时光里，丘陵地带边际更远处升起座座云山，那里某个土地上的空中居住者似乎被引诱被迷惑住了。

　　据传说，很久很久以前，古怪的孩童们被捉拿到地上，人们问他们如何来到这里，他们说有一天他们在一个很远的乡村放羊时，偶然闯进一个洞里，他们在洞里听见了音乐，仿佛天上的铃声，吸引他们顺着洞的通道走啊走啊，一直走到了我们的土地上；他们的眼睛只习惯太阳永远落下与夜间永远不来的一种黄昏光线，这下被八月的光亮晃得眼晕，于是躺着，茫然不知所措，被人捉拿，因为他们一时没找到凡间通向他们那个洞的进口。

这番历险一准是一个不管如何安居乐业的地区传出来的小小惊奇，因为这时大地正披上雪白的玫瑰，要么是八月正值盛期。

最后一辆干草马车在榆树之间摇摇晃晃地艰难行走，收割者和收割机还没有开始干活儿。燕麦和麦子堆成垛摆在土地上。

随后，八月的绿草如烟，不在其中棕色地块上走走是很难做到的。漫游的精灵无处不在。玉米的营帐地堆垛看去如同在进行一次露营。团团白云从黄灿灿的玉米地升上来，在蓝蓝的天空行走，把它们的脸设置在某个目标。旅行者的欢乐在一棵棵榛子树上留住，在一个个小白垩石坑的上面羁绊。白色的光束、杨树和埃及榕泼剌剌作响，翻出它们叶子的银色背面，沙沙地作着告别。

这条没有树篱阻拦的地道的路，在榆树下，穿过玉米地，招呼道："走正道，紧跟上。"一座座桥一次飞跃或者三次飞跃地跨过河流，桥拱多像拱起的身子奔跑的猎狗啊！迅速散开的静谧的日落为行人脚下铺上了一条又一条道路；黎明的巨大的空厅给人一种神一般的力量。

然而，要在这两种水火不容的欲望之间制造什么如同休战的事情是很难的，因为一种欲望要在大地上走啊走啊，不停地走下去，而另一种欲望却愿意永远安居，在一处落脚，如同在坟墓里，不与变迁发生任何关系。假如一个人收到了死亡通知，为难的是决定徒步或扬帆走到尽头，一路不见人影，或者只是同陌路擦肩而过；还是坐着——孤独地坐着——想或者不想弄出尽可能小的变化。这两种欲望会经常痛苦地换来换去。

即使在这些收获的日子，难以阻拦的引诱仍然徒步不停地走在田野的一隅，走在某座山上，远远地眺望着这个世界，这些白云。

麦子红得如同赤红的沙子，而麦子上方高耸着榆树，隐身的预言神灵在恳求静默，恳求一方宁静，如同它们自己那样。远处那些较小的丘陵地带上，苍白的燕麦田在幽暗的树林边沿流动；它们也提议把忘却深深地饮下，一劳永逸。

然后，又一次，田野出现了——一块块田地——大量拥拥挤挤的燕麦，在白色的月亮下显得井然有序，排列在离海不远的平整的苏塞克斯土地上那些成排的榆树之间。脚下轻盈的万物与头上淡淡的月亮两相映对，黝黑的树木无以数计，仿佛那月儿悬浮在天地之间；禾束一捆捆摆置有序；它们被保护起来，但通过门道依然可见，一副不可侵犯的样子——由于它们永远满足不了身躯，却完全可以让灵魂得到满意。

随后是由热而升的淡雾，这让我们想到秋天或者不是秋天，全看我们各自的性情了。整个夜间，大齿杨一直在颤动，猫头鹰在咕咕叫唱，头顶着清朗的满月，脚踩着银色的湿漉漉的露水。你爬上陡直的白垩石坡，穿过女贞和山茱萸矮林；身置散乱的杜松树间——在这种浓霾里如同黑暗中，它们把自己分成班组，一眼看去酷似向上攀爬的人、动物、怪物；在阔紫杉遮蔽下的死寂的土地上行走，由此又突然走在了绣球花发亮的小枝以及枝头的樱桃色浆果之下；走在一丛丛草皮上；随后穿过成簇的山毛榉，冷清而幽暗，如同一所教堂，静默无声；然后来到高处平坦而荒凉的玉米地，走上燧石群，走上黏土地。

这里，那么多形似军旗的千里光（一种植物）在同样高的茎秆上诞生，挺挺的，一动不动，近在咫尺看得好生清澈，但稍往远处便形成了一团绿雾，再往远处这花状表面竟只剩了影影绰绰，剩下一抹闪亮了。在灰蒙蒙的湿雾下，成团成团的绿色与金色显得格外宁静，宁静得完美，尽管风在山毛榉的树梢上沙沙响动，这宁静仍有一种不朽的美，一点没有想到它们应该有什么变化，此时此刻只是幸福地陷入一种莫名的自信与安逸。

但是太阳在东南获得力量。它把夜雾变成了一件飘动的衣裳，不是冷灰色或暖灰色，而是缥缈的金色。在影影绰绰的树木间，风儿发出了大海一样的呜咽；晨雾波动着，飘来飘去，飘得七零八落，成了日光的一部分，成了蓝色天幕的一部分，成了云与树与丘陵的颜色的一部分。随着湿雾散去，幽灵一样的月儿隐去，只见丘陵地带的尽头是一峰纹丝不动的白云。

在薄雾映罩的日头的目光注视下，金灿灿的光亮与温暖开始在矮灌木外层那些稠密的叶子上舒舒服服地滞留下来。附近的山毛榉在鲜爽凉快的叶子间发出了新的声音，因为每一片叶子都忙着什么事情——凉爽，尽管空气本身是温暖的。

斑鸠咕咕地叫唤。白白的云峰变成了丘原上一个硕大的半月状，几分裸露，在树木遮挡下又有几分鞍形；再往远处，再往下方，从南边淡烟中那片海洋般辽阔的树木间闪出一座尖塔。

正是这座尖塔此时此刻无疑使上千人感动，上千人在思索，记起了人与事业，但是让我心动的却只是一个念头：仅仅一百年前，一个孩子埋在了下面，小孩的母亲忍痛题写了一个牌子，告诉所有路过的人，她的儿子曾是"一个可亲可爱的孩子"。

山上的夜晚别有一番景象。榛树枝把低悬的满月破成了一团碎亮点。丘陵地带高高地隆向了明亮的夜空——它们一定是在自己的宁静中向上隆起的，一边还慢慢地吸着长气。月儿吊在半天空，正好悬在丘陵地带那条长长弯线的中央；丘陵上方，一条梯形白云平展开来，云脚下闪烁着一汪宽阔的塘水，丘谷的其他地方则一片漆黑，伸手不见五指，惟有几盏零散的灯历历在目，近处一块草地沐浴着月光，一眼望去像是一个湖。

但是山上每片湿汲汲的叶子晶莹明亮，使悬在上面的星星黯然失色；许多叶子和叶刃上都挂着水滴，又大又亮宛如躲在幽深处的萤火虫。更大一点却不亮的是丘谷窗户映出的三四束光亮。风息了，但是一英里长的树林从它们的叶子上下着雨，弄出了风声，每滴参差掉下的水珠从最近的枝杈坠落，一种令人神往的声音，清晰可闻，仿佛它们在一遍遍泄露阵雨的吻。空气自身沉甸甸的，如同蜂蜜酒多加了紫杉和红松、百里香的芬芳。

（辛梅 译）

纪伯伦

卡里·纪伯伦（1883—1931），黎巴嫩旅美派作家、诗人和画家。
1920年发起创建《笔会》，任会长，遂成为阿拉伯旅美派文学领袖。
作品有浓郁的浪漫主义和象征主义色彩，常融诗情、哲理于一体，
寓意深刻、隽永，别具一格。作品甚丰，有中篇小说《折断的翅膀》、
散文诗集《泪与笑》《先知》等。

※ 组歌

一支歌

在我心灵的深处有一支歌，不愿穿上辞藻的衣服；那是一支隐居在我的心头的歌，不愿随墨水往纸上流；它如一缕轻纱缠绕我的情感，不肯像唾液倾注舌尖。

我担心以太重的分子损坏它，怎能把它歌唱？它对居住在我的心房已习以为常，我怕它受不了耳朵的粗俗，我对谁吟唱？

假如你望着我的眼睛，会看到它的幻影；假如你触到我的指尖，会感到它的颤抖。

我的作品表现了它，就像湖面映出了星星的光亮；我的泪水将它透露，宛如朝阳下的露珠，泄露了玫瑰花的秘密。

这支歌，静谧让它展翅飞翔，喧嚣将它隐藏，睡梦在夜晚把它吟唱，白昼令它消失不见。

人们！它是一支爱情之歌。哪位以撒唱过？哪位大卫又将它吟咏？

它比素馨花更加馥郁，谁的嗓子能将它污染？它比处女的童贞更加珍贵，什么弦乐敢糟蹋它？

谁能将海涛轰鸣与夜莺的啼啭合二为一？谁能将狂风呼啸同小儿咿哑谐调一致？谁能吟唱神曲？

浪之歌

我同海岸是一对情人，爱情使我们亲近，空气却让我们分离。我随着碧海来此，把银色的泡沫和金色的海滩合为一体；我用津液让它的心冷却。

清晨，我在情人的耳边起誓，他把我紧紧搂在怀中；傍晚，我吟诵爱情的思念，他将我亲吻。

我生性急躁、执拗，我的情人却坚忍、有耐心。

涨潮时，我拥抱他；退潮时，我扑倒在他脚下。

有多少次，美人鱼从海底钻出海面，坐在礁石上欣赏星空。我围着她们跳舞；有多少次，当有情人向俊女倾诉衷肠时，我陪他长吁短叹；有多少次，我同礁石对饮，它竟纹丝不动，我向它微笑，它毫无表情。我从海中托起过许多人，让他们死里逃生；我从海底偷出了许多珍珠，送给美丽的女人。

夜晚，万籁俱寂，万物沉睡。我彻夜不眠，时而歌唱，时而叹息。呜呼！彻夜不眠让我憔悴。但是，我是个有情人，而爱情的真谛是清醒。

雨之歌

我是根根银线，神把我从苍穹撒下人间，大自然便把我取来装点江山。

我是美丽的珍珠，从阿史特鲁特女神的王冠上落下，清晨之女把我偷去，镶嵌在田野里。

我哭泣，山河开颜；我落地，花草昂头。

云彩和原野是一对情人，我是他俩传情的信使：这位干渴，我送去甘露；那位患病，我去医治。

电闪雷鸣为我开道，彩虹宣布我的旅行终了。尘世生活也是如此：始于愤怒的物质脚下，终于平静的死神掌中。

我自湖中心升起，凭着以太的翅膀遨游，一旦见到美丽的园林，便降下来，亲吻百花，拥抱青枝。

在寂静中，我用纤弱的手指叩击窗玻璃，那敲击声形成一种旋律，启迪敏感的心灵。

热空气使我降生，我即着手去消灭它；同样地，女人从男人那里汲取力量，反过来又去征服男人。

我是大海的叹息，天空的泪珠，田野的微笑。同样地，爱情是感情大海的叹息，思维天空的泪珠，心灵田野的微笑。

美

我是爱情的向导，精神的美酒，心灵的佳肴。我是一朵玫瑰，迎着晨曦敞开，于是少女把我摘取，亲吻了我，把我戴在胸前。

我是幸福之家，是欢乐源泉，是舒适的开端。我是姑娘唇上的嫣然一笑，小伙子见到我，便忘掉了疲劳，他的生活成为美好的梦想舞台。

我给诗人以启示，我给画家指路，我是音乐家的教员。

我是儿童眼中的一瞥，慈母见后便祈祷和赞美上帝。

我借亚当的身体，在亚当面前显形，把他变成了我的奴隶；我在所罗门面前，幻化成他的心上人，从而使他成了智者和诗人。

我向海伦微笑，特洛伊化为废墟，我为克娄巴特拉加冕，于是尼罗河谷生机盎然。

我是世代，建设现在，毁掉昨天。我是上帝，主宰存亡。

我比紫罗兰的芳香更为馥郁，比暴风雨更为粗犷。

人们啊！我是真理。我是真理，这是你们所知的最佳点。

爱情

他是我的爱人，我是他的爱人；我渴慕他，他迷恋我。但是，多么不幸。在爱情中还有一个第三者，让我痛苦，也折磨着他。那个被称为"物质"的飞扬跋扈的情敌，无论我们到哪里，它就跟到哪里；还要像毒蛇那样，将我们拆散。

我在荒野的树下、湖畔寻找爱人，却不见他的踪影。物质已经迷住他的心窍，带他进了城，去了灯红酒绿和胡作非为的地方。

我在知识学院和智慧宫殿寻觅他，却找不到，那庸俗的物质把他引进个人利欲的城堡醉生梦死。

我在知足的原野上寻觅他，却找不到，因为我的敌人把他囚禁在贪婪的洞穴。

当东方微笑时，我在拂晓中呼唤他，他却没听见，因为对往昔的眷恋使他眼帘沉重。入夜，万籁俱寂、百花沉睡，我同他嬉戏，他不理睬我，因为他的心绪被对未来的憧憬占领。

我的爱人恋我，在劳作中追求我，但只能在造物主的作品中才能找到我。

他想在弱者的骷髅筑成的荣耀大楼里，在金银堆中同我交往；我只能在感情的岸边，由上帝建起的简陋草房中同他欢聚。

他想当着暴君、刽子手的面亲吻我，我只能让他在纯洁的花丛中亲吻我的嘴唇。他千方百计想让我们一致，我要求让正直无私的美好的劳作当我们的媒人。

我的爱人从我的敌人——物质那里学会了吵嚷，我要教给他：从自己的心泉中流出抚慰的泪水，发出自力更生的气息。我的恋人属于我，我也属于他。

花之歌

我是大自然述说的话语，它说出来，又收回去，把它藏在心间，然后又说出来。

我是星，从蔚蓝的苍穹降至绿茵。

我是元素的女儿：冬天将我孕育，夏天让我成长，秋天让我入睡。

我是情人间的赠品，是婚礼的冠冕，是生者赠与死者的最后祭献。

清晨，我同风合作宣布光明来临；傍晚，我同鸟儿一起为它送行。

我在原野上摇曳，让它变得更加旖旎；我呼吸空气，空气更加清新。我瞌睡时，夜空的许多颗眼睛窥视着我；我醒来时，白昼那唯一的巨眼凝视着我。

我啜饮甘露酿成的琼浆，听着小鸟的歌唱，在芳草的鼓掌声中翩翩起舞。我经常仰望上方，看见光明，看不见幻影。这是一种智慧，人类尚未领悟。

※ 美

美是智者的宗教——印度一诗人

喂，彷徨在宗教各派十字路口的人们，迷惘在不同信仰的谷地中的人们！你们认为受宗教的约束，不如不信来得自由自在；被囚禁在皈依的樊笼，不如站在无神论的舞台。请你们把美当作宗教，把美当作神祇崇拜。美是万物完美的表象，体现在理智的成果中。你们不要同那些人来往！他们视信仰为儿戏，已然花天酒地，纸醉金迷，还企图在来世有好的结局。

请你们相信美的神性！它是你们珍惜生命的开端，热爱幸福的源泉。请你们向美忏悔！因为美会把你们的心送到女人的宝座前，那里是一面明镜，照见你们的所作所为；美让你们回归大自然——你们生命的起源。

喂！那些迷失在胡言乱语、沉湎于胡思乱想的人们！只有在美中才有真理，不容置疑，颠扑不破；只有在美中才有光明，它驱除黑暗，让你们不受欺瞒。

请你们仔细地审视春天的苏醒，晨光的来临。美是属于仔细观察的人的。

请你们倾听飞鸟鸣啭，树枝窸窣，流水淙淙。美是倾听者的份额。

请你们看看儿童的温顺，青年的活泼，壮年的力量，老人的智慧。美是审视者的依恋。

请歌颂水仙般的明眸，玫瑰般的脸颊，罂粟花一样的小嘴，美以受赞颂为荣。请赞扬嫩枝般柔软的身段，象牙般白皙的脖颈，夜色般漆黑的长发，美以受赞扬为乐。请把躯体作为圣台，奉献给善行；把心灵当作祭坛，向爱情顶礼膜拜，美以自身作为给崇拜者的奖赏。

请你们欢乐吧，天把美的奇迹降给你们！请你们欢呼吧，你们没有什么可害怕的，也没有什么可担忧的。

※ 在美神的宝座前

我从社会逃出来，徘徊在宽阔的谷地里：一时追随溪水流踪，一时聆听飞鸟啼鸣。最后来到一处地方：枝繁叶茂，遮天蔽日。我坐下后，默默地思索，然后又自言自语。这是一颗干渴的心，认为眼下见到的都是海市蜃楼，不可见的方可饮用。

我的思绪摆脱了物质的桎梏，在幻想的天地里翱翔，我蓦然回首，见一位少女在离我不远处站着。那是一位仙女，不披金戴银，用一根葡萄藤遮着身体，金发上顶着一顶花冠。她看出我手足无措，说道："你别怕，我是森林的女儿。"

她甜美的声音使我恢复镇静。我问道："谁能想得到，像你这样的人怎么能忍受孤寂，住在野兽出没的荒地里呢？老实地告诉我，你是什么人，从哪里来？"

她坐在草地上，回答说："我是大自然的象征，我就是你的祖先所崇拜的那位仙女。他们在巴阿莱拜克、艾弗卡、朱拜勒为我修筑了祭坛和庙宇。"

我说："那些庙宇都已坍塌，我祖先的骨骼也已化为尘埃。有关他们的女神和他们的信仰，在书本中只留下很少的篇章。"

她便说："某些神祇因崇拜者之生而生，随崇拜者之死而死。有些神祇则因永久的无始无终的神性而永存。至于我的神性，它来自你随处可见的美。美就是大自然的一切。美是丘陵间的牧人、田野间的农民和在山海之间跋涉的人们的幸福的开端；美是智者登上真理宝座的阶梯。"

我的心怦怦地跳，不由得舌头说了这些话："美是一种力量，它可怕而威严。"

她的嘴角绽出鲜花般的微笑，目光展现了人生的真谛。她说："你们人类害怕一切，包括你们自己。你们怕天，而天是安宁之源；你们怕大自然，而它是舒适的摇篮；你们怕上帝，说他怨恨和发怒，他是博爱和怜悯，而不是什么别的。"

在一阵沉默之后，我脑海中闪过了许多有意思的画面。我问道："这美是什么？因为对它的了解与解释不同，人们对它的看法不一，对它的赞美和热爱也各异。"

她回答："美是能令你倾心的一种魅力。你见到它时，愿意奉献，而不是索取；你遇到它时，感到你内心深处伸出许多双手，要把它搂进身体内部；身体把它当作考验，灵魂视它为恩典，它协调悲哀与欢乐。当你见它时，它被遮蔽；当你了解它时，它却无名；当你听到它时，它寂然无声。它是一种力量，始于你自身最圣洁的深处，止于你想象之外……"

森林之女走近我，用香气袭人的手捂住我的眼睛。当她松手时，只有我自己在那谷地里。于是我自言自语道："美就是当你见到它时，甘愿献身，而不索取。"

劳伦斯

戴维·赫伯特·劳伦斯（1885—1930），英国小说家、诗人、文学评论家。
代表作有《虹》《儿子与情人》《恋爱中的女人》《查泰莱夫人的情人》《羽蛇》等。
因在作品中存在大量的性描写而广受争议。

※ 鸟啼

严寒持续了好几个星期，鸟儿很快地死去了。田间灌木篱下每一个地方，横陈着田凫、椋鸟、画眉、鸫和数不清的腐鸟的血衣，鸟儿的肉已被隐秘的老饕吃净了。

尔后，突然间，一个清晨，变化出现了。风刮到了南方，海上飘来了温暖和慰藉。午后，太阳露出了几星光亮，鸽子开始不间断地缓慢而笨拙地咕咕叫。

鸽子叫着，尽管带着劳作的声息，却仍像在受着冬天的日浴。不仅如此，整个下午，它们都继续着这种声音，在平和的天空下，在冰霜从路面上完全融化之前。晚上，风柔顺地吹着，但仍有零落的霜聚集在坚硬的土地上。之后是黄昏的日暮，从河床的蔷薇棘丛中，开始传出野鸟微弱的啼鸣。

这在严寒的静穆之后，令人惊慌，甚至使人骇异。当大地还散布着厚厚的一层支离的鸟尸之时，它们怎么会突然歌唱起来？从夜色中浮起的隐约而清越的声音，使人的灵魂骤变，几乎充满了恐惧。当大地仍在束缚中时，那小小的清越之声怎么能在这样柔弱的空气中，这么流畅地呼吸复苏呢？但鸟儿却继续着它们的啼鸣，虽然含糊，若断若续，却把明快而萌发的声音之线抛入了苍穹。

几乎是一种痛苦，这么快发现了新的世界。万物已死。让万物永生！但是鸟儿甚至略去了这宣言的第一句话，它们啼叫的只是微弱的、盲目的、丰美的生活！

那是另一个世界的。冬天离去了。一个新的春天的世界。田地间响起斑鸠的叫声。但它的肉体却在这突然的变幻中萎缩了。诚然，这叫声还显得匆促，泥土仍冻着，地上仍零散着鸟翼的残骸！但我们无可选择。在不能进入的荆棘丛底，每一个夜晚以及每一个清晨，都会闪动出一声鸟儿的啼鸣。

它从哪儿来呀，那歌声？在这么长的严酷之后，它们怎么会这么快复生？但它活泼，像井源、像泉源，从那里，春天慢慢滴落又喷涌而出。新生活在它们喉中凝练成悦耳的声音。它开辟了银色的通道，为着新鲜的夏日，一路潺潺而行。

所有的日子里，　当大地受窒、受扼，冬天抑制一切时，深埋着的春天的生机一片寂默。他们只等着旧秩序沉重的阻碍退去，在冰消雪化时降服，然后就是他们了，顷刻间现出银光闪烁的王国。在毁灭一切的冬天巨浪之下，伏着的是宝贵的百花吐艳的潜力。有一天，黑色的浪潮定会精力耗尽，缓缓后移。番红花就会突然间显现，在后方胜利地摇曳，于是我们知道。规律变了，这是一个新的朝代，喊出了一个崭新的生活！生活！

不必再注视那些暴露四野的破碎的鸟尸，也无须再回忆严寒中沉闷的响雷，以及重压在我们身上的酷冷。不管我们情愿与否，那一切统统过去了，不由我们选择。如果情愿，寒冷和消极还要在心中再驻留一刻，但冬天走开了，不管怎样，日落时我们的心会放出歌声。

即使当我们凝注那些散落遍地、尸身不整的鸟儿腐烂而可怕的景象，屋外也会传来一阵鸽子的咕咕声，灌木丛中出现了微弱的啼鸣，变幻成幽微的光。无论如何，我们站着、端详着那些破碎不堪的毁灭了的生命，我们是在注视着冬天疲倦而残缺不全的队伍从眼前撤退，我们耳中充塞的，是新生的造物清明而生动的号音，那造物从身后追赶上来，我们听到了鸽子发出的轻柔而欢快的隆隆咕声。

或许我们不能选择世界。我们不能为自己做任何选择。我们用眼睛跟随极端的严冬那沾满血迹的骇人的行列，直到它走过去。我们不能抑制春天。我们不能使鸟儿悄然，不能阻止大野鸽的沸腾。我们不能滞留美好世界中丰饶的创造，不让它们聚集，不许它们取代我们自己。无论我们情愿与否，月桂树就要飘出花香，绵羊就要站立舞蹈，白屈菜就要遍地闪烁，那就是新的天堂和新的大地。

它就在我们中间，又不将我们包容。那些强者或许要跟随冬天的行列从大地上隐遁。但我们是毫无选择的，春天来到我们中间，银色的泉流在心底奔涌，那是喜悦，我们禁不住。在这一时刻，我们将这喜悦接受了！变化的初日，啼唱起一首不凡又短暂的颂歌，一个在不觉中与自己争论的片断。这是极度的苦难所禁不住的，是无数残损的死亡所禁不住的。

这样一个漫长的冬天，冰霜昨天才裂开。但看上去，我们已把它全然忘记了。它奇异地远离了，像远去的黑暗。不真实，像深夜的梦。新世界的光芒摇曳在心中，跃动在身边。我们知道过去的是冬天，漫长、可怖。我们知道大地被窒息、被残害，我们知道生命的肉体被撕裂，又零落遍地。但这些追忆来的知识是什么？那是不关我们的，那是不关我们现在如何的。我们是什么，什么看上去是我们时常的样子，正是这纯粹的造物胎动时美好而透明的原形。所有的毁害和撕裂，啊，是的，过去曾降在我们身上，曾团团围住我们。它像高空中的一阵风暴，一阵浓雾，或一阵倾盆大雨。它缠在我们周身，像蝙蝠绕进我们的头发，逼得我们发疯。但它永远不是我们最深处真正的自我。内心中，我们是分裂的；我们是这样，就是这样银色晶莹的泉流，先前是安静的，此时却跌宕而起，注入盛开的花朵。

生命和死亡全不相容，多奇怪。死时，生便不存在。皆是死亡，一场势不可挡的洪水。继而，一股新的浪头涌起，便全是生命，便是银色的极乐的源泉。非此即彼。我们是为着生的，或是为着死的，非此即彼。在本质上绝不可能兼得。

死亡攫住了我们，一切残断，转入黑暗。生命复生，我们便变成水溪下微弱但美丽的喷泉，朝向鲜花奔去，一切和一切均不能两立。这周身银色斑点、炽烈而可爱的画眉，在荆棘丛中平静地发出它第一声啼鸣。怎能把它和那些在树丛外血肉模糊、羽毛纷乱的画眉残骸联系在一起呢？没有联系的。说到此，便不能言及彼。当此是时，彼便不是。在死亡的王国里，不会有清越的歌声。但有生，便会有死。除去银色的愉悦，没有任何死亡能美化另外的世界。

黑鸟不能停止它的歌唱，鸽子也一样。他全身心地投入了，尽管他的同类昨天才被全部毁灭。他不能哀伤，不能静默，不能追随死亡。死不是他的，因为生要他留住。死去的，应该埋葬了他们的死。生命现在占据了他，摇荡他到新的天堂，新的昊天，在那里，他要禁不住放声高唱，像是从来就这般炽烈。既然他此时是被完全抛入了新生活，那么那些没有越过生死界限的，它们的过去又有什么呢？

从他的歌声，听得见这场变迁的第一阵爆发和变化无常。从死亡的控制下向新生命迁移，按它奇异的轮回，仍是死亡向死亡的迁移，令人惶惑的抗争。但只需一秒钟，画这样的弧线，从一种状态进入另一种，从死亡的钳制到新生的解放。在这一瞬间，他是疑惑的王国，在新创造之中唱歌。

鸟儿没有退缩。它不沉湎于它的死，和已死的同类。没有死亡，已死的早已埋葬了它们的死。它被抛入两个世界的隙罅中，虽然惊恐，却还是高举起翅膀，发现自己充满了生命的欲望。

我们被举起，被丢入崭新的开始。在心底，泉源在涌动，激励着我们前行。谁能阻挠到来的生命冲动呢？它从陌生地来，降临在我们身上，我们应该小心越过那从天堂吹来的恍惚的、清新的风，巡视，就像从死到生无理性迁徙的鸟儿一样。

（于晓丹　译）

莫里亚克

弗朗索瓦·莫里亚克（1885—1970），法国作家。
主要作品有《黛莱丝》《蝮蛇结》等。

※ 九月夜景

　　一道道房门关上了。我推开大门那沉重的门扉。它抵抗着我的推力。从前，母亲每天黎明把门打开，让清新的空气进入屋内，并在阴暗的四壁内把它囚禁到傍晚；那推门的吱嘎声常常把我从梦中惊醒。

　　我往前走了几步，停下来，我倾听着。九月的草儿不再颤动了。我仿佛听见葡萄架下有蟋蟀唱歌，但那也许只是我耳朵的嗡鸣和往昔的夏日在我记忆中的絮语。半轮残月挂在空中。月光是微弱的，但足以使其他星星黯然失色。她高悬在那儿，挑逗着大地。对月儿的魅力我变得冷漠了。她漂浮在太多的被忘却的蹩脚诗歌之上。月亮是音乐家和诗人的危险的启迪者，是浅薄的形象和乏味的激情的母亲，她给黑夜和星辰抹上了忧郁的色调。

星辰，并非因为我曾经在它们的荟萃中辨明了自己的方位。可是在这儿，有几颗星星被驯服了，并且脱离了广大的星群，仿佛它们熟悉我的声音，仿佛它们从草原深处应召跑来在我手心里啮食。我要根据我的祖屋的位置才能叫出它们的名字。虽然是为数不多的几颗：我已经忘记猎户座在天空出现的时间和地点。但金牛座在那儿，还有大角星。月亮妨碍我重新找到织女星。

我冷漠、洒脱，穿过我今世不会重演的那出戏的布景往前走去。我诅咒月亮，但我摈弃的是整个夜的奥秘。同黑暗串通的年纪已经过去了。在这无边无涯的屏幕上，我不再有什么东西需要投射。青春不仅离开了我们，而且退出了这个世界。任何年轻的生命都是不自知的魔法师。当我们还有可能的时候，我们对黑夜施以魔法。她赐还我们的就是我们给予她的东西。

（程依荣 译）

卡斯特拉尔

加布里埃拉·米斯特拉尔（1889—1957），智利著名女诗人，
被誉为"拉丁美洲的理想的象征"。
主要作品有《绝望》《柔情》《母亲的诗》《葡萄压榨机》等，
1945年获诺贝尔文学奖，是拉丁美洲获得诺贝尔奖金的第一人。

※ 星辰

我们无比热爱大地，因为她的任何部分都是美丽的，而且她的美丽多姿多彩，但尤其因为她是我们的祖国，我们在大地上行走，我们把她耕耘、翻动。她是我们感官的一个部分，因为她是我们看得见、听得见和触摸得到的东西，而她也听得见我们的声音，感受得到我们的存在。

但是白天充满阳光，夜晚繁星无数的天空，尽管不是我们的创造物，却比大

地更瑰丽多姿。

我们觉得自己看到的星斗很多，其实不然，因为不超过两千颗。用望远镜凑近看一看，这个小小的数字就变成万万，天空此时才真的天体密布、光焰耀目。面对这样的天宇，人类的视线无能为力，似乎万能的想象力也无济于事。

我们的眼睛是多么不幸，它们只能这样认识天上的星斗：把两颗、三颗或更多的星斗看成了一颗，它们的光华在我们眼前聚成一道。

在借助望远镜之前，古人就是完全靠微弱的视线了解了许多关于星斗的知识，而我们的祖先了解得更多：墨西哥的阿兹特克人经过对天体的研究，获取了时间的计算方法，几乎完美地确定了一年的天数。

尽管我们觉得自古以来天空毫无变化，像一个没有新鲜事物的国度，天文学家们却终生注视它，度过了漫漫长夜和白昼，发现了那些突然出现的星体：不知道它们来自何方，随着它们的移近，光亮越来越强，后来又逐渐变弱，离我们远去，没有再露面。

见过彗星的人，还知道它们对地球的造访；那些见过陨石坠落的人——巨大的陨石如同圆形火攻船距地球相当近，我们的大地留下它作人质——他们知道天空变化莫测，充满了陌生的客人、万载永驻的星体和我们似懂非懂的诞生与死亡。

古代人民喜欢注意某些星座，比如昴星团。墨西哥古人聚在一起，等待半夜到来，那时他们能指出太阳从南至日到北至日运行的路线。

后来，他们房舍的大火被扑灭了，他们奔向太阳庙，在那里向神灵祭献了一个挑选出来的青年和其他物品，青年人是每年献给太阳神的牺牲品。太阳到达南至日时，青年死了，人们将他顺着金字塔滚下去，好在南至日结束时，看到太阳沉落的情形。

克丘亚人的居住地在秘鲁，那里的天文学非常发达；他们崇拜使大地肥沃的天体；他们崇拜月亮，因为它是夜晚的主宰；他们崇拜每一个星座。

人们感激天空对我们地球的影响，天空就像工匠，它制造白昼，让我们看清世界并开发大地为我们提供食粮；同样，它让夜晚这个装载着我们睡眠和梦幻的工具运行。

（朱景冬 译）

巴乌斯托夫斯基

康斯坦丁·格奥尔格耶维奇·巴乌斯托夫斯基（1892—1968），俄罗斯作家。主要作品有《一生的故事》《金蔷薇》等。

※ 黄光

我醒来是在灰蒙蒙的黎明时分。屋里洒满了均匀的黄光，仿佛是煤油灯光。光是从窗子下面照进来的，圆木天花板被照得最亮。

奇怪的光——不太亮，一动不动——不像是阳光。这是秋叶在发光。在有风的漫漫长夜里，花园里枯叶洒了一地。落叶簌簌作响，一堆堆地堆在地上，发出暗淡的光。由于这光，人的脸好像晒黑了似的，桌上翻开的书页上也仿佛蒙上了一层旧蜡。

就这样开始进入了秋天。对我来说，它在这天早晨立刻就到来了。在这以前我没注意到它：花园里还没闻到腐烂的树叶味，湖里的水还没有发绿，早上，木板屋顶上还没有铺上一层厚厚的严霜。

秋天来得很突然。由于一些最不引人注意的事物而引起的幸福感觉——由于听到鄂毕河上远方轮船的汽笛声，或是由于一个偶然的微笑——有时就是像这样突然到来的。

秋天出其不意地到来，立刻占领了整个大地——统治了花园和河流，森林和空气，田园和鸟儿们。一切都成了秋天的。

山雀在花园里跑来跑去。它们的叫声好似打碎了的玻璃的声音。椋鸟头朝下倒挂在树枝上，从枫叶后面向窗子里张望，发出好像用钉锤敲打鞋底的啪啪声。隔壁院子里住着一个性情快活的人——村里的鞋匠，椋鸟在摹仿他，而且经常为了雌椋鸟而争斗。

每天早晨，许多候鸟聚集在花园里，仿佛是聚集在一个孤岛上，在各种鸟鸣的伴奏下乱作一团。从树上落下一簇簇被弄掉的叶子。只有白天花园里是静悄悄的：不安静的鸟儿们已经飞往南方去了。

树叶开始飘落。白天、夜里，叶子落个不停。它们时而随风斜飞，时而垂直降落在湿润的草丛中。树林里落叶纷飞，仿佛在下朦朦细雨。这雨一下就是几个星期。只是快到九月底的时候，小树林才变成光秃秃的，透过密密的树干，才开始能看到寒光闪闪、微微发蓝的远方收割后的田地。

这时，一向对人唯唯诺诺的老头儿普罗霍尔给我讲了一个关于秋天的故事。他是个渔夫，又是个编篮子的人（在索洛特契，几乎所有的老头子随着年龄的增长，都会成为编篮子的人）。

这故事以前我从来没有听到过——大概是普罗霍尔自己编出来的。

"你看看周围，眼光敏锐一些，"普罗霍尔一面用锥子在编树皮鞋，一面对我说。"你仔细看看，我的好人，每一只鸟儿，要么，比如说吧，每一只小动物，流露出来的都是什么样的感情啊。你看看，讲给我听听。要不，人们就会说：你算白上大学了。比方说，秋天叶子就掉了，可是人们想不到，人要对这负主要责任。譬如说吧，人发明了火药，可敌人要让他和这火药一起炸个粉碎。从前我自己也喜欢用火药来取乐。古时候村里的铁匠打成了第一支猎枪，往枪里装满了火药，猎枪落到一个傻瓜手里。傻瓜在树林里走，看到黄鹂在天上飞，愉快的黄色小鸟边飞边叫，叫得怪好听的，它们是在邀请客人呢。傻瓜用双筒猎枪朝它们开了一枪，金色的羽毛落了一地，落到树林里，树林就干了，变了颜色，一下子树叶全掉光了；另一些叶子，鸟的血落到上面，就变成了红的，也都掉了下来。不是吗，你看到树林里有些叶子是黄的，有些叶子是红的。在那以前，鸟儿都在我们这儿过冬。就连仙鹤，也是哪儿都不去。树林呢，不管是夏天还是冬天，都长满绿叶，到处开满了鲜花，遍地都是蘑菇。那时候也没有雪。等等，你先别笑！我说的是，没有冬天。没有！请问，我们可它，要这个冬天干什么用呢？从它那儿能得到什么好处呢？傻瓜打死了第一只鸟——大地就发愁了。打那时候起，就有了落叶、潮湿的秋天、秋风和冬天——鸟儿们都吓坏了，离开我们飞走了，在抱怨人们呢。亲爱的，可见是我们自己弄坏的，我们应该什么也别损坏，要牢牢地保护着。"

"保护什么呢？"

"唔，比方说吧，各种各样的鸟儿，要么是树林，要么是水，让水都清澈见底。老弟，什么都要爱惜，要不，大手大脚，任意挥霍地上的财富，挥霍光了，就要倒霉了。"

我曾经长期坚持不懈地研究秋天。要想真正能看到点儿什么，就得让自己深信，你是平生第一次看到它。对秋天也是如此。

我让自己相信，索洛特契的这个秋天是我一生当中的第一个也是最后一个秋天。这有助于我更加聚精会神地细心观察它，并看到许多从前我没有看到过的东西，从前，秋天往往是不知不觉地就过去了，除了记忆中阴郁的秋雨、泥泞和莫斯科潮湿的屋顶，从未留下任何痕迹。

我看出，秋天把大地上一切纯净的色彩都调和在一起，像画在画布上那样，把它们画在遥远的、一望无际的大地和天空上面。

我看到了干枯的叶子，不仅有金黄和紫红的，而且还有鲜红的，紫的，深棕色的，黑的，灰的，以及几乎是白色的。由于一动不动悬在空气中的秋天的烟雾，一切色彩都似乎显得格外柔和。而当下雨的时候，色彩柔和这一特点就变成了豪华：被云遮住的天空仍然能提供足够的光线，仿佛让远方的森林笼罩在一片深红和金黄的火焰之中，宛如在熊熊燃烧，蔚为奇观。松林中，白桦冷得发抖，渐渐稀少的叶子如同金箔一样纷纷飘落。斧头伐木的回声，远方女人们的呼喊声，鸟儿飞过时翅膀扇起的微风，都会摇落这些叶子，它们在树枝上的地位竟是那样不稳。树干周围堆着很宽的一圈圈落叶。树从下往上开始变黄了：我看到，白杨的下边已经变红，树梢却还完全是一片翠绿。

秋天里，有一次我泛舟普罗尔瓦河上。正是中午，太阳低悬在南方。斜射的阳光落到发暗的水面上，又反射回去。船桨激起层层波浪，波浪上反射出一道道太阳的反光，有节奏地在岸上奔驰，反光从水面升起，然后熄灭在树梢之间。光带潜入草丛和灌木丛的最深处，一刹间，岸上突然异彩纷呈，仿佛是阳光打碎了五光十色的宝石矿，星星点点的宝石同时迸发出耀眼夺目的光辉。阳光时而照亮闪闪发光的黑色草茎，以及挂在草茎上、已经干枯了的橙黄色浆果，时而照亮毒蝇蕈仿佛洒上点点白粉的火红色帽子，时而照亮由于时间太久、已经压成一块块的橡树落叶，时而又照亮瓢虫的黄色背脊。

秋天我时常凝神注视着正在飘落的树叶，想要把握住那不易察觉的几分之一秒的瞬间，看到叶子从树枝上脱落、开始飘向地面的情景，但我很久都没有能做到。我在一些旧书上看到，落叶会发出簌簌的响声，可是我从来也没听到过这种声音。如果说叶子会簌簌地响，那么这只是在地上，在人脚底下的时候。以前我觉得，说叶子会在空中簌簌作响，就像说春天能听到小草生长的声音一样，同样是不足信的。

我的想法当然并不对。需要有时间，让听惯城市街道上的种种噪音、已经变迟钝了的听觉好好休息一下，能够捕捉到秋天大地上非常纯正、非常准确的声音。

有天晚上很晚我到花园里的井边去。我把光线暗淡的煤油提灯放在井栏上，从井里打水。水桶里飘着几片黄叶。到处都是落叶。无论什么地方都无法摆脱它们。从面包房来的黑面包上粘着一些潮湿的叶子。风把一撮撮叶子抛到桌子、吊床、地板和书本上；在花园里的小路上，连走路都很困难：不得不在落叶上行走，就像在雪地里行走一样。我们会在雨衣口袋、便帽和头发里找到落叶——到处都是。我们睡在落叶之中，浑身都浸透了落叶的酒香。

有时，秋夜万籁俱寂，静得出奇，森林边缘没有一丝微风，只有从村口隐约传来一阵阵并不响亮的、打更人的梆子声。

那天夜里就是这样。提灯照亮了水井、篱边的一棵老枫树和已经变成一片金黄的花坛上被风翻乱了的金莲花丛。

我望望那棵枫树，看到一片红叶小心翼翼地慢慢脱离树枝，颤抖了一下，在空气中稍一停顿，然后摇摇晃晃，发出极其轻微的簌簌声，斜着飞向我的脚边。我第一次听到了落叶的簌簌声——声音含糊不清，好似婴儿的喃喃低语。

夜笼罩着已经静下来的大地，那是一个满天星斗、十分寂静的夜晚。星光直泻，异常明亮，几乎令人目眩。我眯缝起眼睛。秋天的星座在水桶里和农舍的小窗子上闪闪烁烁，和在天空中一样紧张用力。

秋夜的英仙星座和猎户星座，金牛座昴宿星团和双子星座的模模糊糊的光斑，正沿着它们有规律的轨道在地球上空缓慢地移动着，在黑黝黝的湖水里微微颤抖，照着狼群正在其中打盹儿的丛林，显得暗淡无光，照着在斯塔里查和普罗尔瓦河浅滩上熟睡的鱼儿，在鱼鳞上发出微弱的反光。

黎明前，天狼星在东方点起一盏红灯。它的红光总是会陷入柳树乱蓬蓬的叶丛之中。木星在草地上发黑的草垛和潮湿的小路上空嬉戏，土星则从天空的另一边，从每年秋天都被人类忘却和遗弃的森林后面升起。

星光灿烂的夜经过大地上空，在干枯的芦苇簌簌的响声和秋水的酸涩气味中，撒下一阵阵流星的寒冷的火花。

秋末，我在普罗尔瓦河边碰到了普罗霍尔。他须发银白，头发乱蓬蓬的，浑身粘满鱼鳞，正坐在杞柳丛旁钓鲈鱼。一眼看上去，普罗霍尔至少有一百岁的样子。他用没有牙齿的嘴微微一笑，从篮子里拖出一条正在疯狂挣扎的、又粗又大的鲈鱼，拍一拍它那很肥的肚子，夸耀他钓鱼的成绩。

直到晚上，我们坐在一起钓鱼，嚼着又干又硬的面包，小声谈论着不久前发生的那场森林火灾。

大火是从洛普哈村附近一个林间空地上烧起来的，割草的人们忘了熄灭那儿的一堆篝火。在刮干热风，火很快被吹向北方。它以每小时二十公里的火车行驶的速度向前推进。它声势浩大，犹如数百架紧贴地面作超低空气行的飞机。

浓烟遮住天空，太阳悬在空中，如同一只血红的蜘蛛吊在一面织得十分紧密的灰白色蛛网上。烟熏得人眼睛痛。在下一场缓缓降落的灰雨。它给静静的河水蒙上了一层灰。有时从空中飞来一些白桦叶子，这些叶子也已变成灰烬。只要轻轻一碰，它们就会化作灰尘。

一群群野鸟跌进火中，都被烧焦了。爪子被火烧伤的熊爬进湖中，陷在很深的淤泥里。它们又痛又气，高声吼叫。蛇来不及避开大火，火灾之后，村里的小男孩们从沼泽地里带回许多烧焦了的蛇皮。

夜间，阴郁的火光在东方盘旋飞舞，各家庭院里牛鸣马嘶，地平线上突然亮起一颗白色信号弹——这是灭火的红军部队互相警告：火已经离得很近了。

"我在那时候，就在起火以前，"普罗霍尔轻轻地说，"正好到小湖上去，还带了猎枪。我碰到一只兔子，是棕黄色的，有一只耳朵破了一道口子。我开了一枪，没打中：老了，我的眼睛不等枪响就会眨眼。要么是，比如说吧，会流眼泪。我可是个蹩脚猎人！

"这是在白天，最闷最热的时候。我热得闭上了眼。躺到一棵白桦树下，睡着了：这样更容易等到晚上热气消退的时候。一股烟味把我熏醒了，我看到——风把烟吹过来，吹得湖上到处都是烟。眼睛刺痛、喘不过气来。着火了，可是却看不见火。

"唉，我想，闹了半天，竟落了个不得好死。那时候树林干得冒烟，就像火药一样。我往哪儿去，往哪里跑啊？反正一样，火会压倒我，挡住我的路，哪里也不让我去。怎么办呢？

"我顺着风跑，可是湖那边火已经在白杨林里哗哗剥剥地烧着了，眼看着火舌在舔苔藓，在吞吃野草。我喘不过气来，心在怦怦地跳，我猜到，火就要烧过来了。

"我跑着，好像一个瞎子，不知道是往哪儿跑，大概什么也没看见，在一个土墩上绊了一跤，这时，就在我脚底下跳出一只兔子，它一点也不害怕，在我前面跑着，一瘸一拐，竖着两只耳朵。我跟在它的后面，心想，咱们两个一道，兴许能想法逃出去，不至于死在这里，因为树林里的兽类比人的鼻子灵，嗅得到哪里有火。我怕被它落下，对它大声喊：'请跑慢一点儿！'它呢，自己都快跳不动了。

"我这样和兔子一起跑了多久呢，我记不得了。不过烟味已经小了。我回头一看，风正卷着火苗渐渐往后退，刮到红色沼泽地那边去了。这时我一下子倒在地上：我的力气用光了。我躺在那儿，兔子躺在我的旁边，在大声喘气。我一看，它后面的两只爪子已经烧焦了。

"我躺着，好好休息了一阵子，把那只兔子装进口袋里，好容易才算走回自己村里。我把兔子带到兽医那儿，想治好它的伤。兽医笑了。'普罗霍尔，'他说，'你最好还是把它烤熟了，就着土豆吃掉吧。'我啐了一口，就走了，把兽医骂了一顿。

"兔子死了。在它面前我是有罪的，就像对孩子犯了罪一样。"

"老大爷，你有什么罪过呢？"

普罗霍尔沉默了一会儿，笑了笑说：

"什么有什么罪过？那只兔子，我的救命恩人，一只耳朵上有一道口子啊。对兽类，也得懂得它的心哪，不是吗，你认为呢，我的好人？"

"你恐怕还一直在打猎吧？"我对普罗霍尔说。

"不——不，亲爱的，看你说的！现在我把枪都卖了，见它的鬼去吧！如今对兔子我连碰都不敢碰了。"

天快黑了，我才和普罗霍尔一道回去。太阳落向奥卡河后面，在我们和太阳之间横着一条暗淡的银白色带子。秋天的蛛网密密麻麻地覆盖着草地，太阳照在上面，不时发出反光。

白天蛛丝随风飘荡，缠住未收割的牧草，宛如一根根细的银丝，粘在桨上、脸上、钓竿梢上和牛角上。它从普罗尔瓦河的此岸拉到对岸，慢慢在河上织出许多轻飘飘富有黏性的网来。

早晨蛛网上露水盈盈。在阳光照耀下，罩在蛛网和露珠下的柳树俨然是童话中的仙树，似乎是从遥远的远方迁移到梅肖尔土地上来的。

每一面蛛网上都有一只小蜘蛛。蜘蛛是在风带着它飞过地面的时候结网，有时会连着蛛丝飞出几十公里。蜘蛛的这种飞行很像秋天候鸟的迁移。但直到现在谁也不知道，为什么每年秋天蜘蛛都要飞行，用它极细的细丝覆盖大地。

在家里，我洗掉脸上的蛛丝，生起了炉子。白桦木的烟味和璎珞柏的香气混合在一起。一只老蟋蟀正在唱歌，地板下面老鼠蠢蠢欲动。它们把丰富的储备拖进自己的洞里——被遗忘了的干面包和蜡烛头，白糖和几块又干又硬的干酪。

在老鼠弄出来的轻微的响声中，我睡着了。我梦见，星星落到湖里，旋转着发出沙沙的响声，沉入湖底，在水面上留下一些金色的波纹。

深夜里，我醒了。鸡已经叫二遍，一动不动的星星在我们习惯看到它们的位置上闪闪发光，风小心翼翼地在花园上空喧闹，等待着黎明。

宫城道雄

宫城道雄（1894—1956），日本音乐家、作家。

主要作品有《雨中念佛》《梦景》《明日之别》等。

※ 音的世界

我从七岁时才开始和光的世界渐趋绝缘。到九岁以前，虽极微弱但还能看到一点。在我的记忆里，开始学弹琴时，尽管用手摸索着，还是看着琴弦来弹的。所以我想，我和从一降生起就没看见过物象的盲人相比，有许多不同点。

我可以根据声音想象出东西的颜色和形状。听见京都少年舞女脚下的木屐声，便想象出儿时见过的身穿红领子友禅和服、腰上耷拉着带子的俊俏身影。

就这样，失去了光之后，在我面前却展现出无限复杂的音的世界，充分补偿了我因为不能接触颜色造成的孤寂。并且认为这就是我所居住的世界，虽对光的世界不无怀念，不过现在已习以为常，并不觉得怎么样了。我失去了视力，反之，耳朵的听觉却格外的灵敏。关于音我想得很多，很想谈一谈由于音使我想到的事。

我认为音和色有着不可分的关系。音中有白音、黑音、红音、黄音等种种的音。听见白音就想起纯洁、圣人和僧侣等；听见黑音就想象到黑暗、坏人等。因此，在一个个音里还是有着性格和色彩的。

我作曲时，总想把重点放在旋律上加以表现，而在和声方面，就想着这音和色，设法提高效果。表现湖泊时，我就想凭借旋律与和声造成让人想象出那透明的碧蓝色湖水的音响来。为了使之产生秋天的气氛，决不会忘记在用凄凉的旋律的同时，还要配上枯叶飘落的秋色。

算卦的人，借着手相、面相和骨相来推断一个人的人品和预卜吉凶祸福，而声音也是一样的。世界上没有相同的面相，声音也是因人而异。声音有强弱、清浊、高低之分；还有干巴巴的声音、圆润的声音、娇滴滴的声音、粗野的声音等，千差万别。

根据声调便可知道该人的气质和脸型。特别是性格容易从声音中表现出来。并且大体上能想象出此时此刻那人的表情。胖人和瘦人的声音截然不同。头脑的聪敏和迟钝，只要一听声音，大抵也可以知道。还有，同一个人，心存烦恼时，尽管强为欢笑，也可以马上知道的。人们常说："您的气色不好看，怎么的了？"而我却想问："您的音色不好，怎么了？"

从前，我曾去大连旅行。那时，因为在船中憋闷，遂和船长、乘客一起边喝茶边聊天。对于每人的情况，我只一听声音一说就对。人们便向我取笑说："您从声音上给我算一算命吧。"

另外，还常有这样的事，在众多人参加的集会里，人们吵着谁来了谁还没来时，而我却远远地就听出了他们说的那人的声音，知道这人已经到会了。而别人得过一阵子，才好不容易地从人堆儿里发现那个人，搞清他已来了。

孩子们到我这儿来学琴，有的不遵守纪律，我马上就能发现他，说声："坐好！"那孩子吓了一跳，赶紧重新坐好了。有过这样一件事，一年夏天的一个热天，来练习尺八合奏的学生们，有人以为我不知道，悄悄地脱下和服，光着身子吹，我说了一句："光着身子够凉快的吧！"吓得那学生赶紧穿上了和服。

与人相遇彼此交谈时，一凑到对方的跟前，对那人的态度举止便了如指掌。那人在谈话中间，如果心里忽然想到别的事，或是偶尔移开视线，声调马上会发生变化，我便什么都知道了。

不记得什么时候了，我听过吕升配音的一出叫《纸治》的大型木偶戏净琉璃。戏中的妻子阿赞一边从衣橱里往外拿衣服，一边说话，给阿赞配音的吕升的脸不消说是面向观众的，但那音色和说话方式，听起来就像阿赞背过身去一面开柜橱一面说话似的，让我叫绝。

我住的地方离省线电车道相当远。雨前或天气恶劣时，我便能清楚地听见户外的各种声音。一旦听见在远处奔驰而过的省线的电车声，便想到快下雨了。不仅如此，从日本三弦和琴弦上也能知道。当弦绷紧，声音又不清晰时，就可以预测出，虽然今天天气很好，但不出两三天准下雨。

我虽目不能视，但凭各种声响和周围的空气，可以感知早晨、白天和夜间的气氛。

对于大自然的音响，因为自己是搞音乐的，就感到格外亲切。同是风，松涛声、风卷枯叶声、风摆垂柳声、短竹的萧萧声等，各有情趣。

我喜欢雨声，特别是春雨最惹人喜爱。那檐头嘀嗒的雨滴声，沁人心脾。

远处的海啸声，瀑布声，小河流水声，峡谷里淙淙的溪流声，水车徐缓的转动声，全都具有诗情画意。

我还钟爱小鸟。住在喧嚣的京城之中，听不见鸟儿在大自然的森林或树丛中自由地歌唱的声音，令人寂寞。而当我心头涌起作曲的兴致，极思沉浸于自然的声响之中时，那种对自然的怀念之情，让我坐卧不宁。

自然的声响可以说无一不是音乐。与其欣赏出现于陈词滥调的诗歌和音乐中的东西，不如去倾听大自然的声音，更加令人感奋。我们不论怎么努力，也作不出胜过自然的作品来。

我最恐惧的声音，要算雷鸣了。没有比它更可怕的。一听见在远处发出隐约的隆隆之音，心中便不安起来。等到发出震天动地的巨响时，令人惊心动魄，不知所措。这时，无人在侧反而更好。那带有威严的强音，渐渐迫近，不知将会怎样。这倒并非因为惜命，总之我不喜欢听那声音。

仅次于雷鸣令人害怕的，是电车交叉点的声响。我站立在交叉点时，简直像甘冒生命危险的事一般。从四面八方轰鸣着开过来的电车，鸣着喇叭开过来的汽车，此外还有载重汽车、摩托车等，似乎都朝我开过来。尽管有人牵着我的手，仍惴惴不安，身不由己地要采取躲避的姿势。

我夜间常常失眠，作曲也多在人们安睡之后进行。彻夜作曲是常有的事。所以，我对夜间的各种声响感到格外可亲。我尤其喜欢雨夜。雨夜作曲，心绪宁静，头脑灵敏，更易谱出满意的乐章。

入夜，随着周围愈益安静，白昼听不到的声音清晰可闻。从小虫振翅的微细声音到柜橱里老鼠咬东西的窸窣声，水管子的水滴落到水桶里的声响，还有远处火车的汽笛声，都在提醒人，已是夜阑人静了。也有人问我："反正你看不见，白天晚上都一样，在夜间干，你不至于害怕吧？"其实，我还是害怕的。

夜气袭人，这只从皮肤的触感上便可知道。这种时刻常会听到乐器的自鸣，叫人毛发悚然。不记得是什么时候了，曾听铃木鼓村先生说过，"听见琴的自鸣声音，便直感到死之降临。"

深夜作曲时，在身子周围竖起了各种乐器，声调齐全，自己独自端坐在当中，有时乐器发出的声响正好与自己刚刚想出的音调不谋而合。我想，这也许是因为飞虫撞到琴弦上，也许由于空气的干湿变化等原因使丝弦出现松弛而发出声响，总之，禁不住为之惊惧不安。有时想到，如果许多的乐器同时发声，可怎么是好呢？于是浑身一哆嗦，这时真想从屋子里逃出去。

有人常对盲人独自一人走路感到奇怪，其实他本人并不像旁人看到的那么不便。习惯了出人意料地坦然自若。

宽路、窄路、拐角、十字路口，还有屋子的大小，这些可以根据空气的压力和风吹的情况知道。从路口算起第几家是西餐馆，往前是卖留声机的，再往前是澡堂……完全清楚自己所走的这条路。

虽然时常有人牵着我的手，却要由我指点路途。我还常常告诉汽车司机路。一回记牢了，比有眼睛的人还可靠。特别是来到离家不远的地方，马上就意识到快到家了。如果听到邻近的孩子和狗的声音，也许因为熟悉，走起来就更容易了。

此外，外出旅行，随着火车的行驶，我也能想象出景物的变化。听见别人说看见富士山了，凭想象便在自己眼前浮现出富士山的雄姿。我感到最有趣儿的是，火车每次停车时，便能听见来回不断走动的乘客们的乡音。

文明的声音逐渐增多，也是可喜的现象。近来无线电收音机大为流行，这对我们盲人来说实在太方便了。晴天，飞机的螺旋桨发出雄壮的声音在空中飞翔，令人产生一种无法形容的轻松之感。

诸如此类，对万物——侧耳倾听，仔细玩味，声音给你带来的感奋将是无穷无尽的。

（程在里 译）

伊瓦什凯维奇

雅罗斯拉夫·伊瓦什凯维奇（1894—1980），波兰作家。

主要作品有剧本《诺昂之夏》《假面舞会》和长篇小说《名望与光荣》等。

※ 草莓

　　时值九月，但夏意正浓。天气反常的暖和，树上也见不到一片黄叶。葱茏茂密的枝柯之间，也许个别地方略见疏落，也许这儿或那儿有一片叶子颜色稍淡；但它并不起眼，不去仔细寻找便难以发现。

　　天空像蓝宝石一样晶莹璀璨，挺拔的槲树生意盎然，充满了对未来的信念。农村到处是欢歌笑语。秋收已顺利结束，挖土豆的季节正碰上艳阳天。地里新翻的玫瑰红土块，有如一堆堆深色的珠子，又如野果一般的娇艳。我们许多人一起去散步，兴味酣然。

　　自从五月我们来到乡下以来，一切基本上都没有变，依然是那碧绿的树，湛蓝的天，欢快的心田。

　　我们漫步田野。在林间草地上我意外地发现了一颗晚熟的硕大草莓。我把它含在嘴里，它是那样的香，那样的甜，真是一种稀世的佳品！它那沁人心脾的气味，在我的嘴角、唇边久久地不曾消逝。这香甜把我的思绪引向了六月，那是草莓最盛的时光。

此刻我才察觉到早已不是六月。每一月，每一周，甚至每一天都有它自己独特的色调。我以为一切都没有变，其实这只不过是一种幻觉！草莓的香味形象地使我想起，几个月前跟眼下是多么不一般。

那时，树木是另一种模样，我们的欢笑是另一番滋味，太阳和天空也不同于今天。就连空气也不一样，因为那时送来的是六月芬芳。而今已是九月，这一点无论如何也不能隐瞒。树木是绿的，但只需吹第一阵寒风，顷刻之间就会枯黄；天空是蔚蓝的，但不久就会变得灰惨惨；鸟儿尚没有飞走，只不过是由于天气异常的温暖。

空气中已弥漫着一股秋的气息，这是翻耕了的土地、马铃薯和向日葵散发出的芳香。还有一会儿，还有一天，也许两天……

我们常以自己还是妙龄十八的青年，还像那时一样戴着桃色眼镜观察世界，还有着同那时一样的爱好，一样的思想，一样的情感。一切都没有发生任何的突变。简而言之，一切都如花似锦，韶华灿烂。大凡已成为我们的禀赋的东西都经得起各种变化和时间的考验。

但是，只须重读一下青年时代的书信，我们就会相信，这种想法是何其荒诞。从信的字里行间飘散出的青春时代呼吸的空气，与今天我们呼吸的已大不一般。

直到那时我们才察觉我们度过的每一天时光，都赋予我们不同的色彩和形态。每日朝霞变幻，越来越深刻地改变着我们的心性和容颜；似水流年，彻底再造了我们的思想和情感。有所剥夺，也有所增添。

当然，今天我们还很年轻——但只不过是"还很年轻"！还有许多的事情在前面等着我们去办。激动不安、若明若暗的青春岁月之后，到来的是成年期成熟的思虑，是从容不迫的有节奏的生活，是日益丰富的经验，是一座内心的信仰和理性的大厦的落成。

然而，六月的气息已经一去不返了。它虽然曾经使我们惴惴不安，却浸透了一种不可取代的香味，真正的六月草莓的那种妙龄十八的馨香。

（韩逸 译）

福克纳

威廉·福克纳（1897—1962），美国作家。
代表作有《喧哗与骚动》等。一九四九年获诺贝尔文学奖。

大师谈风景

067

※ 山

　　在他的前方，在稍稍高出他的头的上面，山清晰地映衬着蓝天。一阵飕飕的风拂过，宛如一泓清水，他似乎可以从路上抬起双脚，乘风游上并越过山去。风充满了他胸前的衬衫，拍打着他周身宽松的短外衣和裤子，搅乱了他那宁静的圆胖面孔上边没有梳理的头发。他瘦长的腿影滑稽地垂直起落，好像缺少前进的动力，好像他的身体被一个古怪的上帝催眠，进行着木偶式的操作，而时间和生命越过他逝去，把他抛在后面。最后，他的影子到达山顶，头朝前落在它上面。

首先进入他眼帘的是对面的山谷，在午后暖和的阳光下，显得青翠欲滴。一座白色教堂的尖顶依山耸立，犹如梦境一般，红色的、浅绿色的和橄榄色的屋顶，掩映在开花的橡树和榆树丛中。三株白杨的叶子在一堵阳光照射的灰墙上闪亮，墙边是白色和粉红色花朵盛开的梨树和苹果树；虽然山谷没有一丝风影，树枝却在四月的压迫下变得弯曲，树叶间浮荡着银色的雾。整个山谷伸展在他下面，他的影子宁静而巨大，伸出很远，跨过谷地。到处都有一缕青烟缭绕。村庄在夕阳下笼罩着一片寂静，似乎它已沉睡了一个世纪；欢乐和忧愁，希望和失望交集，等待着时间的终结。

从山顶眺望，山谷是一幅静止的树木和屋宇的镶嵌画。山顶上他看不到被春雨所湿润、布满牛马蹄痕的杂乱的一小块一小块荒地，看不到成堆的冬天灰烬和生锈的罐头盒，看不到贴满的色情画和广告的告示牌。没有争斗、虚荣心、野心、贪婪和宗教争论的一丝痕迹，他也看不到被烟草染污的法院布告栏。山谷中除了袅袅上升的青烟和白杨的颤抖外，没有任何活动，除了一个铁砧的有节奏的微弱的回声外，没有任何别的声音。

他脸上的平淡无奇开始转化为内心的冲动，心灵上的可怕的摸索。他的巨大阴影像一个特异的人映在教堂上，一瞬间他几乎抓住了一些与他格格不入的东西，但它们又躲开他；他不知道有什么东西能突破心灵屏障与他交流。在他身后是用他的双手干一天粗活，去与自然斗争，取得衣食和一席就寝之地，是一种以他的身体和不少生存日子为代价取得的胜利；在他前面是一座村庄，他这个连领带也不系的临时工的家庭就在那里。此外，等待他的是另外一天的艰苦劳动以得到衣食和一席就寝之地，这样，他开始明白了自己命运的无关紧要，他的心今后不再为那些道德说教和原则所干扰，最后，他却被春天落日时分的一个山谷的不可抗拒的魅力所打动。

太阳静静地西沉，山谷突然处于暗影之中，他一直在阳光下生活和劳动，现在太阳离开他，他那不安的心第一次宁静下来。在黄昏中，这儿的林间女神和农牧神可能在冰冷的星星下，尖声吹奏风笛，用钹发出颤声和嘶嘶声，造成一片喧嚷……在他身后是满天火红的落霞，在他前面是映衬在变幻的天空中的山谷。他站在一端地平线上，凝视着另一端地平线，那里是无穷无尽的苦役而又使人不能安寝的尘世；他心事浩渺，有一段时间他忘掉了一切……现在他必须回家去了，于是他缓步下山。

海明威

欧内斯特·海明威（1899—1961），美国作家。
他的小说《永别了武器》《丧钟为谁而鸣》《老人与海》等都是举世闻名的杰作。
一九五四年获诺贝尔文学奖。

※ 克拉克河谷怀旧

夏末，大鳟鱼告别了上游的水坑，游到了溪河中央，正要顺流而下，到大峡谷的深水里过冬。因此，九月的头两周，正是垂钓的好时节。此地的鳟鱼肥壮、滑嫩、亮光光的。几乎所有的鳟鱼都跳着咬钩。你要是放两把鱼钩，多半能同时钓着两尾鳟鱼。要在湍急的溪流中摆弄好上了钩的鱼，那技巧就不能是一般地娴熟。

夜凉如冰。你若在半夜醒来，会听见郊狼的嚎声，白天，你不必过早到溪边去。一夜的寒风吹彻了溪水，太阳要几近正午才能照到溪水上。只有到那里，鳟鱼才肯出来捕食。

上午，你可以骑马到野外溜达溜达；要不，就坐在小屋前，任阳光照在身上，慵懒地远眺河谷对岸。那儿，饲草割了，草地一片萎黄，在一排颤杨映衬下，平平展展的。这会儿到了秋天，颤杨也黄了。远方，起伏的群山上，鼠尾草一片银灰色。

河的上游，耸立着两座山峰：引航峰和二指峰。月底，我们可以到那儿去猎山羊。你坐在阳光里，心里惊叹着，群山远远望去竟有如此端正的形状：线条清晰，轮廓分明。于是，你记起了遥远的地方望到的山影。这情景不同于你停车地方的嶙峋的山崖，不同于你跨过的起伏不平的滑岩，也不同于那突出的狭长的石块。你汗涔涔地从这块通到山峰后面的石头上摸行着，不敢朝下边望一眼，你绕过线条圆滑而规则的山峰，来到一片空地上。下边，山腰上有一块绿草茵茵的凹地。一只老公羊正带着三只小公羊在凹地上的野桧林里吃草。

老公单一身紫灰，只有臀部是白色的。它抬起头时，你能看见它头上的那对犄角又大又厚实。你躺在三里外的一块背风的岩石后面，用一副蔡斯望远镜细细搜寻着这高地上的每一寸风光。当你望着碧油油的野桧丛时，老公羊暴露在你的视线里的，正是它臀部的那撮白毛。

这会儿，你坐在小屋前面。你还记得朝山下射去的子弹。小公羊们直起身子，转过头来注视着老公羊，等着它站起来。它们看不见高处的你，也没有嗅出你的气味。枪声没有惊动它们，它们只是以为又滚下去了一块卵石。

曾记当年，我们在林溪的源头盖了一间木屋。我们每次外出，大灰熊总是撞开了屋门。那年的雪姗姗来迟，这头熊因此迟迟不肯冬眠。整个秋天，它不是扯开木屋的门，就是毁坏陷阱。它精明绝顶，白天，你断不会见到它。你还记得，后来，小锤溪溪头的高地上，来了三头大灰熊。你听到木头断裂的声音，以为是母麋在奔跑。跟着，它们出现在眼前，零零碎碎的日影里，偷偷地、轻悠悠地跑着；下午的太阳照在它们身上，短而硬的鬃毛闪烁着柔和的银光。

你记得，秋天，麋鹿叫春的声音；公牛离你那么近，它抬头时，你能看到它藏在密林里的头。你听到了深沉而高亢的叫声，听见了山谷那边的应和声。你想起了放弃的一只只畜生的头；你没有朝它们开枪。它们全令你心旷神怡。

你记得那些初学骑马的孩子们：不同的马，不同的骑法。他们是那么热爱着这片乡村。你记得最初踏上这块土地时的情形。那年，你开着新买的平生第一辆车来这儿，一下待了四个多月；因为，你得等沼泽地上的路冻得结结实实，车子才能开出去。你该没忘记：一次次的猎狩，一次次的垂钓；该没忘记烈日下的策马扬鞭，还有灰蒙蒙的货车车厢。在寒意袭人的深秋，你骑着马，默默地跟在牛群的后面，朝高坡上走去；你发觉，它们像野鹿一样，既狂蹦乱蹿，又温顺恬静；只是当它们全被聚拢在一起，朝山下低矮的田野赶去的时候，才高声嘶喊咆哮起来。

然后，就到了冬天。树枝上光秃秃的。大雪漫天飞扬，你看不见路；山口湿了，结了一层冰，你照样在雪地里踏出一条道儿，不停地挪动着双腿，朝山下走去。你到了牧场，一边品尝着撩人的、热乎乎的威士忌，一边在旺烈的炉火旁换上干净衣服。乡村真美。

（松风 译）

E. B. 怀特

埃尔文·布鲁克斯·怀特（1899—1985），美国著名幽默作家、散文家、评论家。
主要作品有《竖琴》《角落上的第二棵树》等。

※ 大海和吹拂着的风

　　无论是在睡梦中还是醒着，我总要想到船——通常总是想到那些被帆微微牵曳着的相当小的船。当我想到我生命中有多么大的一部分时间是在睡梦中消逝，当我想到在我的全部梦的世界中竟有那么多的境界都是与这小小的船只有关时，我不禁要替自己的健康状况担忧起来，因为有人告诉我，经常随着臆想中的微风航行至虚幻的彼岸可不是个好的征兆。

我发觉大部分人在跨入理发室后总得等待，于是便在椅子上安然坐下，拣起一本杂志浏览。

而我则是坐下来，继续我那在大海中航行的遐想。这种遐想是在五十余年前开始的，迄今尚未续完。在东部地区，不管是等候上火车还是就诊牙医，没有一个候车室或候诊室不是被我当作舱舱的。每当列车启动，或者牙钻开始嗡嗡地旋转时，我总是仍在调整我的风帆的方位。

倘若一个人非得对某件东西着迷不可，我以为一条小船同样能使你迷恋，也许比大多数物件更令人缱绻。一条小巧玲珑的航船不仅美观，而且实有魅力，既充满奇特的期望，又隐示未来的困扰。假如碰巧这是一条机动游艇，那当然是由人的忙碌不停的大脑设计的最为紧凑、最为精巧的供人生活的设施——一个平稳但并非静止的家，它的形状与其说像一只鸟，倒不如说更像一条鱼或一位姑娘。全速行驶也好，任意漂泊也罢，如同他有心在岸上操劳日常事务那样，主人在船上尽可以将岸上的日常琐事远远地抛诸脑后——有客厅、卧室，外加浴室，全部漂浮着，充满了盎然生机。

那些对生活中的齐整和紧凑颇感头痛的人，在一艘停泊在一个背风的港湾里的三十英尺长的帆船的舱室里常常能得到安抚他们的艰辛的慰藉。在这里，家的有条不紊的缩样就展现在眼前，它匍匐在浪花泡沫之上，悬浮在海底和天穹之间，时刻准备于翌晨在帆布的奇迹和绳索的魔力的驱使下继续航行。人们从摇篮到走向坟墓，几乎总是在他们的心灵的隐处藏匿着这种船，这是无须大惊小怪的。

我曾经有过许多船，在海上排起来足有一长列，其中许多是冒牌货和替代品。随同我的船梦的消逝，我对这些船的所有权也消失了。自孩提时代起，我就试图拥有某种可供航行的玩意儿，以便颤颤嗦嗦地张帆行驶。如今我已七十有余，我仍有一艘船，依然哆嗦着扬起我的帆，响应无情的大海的召唤。为什么大海对我有如此大的诱惑力？无论是在现实之中或是在梦的幻境，这种扬帆的动力究竟来自何处？我初次见到大海时，大海可憎可恨。记得四岁那年，我被带到罗谢尔滨浴场。我经历的一切都让我惊醒，令人反感：海水留在嘴里的咸涩味，木制浴盆讨厌的寒意，遍地皆是的沙粒，海涂的恶臭。我怀着既恨又怕的心情离开了大海，后来，我发觉曾经使我畏意丛生和憎恶不已的大海，如今我对它既害怕又钟爱了。

我返回了必不可少的大海，因为它能漂浮小船，虽然我对船只的知识只是凤毛麟角，可是我就是无法将它们从我的思绪中移开。我成了一个飘游的孩童。大海心照不宣地向我提出了挑战：风、潮、雾、礁石、船钟、大声呼救的海鸥、天气的无休止的恐吓和讹诈。一旦让风鼓满了我的帆肚，我就难以松开我的舵柄了；仿佛我抓住了一根高压电线，欲想挣脱已不能了。

我喜爱独身出航。大海在我的眼里如同一位姑娘——我不喜欢还有别的什么人伴同。因为缺乏航行知识，我想出了不少处理问题的方法，结果常常把事情弄得一团糟，因而未能学会正确的航行方法。时至今日，我仍无法熟练地驾驭，纵然我终生都在航行。直至二十五岁那年，我才发觉世上竟有航海图表存在；在那以前，我就像早期的探险家那样心中无底，只得小心翼翼地驾驶。待到而立之年，我才学会将一卷扬帆索挂在应该挂的羊角上。先前，我只是将它卷下来，在甲板上"砰"的一甩了事。我老是遇到这样那样的麻烦，反过来我又发觉我在自寻烦恼。出海航行已由不得我自主：瞧，船就泊在那儿，系着，随波颠簸着，而风又在那边徐徐地吹着；我别无他择，只得出海航行。我早期的船只小得如此可怜，因此一旦风止了，抑或我本人失去了操纵船只的能力，我仍能借助体力控制它——涉水将它推回家或者用桨把它摇回去。后来，我逐渐适应了驾驭那种只有风大到一定程度方能行驶的帆船。当我首次在这种船上起锚离港时，大概得有一个小时的辰光我才胆敢抛却锚索。即使时至今日，虽然我记得我在海上已经短促地航行过上千次，想到在海鸥的嘲笑声中和在空空的主帆发出的吱嘎声中我将锚索抛却时，依然不寒而栗，难以忘怀。

往后的几年中，我意识到了我的航行已不仅是一种简单的觅取欢愉的源泉，因而航行渐渐地成了一种不可短缺的活动。瞧，船就在那边泊着，晨风在微微地吹拂着——如今航海纯粹是为了维护面子。我正如一个醉鬼，一生中离不开酒瓶。对我来说，不去航行则不成。诚然，我很明白我与风已失去了联系，而且事实上已不再喜欢风了。风将我吹得晃荡不已，风仅如此而已。我真正喜欢的倒是风平浪静的日子，周围的一切都是那么宁静。我的脑际产生了这样一个大疑问，即一个讨厌风的人是否还该继续设法扬帆行驶。但这只是一个心智的反应——先前的渴望在我的身上始终不泯，那是属于过去、属于青年的渴望，所以我在过去和现在之间痛苦地徘徊，这是人到晚年的一种通病。

一个人该在何时告辞大海？他一定是非常眩晕、非常踉跄了吧？他要在奋发向前时离别还是等到他铸成诸如掉入大海或因风帆的偶尔改向而被摔倒这样的大错之后才告罢手？去年秋天，我花了不少时间对这一问题反复琢磨权衡。终于，当我得出我已到了路的尽头这一结论时，我给船坞写了一张便笺，要求将我的船只搁置起来拍卖。我说我要"与水解缘"了。但当我把这句话打下字来时，我怀疑我是否吐过一丝真言。

如果无人前来认购，我知道会出现何种情况：我去要求船坞将船置入港内——"直至买主光临"。然而，当温和的东南风在港湾飕飕作响时——那是轻柔、稳定的清晨的凉风，捎来了远方湿漉漉的世界的色泽，也带来了使人返回起点的气息，将他与既往的一切联系起来——我又会像过去那样跃跃欲试，又会茫然不知所措。单帆小船又将出现在我的眼前，又有风在微微地吹拂，我又将起锚出航。当我驶过托利群岛附近的纺锤形航标、闪避阀式浮标和系索桩时，麇集在暗礁上的藓草将会记下我的航线。"那个老伙计又出航了，"人们会这么说，"再次驶过他那小小的好望角，再次征服他那波涛汹涌的西风带。"我将握紧舵柄，再次感受到风赋予小船的生命，我又会嗅到先前那种险峻的气息，这是一种在我的身上注满活力的险象：咸涩世界的残忍美，船底甲壳动物的无数利刃，海胆的尖刺，水母的螯针，蟹的钳。

（王志章 译）

※ 再到湖上

大概在一九零四年的夏天，父亲在缅因州的某湖上租了一间露营小屋，带着我们去消磨整个八月。我们从一批小猫那儿染上了金钱癣，不得不在臂腿间日日夜夜涂上旁氏浸膏，父亲则和衣睡在小划子里；但是除了这些，假期过得很愉快。自此之后，我们中无人不认为世上再没有比缅因州这个湖更好的去处了。每年夏季我们都回到这里来——总是从八月一日起，逗留一个月时光。这样一来，我竟成了个水手了。夏季里有时候湖里也会兴风作浪，湖水冰凉，阵阵寒风从下午刮到黄昏，使我宁愿在林间能另有一处宁静的小湖。就在几星期前，这种愿望越来越强烈，我便去买了一对钓鲈鱼的钩子，一只能旋转的盛鱼饵器，启程回到我们经常去的那个湖上，预备在那儿垂钓一个星期，还再去看看那些梦魂萦绕的老地方。

　　我把我的孩子带了去，他从来没有让水没过鼻梁过，他也只有从列车的车窗里，才看到过莲花池。在去湖边的路上，我不禁想象这次旅行将是怎样的一次。我缅想时光的流逝会如何毁损这个独特的神圣的地方——险阻的海角和潺潺的小溪，在落日掩映中的群山，露营小屋和小屋后面的小路。我缅想那条容易辨认的沥青路，我又缅想那些已显荒凉的其他景色。一旦让你的思绪回到旧时的轨迹时，简直太奇特了，你居然可以记忆起这么多的去处。你记起这件事，瞬间又记起了另一件事。我想我对于那些清晨的记忆是最清楚的，彼时湖上清凉，水波不兴，记起木屋的卧室里可以嗅到圆木的香味，这些味道发自小屋的木材，和从纱门透进来的树林的潮味混为一气。木屋里的间隔板很薄，也不是一直伸到顶上的，由于我总是第一个起身，便轻轻穿戴以免惊醒了别人，然后偷偷溜出小屋去到清爽的气氛中，驾起一只小划子，沿着湖岸上一长列松林的阴影航行，我记得自己十分小心不让划桨在船舷上碰撞，惟恐打搅了湖上大教堂的宁静。

　　这处湖水从来不该被称为渺无人迹的。湖岸上处处点缀着零星小屋，这里是一片耕地，而湖岸四周树林密布。有些小屋为邻近的农人所有，你可以住在湖边而到农家去就餐，那就是我们家的办法。虽然湖面很宽广，但湖水平静，没有什么风涛，而且，至少对一个孩子来说，有些去处看来是无穷遥远和原始的。

　　我谈到沥青路是对的，就离湖岸不到半英里。但是当我和我的孩子回到这里，住进一间离农舍不远的小屋，就进入我所稔熟的夏季了，我还能说它与旧日了无差异——我知道，次晨一早躺在床上，一股卧室的气味，还听到孩子悄悄地溜出小屋，沿着湖岸去找一条小船。我开始幻觉到他就是小时的我，而且，由于换了位置，我也就成了我的父亲。这一感觉久久不散，在我们留居湖边的时候，不断显现出来。这并不是全新的感情，但是在这种场景里越来越强烈。我好似生活在两个并存的世界里。在一些简单的行动中，在我拿起鱼饵盒子或是放下一只餐叉，或者在我谈到另外的事情时，突然发现这不是我自己在说话，而是我的父亲在说话或是在摆弄他的手势。这给我一种悚然的感觉。

次晨我们去钓鱼，我感到鱼饵盒子里的蚯蚓同样披着一层苔藓，看到蜻蜓落在我钓竿上，在水面几英寸处飞翔，蜻蜓的到来使我毫无疑问地相信一切事物都如昨日一般，流逝的年月不过是海市蜃楼，一无岁月的间隔。水上的涟漪如旧，在我们停船垂钓时，水波拍击着我们的船舷有如窃窃私语，而这只船也就像是昔日的划子，一如过去那样漆着绿色，折断的船骨还在旧处，舱底更有陈年的水迹和碎屑——死掉的翅虫蛹，几片苔藓，锈了的废鱼钩和昨日捞鱼时的干血迹。我们沉默地注视着钓竿的尖端，那里蜻蜓飞来飞去。我把我的钓竿伸向水中，短暂而又悄悄避过蜻蜓，蜻蜓已飞出二英尺开外，平衡了一下又栖息在钓竿的梢端。今日戏水的蜻蜓与昨日的并无年限的区别——不过两者之一仅是回忆而已。我看看我的孩子，他正默默地注视着蜻蜓，而这就如我的手替他拿着钓竿，我的眼睛在注视一样。我不禁目眩起来，不知道哪一根是我握着的钓竿。

我们钓到了两尾鲈鱼，轻快地提了起来，好像钓的是鲭鱼，把鱼从船边提出水面完全像是理所当然，而不用什么抄网，接着就在鱼头后部打上一拳。午餐前当我们再回到这里来游泳时，湖面正是我们离去时的老地方，连码头的距离都未改分厘，不过这时却已刮起一阵微风。这地方看来完全是使人入迷的海湖。这个湖你可以离开几个钟点，听凭湖里风云多变，而再次回来时，仍能见到它平静如故，这正是湖水的经常可靠之处。在水浅的地方，如水浸透的黑色枝枝丫丫，陈旧又光滑，在清晰起伏的沙底上成丛摇晃，而蛤贝的爬行踪迹也历历可见。一群小鱼游了过去，游鱼的影子分外触目，在阳光下是那样清晰和明显。另外还有来宿营的人在游泳，沿着湖岸，其中一个拿着一块肥皂，水显得模糊和非现实的了。多少年来总有这样的人拿着一块肥皂，这个有洁癖的人，现在就在眼前。年份的界限也跟着模糊了。

上岸后到农家去吃饭，穿过丰饶的满是尘土的田野，在我们橡胶鞋脚下踩着的只是条两股车辙的道路，原来中间那一股不见了。本来这里布满了牛马的蹄印和薄薄一层干透了的粪土。那里过去是三股道，任你选择步行的：如今这个选择已经减缩到只剩两股了。有一刹那我深深怀念这可供选择的中间道。小路引我们走过网球场，蜿蜒在阳光下再次给我信心。球网的长绳放松着，小道上长满了各种绿色植物和野草，球网（从六月挂上到九月才取下）这时在干燥的午间松弛下垂，日中的大地热气蒸腾，既饥渴又空荡。农家进餐时有两道点心可资选择，一是紫黑浆果做的馅饼，另一种是苹果馅饼；女侍还是过去的普通农家女，那里没有时间的间隔，只给人一种幕布落下的幻象——女侍依旧是十五岁，只是秀发刚洗过，这是惟一的不同之处——她们一定看过电影，见过一头秀发的漂亮女郎。

夏天啊夏天，生命的印痕难以磨灭，那永远不会失去光泽的湖，那不能摧毁的树林，牧场上永远永远散发着香蕨木和红松的芬芳，夏天是没有终了的；这只是背景，而湖岸上的生活才正是一幅画图，带着单纯恬静的农舍，小小的停船处，旗杆上的美国国旗衬着飘浮着白云的蓝天在拂动，沿着树根的小路从一处小屋通向另一处，小路还通向室外厕所，放着那铺撒用的石灰，而在小店出售纪念品的一角里，陈列着仿制的桦树皮独木舟和与实景相比稍有失真的明信片。这是美国家庭在游乐，逃避城市里的闷热，想一想住在小湖湾那头的新来者是"一般人"呢还是"有教养的"人，想一想星期日开车来农家的客人会不会因为小鸡不够供应而吃了闭门羹。

对我来说，因为我不断回忆往昔的一切，那些时光那些夏日是无穷宝贵而永远值得怀念的。这里有欢乐、恬静和美满。到达（在八月的开始）本身就是件大事情，农家的大篷车一直驶到火车站，第一次闻到空气中松树的清香，第一眼看到农人的笑脸，还有那些重要的大箱子和你父亲对这一切的指手画脚，然后是你坐着的大车在十里路上的颠簸不停，在最后一重山顶上看到湖面的第一眼，梦魂萦绕的这汪湖水，已经有十一个月没有见面了。其中宿营人看见你去时的欢呼和喧哗，箱子要打开，把箱里的东西拿出来。（今天抵达已经较少兴奋了，你一声不响地把汽车停在树下近小屋的地方，下车取了几个行李袋，只要五分钟一切就都收拾停当，一点儿没有骚动，没有搬大箱子时的高声叫唤了。）

恬静、美满和愉快。这儿现在惟一不同于往日的，是这地方的声音，真的，就是那不平常的使人心神不宁的舱外推进器的声音。这种刺耳的声音，有时候会粉碎我的幻想而使年华飞逝。在那些旧时的夏季里，所有马达是装在舱里的，当船在远处航行时，发出的喧嚣是一种镇静剂、一种催人入睡的含混不清的声音。这是些单汽缸或双汽缸的发动机，有的用通断开关，有的是电花跳跃式的，但是都产生一种在湖上回荡的催眠声。单汽缸噗噗震动，双汽缸则咕咕噜噜，这些也都是平静而单调的音响。但是现在宿营人都用的是舱外推进器了。在白天，在闷热的早上，这些马达发出急躁刺耳的声音。夜间，在静静的黄昏里，落日余晖照亮了湖面，这声音在耳边像蚊子那样哀诉。我的孩子钟爱我们租来使用舱外推进器的小艇，他最大的愿望是独自操纵，成为小艇的权威，他要不了多久就学会稍稍关闭一下开关（但并不关得太紧），然后调整针阀的诀窍。注视着他使我记起在那种单汽缸而有沉重飞轮的马达上可以做的事情，如果你能摸熟它的脾性，你就可以应付自如。那时的马达船没有离合器，你登岸就得在恰当的时候关闭马达，熄了火用方向舵滑行到岸边。但也有一种方法可以使机器开倒车，如果你学到这个诀窍，先关一下开关然后再在飞轮停止转动前，再开一下，这样船就会承受压力而倒退过来。在风力强时要接近码头，若用普通靠岸的方法使船慢下来就很困难了，如果孩子认为他已经完全主宰马达，他应该使马达继续发动下去，然后退后几英尺，靠上码头。这需要镇定和沉着地操作，因为你如果很快把速度开到一秒钟二十次，你的飞轮还会有力量超过中度而跳起来像斗牛样的冲向码头。

我们过了整整一星期的露营生活，鲈鱼上钩，阳光照耀大地，永无止境，日复一日。晚上我们疲倦了，就躺在为炎热所蒸晒了一天而显得闷热的湫隘卧室里，小屋外微风吹拂使人嗅到从生锈了的纱门透进的一股潮湿的味道。瞌睡总是很快来临，每天早晨红松鼠一定在小屋顶上嬉戏，招到伴侣。清晨躺在床上——那个汽船像非洲乌班基人嘴唇那样有着圆圆的船尾，它在月夜里又是怎样平静航行，当青年们弹着曼陀铃、姑娘们跟着唱歌时，我们则吃着撒着糖末的多福饼，而在这到处发亮的水上，夜晚乐声传来又多么甜蜜，使人想起姑娘时又是什么样的感觉。早饭过后，我们到商店去，一切陈设如旧——瓶里装着鲦鱼、塞子与钓鱼的旋转器混在牛顿牌无花果和皮姆牌口香糖中间，被宿营的孩子们移动得杂乱无章。店外大路已铺上沥青，汽车就停在商店门前。店里，与往常一样，不过可口可乐更多了，而莫克西水、药草根水、桦树水和菝葜水不多了，有时汽水会冲我们一鼻子，使我们难受。我们在山间小溪探索，悄悄地，在那儿乌龟在太阳曝晒的圆木间爬行，一直钻到松散的土地下，我们则躺在小镇的码头上，用虫子喂食游乐自如的鲈鱼。随便在什么地方，都分辨不清当家做主的我和与我形影不离的那个人。

有天下午我们在湖上。雷电来临了，又重演了一出我儿时所畏惧的闹剧。这出戏第二幕的高潮，在美国湖上的电闪雷鸣下所有重要的细节一无改变。这是个宏伟的场景，至今还是幅宏伟的场景。一切都显得那么熟稔，首先感到透不过气来，接着是闷热，小屋四周的大气好像凝滞了。傍晚之前（一切都是一模一样），天际垂下古怪的黑色，一切都凝住不动，生命好像夹在一卷布里，接着从另一处来了一阵风，那些停泊的船突然向湖外漂去，还有那作为警告的隆隆声。以后铜鼓响了，接着是小鼓，然后是低音鼓和铙钹，再以后乌云里露出一道闪光，霹雳跟着响了，诸神在山间咧嘴而笑，舔着他们的腮帮子。之后是一片安静，雨丝打在平静的湖面上沙沙作声。光明、希望和心情的奋发，宿营人带着欢笑跑出小屋，平静地在雨中游泳，他们爽朗的笑声，关于他们遭雨淋的永无止境的笑语，孩子们愉快地尖叫着在雨里嬉戏，有了新的感觉而遭受雨淋的笑话，用强大的不可摧毁的力量把几代人连接在一起。遭人嘲笑的人却撑着一把雨伞趟水而来。

当其他人去游泳时，我的孩子也说要去。他把水淋淋的游泳裤从绳子上拿下来，这条裤子在雷雨时就一直在外面淋着，孩子把水拧干了。我无精打采，一点儿也没有要去游泳的心情，只注视着他，他的硬朗的小身子，瘦骨嶙峋，看到他皱皱眉头，穿上那条又小又潮湿和冰凉的裤子，当他扣上泡涨了的腰带时，我的下腹为他打了一阵死一样的寒战。

（冯亦代 译）

蓬热

弗朗西斯·蓬热（1899—1988），法国诗人。
代表作有《对事物的偏见》等。

※ 水

水在比我低的地方，永远如此。我凝视它的时候，总要垂下眼睛。好像凝视地面，地面的组成部分，地面的坎坷。

它无色，闪光，无定形，消极但固执于它惟一的癖性：重力。为了满足这种癖性，它掌握非凡的本领：兜绕、穿越、侵蚀、渗透。

这种癖好对它自己也起作用：它崩坍不已，形影不固，惟知卑躬屈膝，死尸

大师智慧书系

一样俯伏在地上，就像某些修士会的僧侣。永远到更低的地方去，这仿佛是它的座右铭。

由于水对自身重力唯命是从这种歇斯底里的需要，由于重力像根深蒂固的观念支配着它，我们可以说水是疯狂的。

自然，世界万物都有这种需要，无论何时何地，这种需要都要得到满足。例如衣橱，它固执地附着于地面，一旦这种平衡遭到破坏，它宁愿毁灭也不愿违背自己的意愿。可是，在某种程度上，它也作弄重力，藐视重力，并非它的每个部分都毁灭，例如衣橱上的花饰、线脚。它有一种维护自身个性和形式的力量。

按照定义，液体意味着宁可服从于重力而不愿保持形状，意味着拒绝任何形状而服从于重力。由于这个根深蒂固的观念，由于这种病态的需要，它把仪态衰失殆尽。这种痴癖使它奔腾或者滞留；使它萎靡或者凶猛——凶猛得所向披靡；使它诡谲迂回、无孔不入；结果人们能够随心所欲地利用它，用管道把它引导到别处，然后让它垂直地向上飞喷，目的是欣赏它落下来时形成的霏霏细雨：一个真正的奴隶。

水从我手中溜走……从我指间滑掉。但也不尽然。它甚至不那么干脆利落（与蜥蜴或青蛙相比），我手上总留下痕迹、湿渍，要较长的时间才能挥发或者揩干。它从我手中溜掉了，可是又在我身上留下痕迹，而对此我无可奈何。

水是不安分的，最轻微的倾斜都会使它发生运动；下楼梯时，它并起双脚往下跳；它是愉快而温婉的，你只要改变这边的坡度，它就应召而来。

（程依荣 译）

川端康成

川端康成（1899—1972），日本小说家。其成名作为短篇小说《伊豆的舞女》。其代表作为中短篇小说，包括《母亲的初恋》《千只鹤》《山之音》《睡美人》《雪国》《古都》等。1968年川端康成获诺贝尔文学奖。

※ 花未眠

我常常不可思议地思考一些微不足道的问题。昨日一来到热海的旅馆，旅馆的人拿来了与壁龛里的花，不同的海棠花。我太劳顿，早早就入睡了。凌晨四点醒来，发现海棠花未眠。

发现花未眠，我大吃一惊。有葫芦花和夜来香，也有牵牛花和合欢花，这些花差不多都是昼夜绽放的。花在夜间是不眠的。这是众所周知的事。可我仿佛才明白过来。凌晨四点凝视海棠花，更觉得它美极了。它盛放，含有一种哀伤的美。

花未眠这众所周知的事，忽然成了新发现花的机缘。自然的美是无限的。人感受到的美却是有限的。正因为人感受美的能力是有限的，所以说人感受到的美是有限的，自然的美是无限的。至少人的一生中感受到的美是有限的，是很有限的。这是我的实际感受，也是我的感叹。人感受美的能力，既不是与时代同步前进，也不是伴随年龄而增长。凌晨四点的海棠花，应该说也是难能可贵的。如果说，一朵花很美；那么我有时就会不由自主地自语道：要活下去！

画家雷诺阿说："只要有点进步，那就是进一步接近死亡，这是多么凄惨啊！"他又说："我相信我还在进步。"这是他临终的话。米开朗琪罗临终的话也是：事物好不容易如愿表现出来的时候，也就是死亡。米开朗琪罗享年八十九岁。我喜欢他的用石膏套制的脸型。

毋宁说，感受美的能力，发展到一定程度是比较容易的。光凭头脑想象是困难的。美是邂逅所得，是亲近所得。这是需要反复陶冶的。比如唯一一件的古美术作品，成了美的启迪，成了美的开光，这种情况的确是很多。所以说，一朵花也是好的。

凝视着壁龛里摆着的一朵插花，我心里想道："与这同样的花自然开放的时候，我会这样仔细凝视它吗？"只摘了一朵花插入花瓶，摆在壁龛里，我才凝神注视它。不仅限于花。就说文学吧，今天的小说家如同今天的歌人一样，一般都不怎么认真观察自然。大概认真观察的机会很少吧。壁龛里插上一朵花，要再挂上一幅花的画。这画的美，不亚于真花的当然不多。

在这种情况下，要是画作拙劣，那么真花就更加显得美。就算画中花很美，可真花的美仍然是很显眼的。然而，我们仔细观赏画中花，却不怎么留心欣赏真的花。

李迪、钱舜举也好，宗达、光琳、御舟及古径也好，许多时候我们是从他们描绘的花画中领略到真花的美。不仅限于花。最近我在书桌上摆上两件小青铜像：一件是罗丹创作的《女人的手》，一件是玛伊约尔创作的《勒达像》。光这两件作品也能看出罗丹和玛伊约尔的风格是迥然不同的。从罗丹的作品中则可以体味到各种手势，从玛伊约尔的作品中可以领略到女人的肌肤。他们观察之仔细，不禁让人惊讶。

我家的狗产崽，小狗东倒西歪地迈步的时候，看见一只小狗的小小形象，我吓了一跳。因为它的形象和某种东西一模一样。我发觉原来它和宗达所画的小狗很相似。那是宗达水墨画中的一只在春草上的小狗的形象。我家喂养的是杂种狗，算不上什么好狗，但我深深理解宗达高尚的写实精神。

去年岁暮，我在京都观赏晚霞，就觉得它同长次郎使用的红色一模一样。我以前曾看见过长次郎制造的称为夕暮的名茶碗。这只茶碗的黄色带红釉子，的确是日本黄昏的天色，它渗透到我的心中。我是在京都仰望真正的天空才想起茶碗来的。观赏这只茶碗的时候，我不由得浮现出坂本繁二郎的画来。那是一幅小画。画的是在荒原寂寞村庄的黄昏天空上，泛起破碎而蓬乱的十字形云彩。这的确是日本黄昏的天色，它渗入我的心。坂本繁二郎画的彩霞，同长次郎制造的茶碗的颜色，都是日本色彩。在日暮时分的京都，我也想起了这幅画。于是，繁二郎的画、长次郎的名茶碗和真正黄昏的天空，三者在我心中相互呼应，显得更美了。

那时候，我去本能寺拜谒浦上玉堂的墓，归途正是黄昏。翌日，我去岚山观赏赖山阳刻的玉堂碑。由于是冬天，没有人到岚山来参观。可我却第一次发现了岚山的美。以前我也曾来过几次，作为一般的名胜，我没有很好地欣赏它的美。岚山总是美的。自然总是美的。不过，有时候，这种美只是某些人看到罢了。

我之所以发现花未眠，大概也是由于我独自住在旅馆里，凌晨四时就醒来的缘故吧。

（叶渭渠　译）

※ 上野之春

博物馆后院有只真鹤。我这样认为。我第一次去，博物馆已经建成，那只鹤我是从二楼上望见的。当时我是大学预科生，我邀请酒井真人到有鹤的地方拍照。走近一看，原来是只瓷鹤。每次到博物馆，我都想起这只鹤的事。

后来又忆起我曾想带情人到这庭园里来的事情。这不是古典式的作态，也不是那么古典式的庭院。只是像这样寂静、这样一尘不染的地方，恐怕东京市内再也找不到第二处了吧。

我来到上野公园后园，已是夏末时分，夜间我在大街上往返散步，都穿过公园，看见幽会情侣之多，实在令人吃惊，心想：世上在恋爱的人有这么多吗？一对对情侣长相多么相似，步法又多么相像啊！

不仅夜间，就是白天里也有带着情人上街的，在众目睽睽之下，还落得满身尘埃，他们为什么不知道博物馆里有这么宽阔的碧绿的庭园呢？还有寂静的树阴。没有人通过，也没有警察。

姑且不谈情侣们的事。市内竟有如此安静的场所，这是令人感到不可思议的。现在的博物馆只有表庆馆才有陈列厅，与其叫做馆，不如称作庭园更贴切些。看来很少有人知道博物馆有这个后园的。

例如，行人极少走到博物馆后园德川家祖祠那边去吧。到那里的人都得留下地址和姓名，交付两角钱的参观费。宽永寺的小和尚打开了好几扇沉重的门扉作向导。里面陈列着定信的牡丹图、唐狮子的书画、光琳和一蝶描绘的天花板，等等。元禄年间原件毁于火劫，据说光琳的画可能是临摹的。

坟地并排着五代将军、七代将军和十一代将军三位将军的墓。纲吉的墓，除了基座以外，全部使用了青铜；另两座都是石造，看起来十分粗糙。寺僧这样说明：可见幕府势力已经衰微。

庭园里只留下八座灯笼基石。据说仪仗队都把青铜造武器了。

看到依次渐小的坟墓，我带着寂寥的心情回到了家中。这时刻掌灯夫早已四处奔走点燃煤气灯了。据说龙胆寺雄在秋雾浓重的黄昏，误把在移动中的掌灯夫手中的火看作是人的精灵。

夜间公园里简直是黑漆漆的一片。即使不是公园里，去年夏天露宿的人也非常多，过路妇女常常遭到他们的威吓。而且他们经常清早起来就无所顾忌地闯进公园附近的我的家里来。

我觉得夜间的上野公园是倾听街衢杂音的好地方。假使说爱听虫鸣是老派作风的话，那么倾听街衢的杂音就是一种新的爱好吧。汽车在附近疾驰而过，猛兽也在吼叫——好像是幼兽，这些声音混杂在一起，从距离适宜的远方传到静谧的高处，这种杂音比白天的公园更有意思。

樱花最美的时刻，是在一日之晨。据说，夏天在不忍池畔还可以听见荷花绽开发出的清爽的声音。但是近年来池子竟辟出一条奇怪的水路，弄得不忍池现出一派凄清的景象。去年夏天，传说要出租小船，又说从今年四月一日开始。动物园里大部分都经过改造，相当现代化了，那池边也被柏油马路所环绕，经营游艇游乐场的人不知有多高兴啊！

动物园的水族馆太窄小，活像家庭中的装饰品。这水族馆里没有海鱼，它比浅草的水族馆还差。观赏放养在玻璃池里的游鱼，就像一首古典抒情诗，也像一曲近代抒情歌，实在美极了。除此处外，东京没有其他水族馆。多扩展几处就好了。倘使这是一种奢望，我倒有点恼火，要对动物园提点意见，那是小卖店的事了。

园内只有一家小卖店。它的寿司和面包味道不佳，且价钱太贵。莫非动物园官员只考虑动物的食物，而不考虑人的食品呢？我也想就图书馆提点类似的问题。图书馆官员大概只考虑书籍，而不考虑人的问题吧，食堂和吸烟室竟是这般惨淡的景象。对于长时间读书和学习的人来说，吃饭和吸烟是休息一下疲惫的脑筋所必须的，难道他们没有意识到吗？这些要求并不奢侈，难道就不能让人吃到味道多少可口的食品吗？图书馆当局也许会说：因为价钱经济，没法子呀。可是，现在浅草一带不是也有许多比这更经济的食堂吗？如果官商垄断是件好事，我觉得这些官商的感觉也未免太迟钝了。美术馆的食堂不行，博物馆的也不好。不过这里的客人不多，可能是无奈吧。最近即将开馆的科学博物馆如果办食堂，希望能办成与这建筑物相称的、具有现代化水平的，哪怕仅此一家。

去博物馆观赏"能"的戏装和岩佐胜以的绘画那天，科学博物馆分馆在举办精密仪器展览会。我对有关仪器知识比古美术知识更贫乏，但我总想写点有关这方面的东西，科学博物馆开馆我就觉得是件愉快的事。古老的博物馆，只是散步时路过顺便进去看看而已，对陈列目录并不是始终都格外注意的。

就以美术馆来说，不仅是秋天的美术季节，就是一年之中，多时一下子就举办四五个展览会。我虽住在附近，也不常进去参观，日子就这样白白地流逝了。仅近半个月举办的展览会就有：中国工艺展、反正统派画展、槐树社展、浮世绘综合展、日本画会展、朝鲜名画展、日本漫画展、全国工艺联盟展、新灯社美术展，等等。

帝展的展品搬进博物馆的最后一天晚上，那热闹的情景，与其说像博物馆庭园里的恋爱故事，莫不如说像通俗小说的开场白。许多美术青年和女画家都聚拢在美术馆的各个搬进口，从服饰来看，他们的生活远比文学青年更寒碜。一个贵妇画家驾驶着小卧车，带着从学仆到狗，说不定还有年轻的情夫，威风凛然地开进了这人群之中。

※ 狗展

从三月二十日起，以庆祝东京市动物园建园五十周年纪念赞助会的名义，在动物园前广场举办爱玩动物展览会，会期五天。

展览会当然以狗为主。不过，除了狗之外，还有安哥拉俱乐部、国产珍种豚鼠、美声金丝雀协会、东京饲鸟商协会、东京小禽商同业工会等团体提供的展品。

我尽管没有孩子，但眼下家中有二男、四女和九条狗同我一起生活。我讨厌人，却不怎么厌恶狗，希望在家中饲养众多的动物，并同它们一起过日子。犹如喜欢孩子的人为孩子盖房子一样，我要是盖房子，就首先为动物设计。

三天以来，我都去参观这个展览会，不厌其烦地观赏各种爱玩动物。我的脸都晒得黑糊糊的，以致有人问我是不是去滑雪了。没有鉴别能力的我，对展品不能评头品足，但光了解到美声金丝雀鸟笼制作之精美，还有豚鼠的褐色和灰色的珍贵品种之获奖，许多鸡也超越实用而变成观赏用之变种等，也是饶有兴味的。

举办斗犬展览会那天，同这展览会相对照就更有意思，黄鸟、胡锦鸟、日青鸟的毛色多美啊！

不是在这展览会上，而是在动物园的小禽温室里，有一种墨西哥产的黄胸巨嘴鸟。它不时地张开它的大嘴。嘴的运动形成一条遒劲的直线，这是它的性格的表现。倘使将它放在家里饲养，也许会像观赏存在某种倾向的画集一样受到感染。对于我这样一个神经质的人来说，最不堪忍受的，是动物园里的北极熊严格地反复做着同样的动作。那家伙的神经简直迟钝得不可思议。

狗展的日程是：三月二十日展出斗狗，二十一、二十二日展出一般家犬，二十三、二十四日现场售犬。我感兴趣的是一般家犬，但展出的品种和头数都很少，我大失所望。比我想象得多的是丹麦种大狗和西伯利亚种萨莫耶特狗。还有两只俄国种狼狗、两只短毛狗、两只英国种巴儿狗、三只苏格兰种黑牧羊狗，只有一只德国种短毛猎狗，剩下的全是普通猎狗、巴儿狗、牧羊狗、日本种猎狗、英国种猎狗和日本狗。例如，灵缇一只也没有。猎狗除了上述以外，还有英国约克夏种猎狗和马耳他种狗各一只，仅此而已。

久迩宫在德国种短毛猎狗和纯白长毛大牧羊狗前，驻步了好一阵子。我对德国种短毛猎狗的情况早有所闻，据从加拿大把狗带来的人说，要配对的，没有上千元的价钱绝不卖，他所指的是公狗。苏格兰种黑牧羊狗也到我家来了。日暮里一个名叫阿部的狗店老板，经由藤井浩的介绍，把狗卖给了田村，那是只澳洲产的公狗。

太宰一郎和中野正刚的德国种短毛猎狗对我最有吸引力。它生性凶暴，易出危险，不好饲养。不过，它那种凶猛劲儿倒令人痛快。据审查员说，倘使设立名誉奖，两匹狗都应得奖，不能让一方落选。

除了纪念节赞助会举办这次展览之外，三月二十一日牧羊狗俱乐部还举办一个展览会，地点在上野公园自治会馆旁边。这展览会展出的狗确实很齐全。

说到齐全，动物园前的展览会第一天完全展出斗犬，看不见真正土佐产的狗。但来自奥羽地方的展品倒是很多，仍可以说是齐全吧。也许东京也在悄悄斗犬呐。我曾听闻浅草一家咖啡馆，半夜就把二楼的桌子收拾一旁，展出斗犬，住在店里的女佣都受惊了。我参观了这个展览会之后，才第一次感到相当多的人狂热于斗犬。会场里修建了一个斗犬场，当然没有开斗，只让一匹匹狗进入斗犬场，由主持人通报狗的名字。冠军的背上驮着冠军的装饰物。

如同各地方每年举办摔跤仪式那样，都按狗的本领顺序编号。重量级冠军大江户号等，就有十来人跟随侍候，在阵容上也集中表现了美。要举办一场出色的斗犬，费用相当可观，这是可以理解的。

斗犬场旁边张贴着告示，说明不准斗犬赌搏的几条理由。

但是，跟随侍候狗的人也像斗犬那样，耀武扬威者居多，莫非这就是斗犬的自然风貌吗？东一堆西一簇的人在温酒，还有人站在人群里随地小便。偶然为一点点小事先让狗互斗，尔后轮到人一对一地吵起架来。也许赏花饮酒就是上野之春的信息吧。

※ 墓地

明后天将迁居的房子就坐落在谷中殡仪场的正后面。打开后院的大门，只见那空地上扔着许多旧花圈。诵经声和念悼词声大概也会传到我们家里来的吧。小狗肯定要在竹篱下挖出一条通往殡仪场院的通道。

我只到过谷中殡仪场一次，那是去参加芥川龙之介的葬礼。这回每天都可以从后院眺望，或许会有所感触，但恐怕很快就会习惯的。

大概是不景气吧，许多人都在自宅里举行遗体告别仪式，最近殡仪场一个月顶多举行一次葬礼仪式，显得十分冷落。难道还会有什么比殡仪场没有举行葬礼仪式更令人扫兴的吗？一看见那种扫兴的场面，就深切地感到葬礼仪式也是人生的盛大祭礼啊。

遗体的处理不同，就会产生各种不同的感受。地震的时候，大河里的无数尸体在漂流着。我觉得溺死的马尸要比人尸更催人悲哀。遗体的处理办法，自古以来就是宗教的关键问题。

尽管今天宗教的精神渐渐泯灭，然而宗教的遗体处理办法却远远没有消失。人们就是不求医治病，也要请和尚念经呢！

稍走近殡仪场前，右侧路旁并排着许多的墓，其中有：高桥阿传之墓、川上音二郎的铜像、云井龙雄之墓、市川右团次同施主相马大作之墓、成岛柳北撰文的假名垣鲁文的爱猫之墓等，它们都是排列在谷中墓地的入口处。

一来到高桥阿传的墓前，我的苏格兰种黑牧羊狗就一定撒尿。石碑的紧后面是公共厕所，那里传来了阿摩尼亚的臭味。

去年秋天以来就没有下过雨，我早晚都去墓地遛狗。许多时候，我彻夜伏案写作，累了就等待天明，常常等得很不耐烦，就从坟场内眺望江东工厂区的日出。秋分和春分举办彼岸会时，在五重塔附近出现了出售孩子玩的气球商店。如今东京扫墓的人少了，这是很自然的。

事务所在许多墓前张贴了条子，提请家属注意告知地址。因而偶尔发现一些人把守墓当作日常事务，也就反而有点不可思议了。

谷中墓地比想象的狭窄，却比想象的亮堂，只有在秋雾弥漫的时候，才变得有点虚幻，别无墓地的感觉。每天散步经过墓前，从季节花大体可以了解到季节的变迁。霜柱的壮观情景，实在叹为观止，不由得让人回忆起童年时代的乡间。比起这些，墓碑的颜色更是随季节的变迁而变换着颜色。我在伊豆温泉旅馆里普发现河滩的石头颜色可变幻出五光十色，但我还是觉得墓碑在叹息。我偶尔也曾在黎明时分到上野公园去遛早儿。公园渺无人影的时刻，我就特别加快了脚步，走路的人马上显得愚蠢了。而墓地倒是格外沉着，忘却了自己。再进一步深入探索这种精神时，我就觉得内心底里也许流动着关于墓地的传统感情，也许感受到许多人的隐约的影子，心神才能沉静下来。

其证据是：看到石碑上的红字时，内心就不由得感到温暖。我经常伫立在粗糙的墓碑前，凝视着刻在上面的红色的新谷原仲町某某艺妓的名字。

本应写"春天的随笔"，想不到竟写了墓地的事。不过，今年即使花节到来，还是一片霜一片薄冰，似乎没有春天的迹象。再说上野墓地的樱花徒开得早，也没有尘埃把它弄脏。连动物园里的动物也会觉得春天是沾满灰尘的。例如公园入口有只名叫大牡丹的鹦鹉，它的胸毛呈浅桃红色，如果有个女子的肌肤像它的胸毛色，我就要不时凝望着她，四月八日我见她时，就会想到她是不是已经卖春了。

（1931年5月）

※ 春天

每年春之将至，我一定做梦。

山间、原野，各种草木都在萌生，各种花卉都在竞放。树群的萌芽，井然有序。嫩叶的色彩和形状，因树而异。不消说，嫩叶的颜色不限于绿色。例如沿东海道春游，就可以看见远州路罗汉松的新芽和关原一带的柿树的嫩叶不限于绿……仅以红叶和枫树的嫩叶来说，确实也是千变万化的。还有许多我不知名的、小得几乎不显眼的野花。

我一度的确想写写自己亲眼仔细观察到的春天，写春天来到山野的草木丛中。于是我就观察山间树木的万枝千朵的花。然而，在我到处细心观察而未下笔的时候，春天的嫩叶和花却匆匆地起了变化。我便想来年再写吧。我每年照例要做这样的梦。也许我是个日本作家的缘故吧。而且我梦中看到了一座美丽的山，布满了森林、繁花和嫩叶。我梦中想：这是故乡的山啊！人世间哪里都找不到这样美丽的故乡。我却梦见理想中的故乡的春天！

（1955年3月）

※ 初秋四景

一

在比平常稍凉的水中游过泳，腿脚会显得略洁白些。莫非蓝色的海底有一种又白又冰凉的东西在流动吗？因此，我觉得秋天是从海中来的。

人们在庭园的草坪上放焰火。少女们在沿海岸的松林里寻觅秋虫。焰火的响声夹杂着虫鸣，连火焰的音响也让人产生一种像留恋夏天般的寂寞情绪。我觉得秋天就像虫鸣，是从地底迸发出来的。

与七月不同的，就是夜间只有月光，海风吹拂，女子就悄悄地紧掩心扉。我觉得秋天是从天而降的。

海边的市镇上又新增加许多出租房子的牌子。恰似新的秋天的日历页码。

二

秋天也是从脚心的颜色、指甲的光泽中出来的。入夏之前，让我赤着脚吧。

秋天到来之前，把赤脚藏起来吧。夏天把指甲修剪干净吧。

初秋让指甲留点肮脏是否更暖和些呢？秋天曲肱为枕，胳膊肘都晒黑了。

假使入秋食欲不旺盛，就有点空得慌了。耳垢太厚的人是不懂得秋天的。

三

纪念大地震已成为初秋的东京一年之中的例行活动。今年九月一日上午，也有十五万人到被服厂遗址参拜，全市还举行应急消防演习。抽水机的警笛声，同上野美术馆的汽笛声一起也传到我的家里来了。我去看被服厂遭劫的惨状，是在九月几号呢？

前天或是大前天，露天火葬已经开始了，尸体还是堆积如山。这是入秋之后残暑酷热的一天。傍晚下了一场骤雨。在燃烧着的一片原野上，连个躲雨的地方都没有，乱跑之中成了落汤鸡。仔细一看，白色的衣服上沾满一点点灰色的污点。那是烧尸的烟使雨滴变成了灰色。我目睹死人太多，反而变得神经麻木了。沐浴在这灰色的雨里，肌肤冷飕飕的，我顿时感受到已经是秋天了。

四

能够比谁都先听到秋声，有这种特性的人也是可悲吧！

这是啄木（日本诗人、小说家和评论家）的一首诗歌。无疑事实就是那样。我家里有五六只狗，其中一只对音乐比一般人对音乐更加敏感，它听到欢快的音乐就高兴，听到悲哀的音乐就悲伤，它不仅会跟着留声机吠叫，还会像跳舞一样扭动着身躯，然而它一点也感受不到初秋的寂寞。动物虽然感受到季节的冷暖，但它们并不太感受到季节的感情。

事实上，草木、禽兽本能地随着季节的推移而生活着，唯独人才逆着季节的变迁而生活，诸如夏天吃冰，冬天烤火。尽管如此，人反而更多地被季节的感情所左右。回想起来，所谓人的季节感情，人工的东西太多了吧。我不禁惊愕不已。

据说，南洋群岛全年气候基本相同，看星辰就知道是什么季节。夏季可以看到夏季的星星，秋季可以看到秋季的星星。若是能把身边的季节忘却到那种程度，这样的生活又是多么健康啊！也没有像美术季节那样的人工季节。

（1931年9月）

※ 温泉通信

疑是白羽虫漫天飞舞，却原来是绵绵春雨。

"要是个大好天气，就可以去摘蕨菜啦！"女佣说。

这是四月八日的事。

旱樱、木兰，还有各种奇花异卉吐艳争芳。雨蛙也在鸣唱。该是香鱼游访狩野川的季节了吧。去年我问过女佣那餐案上的炸鱼是什么鱼。女佣当场将厨师的信拿了出来。

"给您送来的是香鱼。是秘密。"

这是有人在解除禁令之前偷偷捕来的。那时节，牡丹花早已绽开，今年也许为时尚早吧。

山茶花遍野怒放，呈现一派即将凋谢零落的情景。然而它却是一种非常顽强的花。今年正月伊始，我和在本所（东京都墨田区的一个地名）帝大福利团体工作的学生去净帘瀑布，途中曾向溪流对岸的花丛频频地投掷石子，想把花朵打落下来。花儿距我们太远，拼命使劲，好不容易才能投掷到那边。然而，四月初再重游此地，只见花朵依然绽开。我和武野藤介两人又投掷了石子。正月里没有凋谢的花，四月间却纷纷扬扬地飘落下来，顺着溪水流逝。

也许是山的关系，经常降雨。天空忽雨忽晴，变化无常。凌晨二时光景，打开浴室的窗扉，本以为在下雨，谁知外面却是洒满了月光。白色的雾霭脑朦地在溪流上空漂浮。我心想："已是初夏时分啦！"突然又意识到现时是四月初呢。空气清新、枝繁叶茂的山中之夜，再度沐浴在雨和月光中，更令人心旷神怡。

我常常感到雨后月夜格外的美。地藏菩萨节日，点点星火，恍如把灯笼遗忘在田野里一般。

我与旅馆的女佣同行，遇上了下雨。归途，月亮出来了，**雾霭依然低垂在山谷上**。去年冬季的一天，我和中河与一一家乘马车去古奈温泉，也是个雨天，后来转晴，也看到月亮和**雾霭**。

　　"月亮也在移动呀！"

　　记得一个夏夜，有人在这家旅馆后面河滩的亭榭里对我说了这么一句。近旁，东京的孩子们挥舞着小焰火，比赛谁画的火圈大。

　　"说月亮在移动有点特别哩。可每晚坐在同一个地方赏月，就会知道月亮移动的轨迹有所不同。"

　　我抬起手说："昨晚从这树梢上，前晚从……"

　　可是，在汤岛看不见一轮大满月。看不见称得上是朝暾初上和夕晖晚照的景象。因为它的东边西边都是重峦叠嶂。早晨，首先是西边的群山披上了阳光的明亮色彩。朝霞的边际从山腰扩展开去，太阳升高了。黄昏时分，东边的山峦披上了晚霞。汤岛的重山，光彩虽然淡薄了，天城山岭却仍然是一片霞红。

　　要是观赏旭日和夕阳的彩霞，走到街上，仰望远方天边的富士山，则美不胜收。富士山梁上朝日的光辉，也染上斜阳的色彩。

> 星空也狭窄了。
>
> 哟—伊沙沙，
>
> 哟—伊沙。
>
> 孩子们无忧无虑，
>
> 喧闹嬉戏。
>
> 屋后的竹林，
>
> 随风俯仰摇曳。

　　这是一首乡村小学的女孩儿歌。

　　竹林用寂寞、体贴、纤细的感情眷恋着阳光，再没有什么东西能比得上它了。这里虽不像京都郊外是千里竹林的景象，但这边的河岸、那边的山腰，稀稀落落地亭立着贫瘠的竹林，其神态另有一番清心悦目的情趣。我经常躺在枯草上凝望着竹林。

观赏竹林，不能从向阳处，而必须从背阳处。还有比竹叶上闪烁着的阳光更美的阳光吗？竹叶和阳光彼此恋慕所闪出的光的戏谑，吸引了我，使我坠入无我的境地，纵令不闪光，阳光透过竹叶所呈现的浅黄透明的亮色，难道不正是令人寂寞、招人喜欢的色彩吗？

我自己的心情，完全变成这竹林的心情了。一个月也没同人说上几句像样的话。心情就像空气一般澄清，完全忘却了敞开或关闭自己的感情和感觉的门扉。

然而，孤单的寂寞不时地向我袭来。我合上眼睛，咬着棉袍的袖子，就嗅到一股温泉的气味。我很喜欢温泉的气味。现在我对这块土地已经非常熟稔，不觉得怎么样了。可是从前我舍弃交通工具走下坡路，快到旅馆就感到有一股温泉的气味，泪珠便快扑簌簌地滚落下来。我换上旅馆的衣服之后，用鼻子嗅了嗅袖子，深深吸了一口它的气味。不仅在这里如此，我在各处温泉镇都嗅到了各种不同的温泉气味。

"我一直登到那座山的顶峰呐。"

我站在下田街道上，朋友们一来，我就一定指着那钵洼山这样说。那座山屹立在从下田街道快走到天城地方，再爬约摸有三千二百多米的山坡才能达到山之巅峰。因此，从这个村庄眺望，山显得非常的高，它好像一个倒扣的钵，漫山遍野都是草。花了四十分钟，才爬到接近顶峰的地方。从山麓看上去，枯草显得很可爱；可登上去一看，却是一丛丛没胸高的芒草。突然间，五六个割草的汉子从草丛中爬了出来，惊异地望着我。连我自己也觉得自己爬山是一件不可思议的事。我旋即下了山。这是沉寂的去冬岁暮的事。

前些时候，我和武野藤介也登上了后边那座枯草山。看似慢坡的斜面，刚爬上去就发现非常陡峭。望望几乎要滑落的脚，然后把视线移向山谷对面的山腰，不禁感到那边松林的树梢像是一股极其可怕的力量，向我逼将过来。上山倒很顺当，可一下山，胆小的藤介就站住迈不开脚步了。

我恍如这时候的杉林一样，面对着重山、天空和溪流，我的直观时不时地猛然打开了我的心扉。我吃惊，伫立在那里，只觉得自己已经融化在大自然之中。枝头上低垂的花，我感到深邃的静谧，看得入迷。我发现白花太劳顿了，仿佛有一种病态。

从这一带漫步走去，渺无人影，也看不到一户人家。岂止如此，有时连旅馆也只有我一人投宿。深夜二楼空无一人。猫儿在西洋式的房间里不停地叫。我站起来，走过去把房门打开。

猫儿就跟在我的后头，闯进我的房间里来。它坐在我的膝上，一动不动。于是，猫儿的体臭扑鼻而来，钻进了我的脑门。我好像感到这是第一次体味到猫儿的臭气。

"难道所谓孤独就像猫儿的体臭吗？"

猫儿蓦地从我膝上站起来，神经质地把壁龛的柱子都挠破了。

一个村庄是否只能有一只猫和一只狗呢？要是这样，这只猫和狗就见不着别的猫和狗而死去了。

一条新路建成了。这条路在汤岛的嵯峨泽桥附近，从下田街道拐向世古瀑布那边，一直延伸到伊豆西海岸的松崎港。狭窄的松崎街变得宽阔了。路，一直修到世古的对面。

四月六日，庆祝新路落成。一群参观安来节的旅游者在别墅庭院里唱起歌来。

庆祝日之前，春雨绵绵，今天却晴空万里。四月十三日那天，树干、树叶、屋顶、花儿、溪流，一处处的风物都承受着阳光的沐浴，灿烂夺目，艳美极了。

(1925年5月)

※ 燕子

你听见过老鼠弹琴吗？……实际上，昨天夜里，我就吓得从床上跳了起来。

僻静的山间温泉，简直不值一提。那里有一家拥有二十来间客房的旅馆。昨天旅馆二楼上，也是只有我一个房客。这种情况并不稀奇。深更半夜，大雨滂沱。我总觉得屋顶上仿佛有许多人在跳舞，脚步声转来转去。孤独一人，在屋子里简直就像遭到魔鬼的袭击。是同类的活生生的人魔。他时而瞪大眼睛怒视，时而像猛虎张口咬人，时而又学着这山上的野猪爬山。后来我苦笑了之。可是蓦地抬起眼睛往旁边扫视的瞬间，视线的前方，瞥见晃过一个人影。我被那身影所吸引，转动着眼珠。是什么呢？我吓得抽缩着身子。这不是幻听，而是幻觉。简直连云朵、溪石、拉窗、木栏、手巾、花瓶、马儿等一切都忽然变成人面和人影似的。就是大雨敲打屋顶的声音，也好像人的脚步声。这点，自己也是清楚的。不知为什么，自己总想把挡雨板打开看看。这时候，邻屋响起了丁零零的琴声。也没有什么了不起的。是老鼠爬过铁格子窗掉落在琴上。

后来雨声很快就停息，这时只听见：

咕嘎咕嘎咕嘎……

这是溪流的雨蛙在鸣叫。一听见雨蛙的鸣声，我心田里忽地装满了月夜的景色——山谷流淌着一条美丽的清溪，飘荡着雨后芳香的气息。当然，雨蛙是在雨天鸣叫，就是在黑夜里也鸣叫。不知昨夜月亮是否出来了，今天倒是一个爽朗的晴天。加上又是个星期天。我按平时星期日的习惯，走访了乡间小学的年轻教师。

"一片绿油油，整个大地都披上了绿装！"

他突然描绘了一句野外的景色，接着又说：

"一披上嫩绿，我就觉得这一带更加寂寞了。也许是因为住在这里的人们的生活色彩，有点像破旧的茅草房顶的颜色吧。对我来说，这一带初夏的自然景致，宛如南国的风光，新鲜得有点悖乎寻常。只有富士山则是另一回事。只有那山的山容是另一回事。不过，我觉得这一带的节气，仲春一转眼就跃到初夏了，不是吗？你没有这种感觉吗？这里似乎没有晚春和暮春，不是吗？

"再说，这一带变得寂寞，乃是因为没有艺术。一提起艺术，不免有点令人嫉妒。木曾地方有木曾舞，追分地方有追分小调和追分舞，出云地方也有出云的什么艺术，无论什么地方都有它们地方特色的艺术。许多地方都有各自乡土滋润的民歌吧。可是，这里连一首乡土民歌也没有。盂兰盆节到来了，也不跳舞。爬山、赶车、插秧也不唱一首歌。人们都是缄默不语。即使有许多马匹，可人们连马都不想骑。充其量只骑骑自行车罢了。我调到这个村庄里来，这种情况令我大吃一惊。我还想起了这样一件事：

"两三年前，我在大阪郊区一个小镇的学校任教——现在已划入市区——那里有日本屈指可数的大纺织厂，这家工厂跳盂兰盆舞颇有名气。因为只是工厂女工跳，一般不让外人观看。我在工厂的女工学校教书，得以例外。可是一旦舞蹈起来，女工们不就分成七八个组了吗？我不由得'啊'地喊了一声，那也难怪啊！每组的舞蹈都不尽相同，例如有丹波地方的、越后地方的，各个地方的盂兰盆舞从舞曲、歌谣和跳法都不相同。因此各自跳自己故乡的舞蹈，简直像盛开着色彩缤纷的乡土之花啊！再没有比观赏无数的舞蹈更能泛起缠绵的乡愁了。这个舞蹈广场的一角，开辟了一个大弓场，职工们都在那里拉弓。拉弓人和靶子都隐没在街道两旁的白杨树后面，我看不见。但我看见箭嗖嗖地从白杨树缝隙飞流而去。煤气灯的光，洒落在白杨树的叶子上。我眼望着同女工翩翩的舞姿一起飞流的光影般的箭，泪珠真的流淌出来了。

"来到这里，就想起盂兰盆舞来。因为这一带的姑娘们即使来到那个工厂，也参加不了哪一组的舞，恐怕只好呆望着别人的故乡之花啦。然而，这种想法是错误的。首先，这一带的姑娘绝没有纺织女工那样的身材。她们都有自己的家，离大城市很远。她们正直、善良。但是，她们的个子为什么都这么矮小呢？这姑且不说，一个原因可能是由于生活愉快的缘故吧，人们不怎么渴望刺激。这就使外来人感到这个村庄很是寂寞。甚至可以说这个村庄没有恋爱。

就像酒席上的歌舞助兴也是彬彬有礼的。这是没有恋爱的村庄……也许正如我刚才所说的那样，没有艺术，大概只有富士山才是这一带的艺术吧。

"为什么这么说呢？前些日子，我在学校里让我所在那个班的同学——普通小学五年级女生——三十四个女孩子画自由画，简直令我吃惊，她们以富士山为远景作画，竟达二十一张……"

"嗯。"

我也简直吓呆了。从这里眺望远方天际的富士山的姿容，与其说是山，莫如说是一种天体，它以柔和的光映现在苍穹……

年轻的教师望了望我那副惊讶的面孔，继续说道："也许孩子们感到富士山的山姿是自己的美和憧憬的形象吧。另外有十二张，在画面上某个地方画上了飞燕……"

"燕子？"

"嗯，燕子。这也是出乎意料啊！像我这号人压根儿就没有留意燕子飞来了。这是四月底嘛。然而，孩子们却看见它。如此看来，还是这里的孩子感受到季节的艺术。像我这样的人太迟钝啊！"

这位又作诗又写小说的年轻教师说着笑了起来。

"是吗？有那么多画画了燕子？"

"嗯，画燕子的共有十二张。"

"燕子，就是那种燕子吧。有关这个温泉的燕子，我也有一个非常美好的故事。"

说着我的话匣打开了：

"我朋友的情人是个女影星。他们是学生时代的恋人，可是没有进一步发展。女的名气越来越大，也就越来越疏远了他。不过，这个女影星拍的片子在浅草电影院首映的时候，他们两人都去观看了。有一回，影片里有这样一个场面：这位女子扮演淳朴的山村姑娘，她孤独一人无精打采地走下山坡。他们两人看着这个场面的时候，一只燕子突然从银幕一角流星般地飞过去。啊！燕子！女的情不自禁地喊了一声，然后同男子打了个照面。拍摄这个镜头时，也许导演和摄影师都没有发现燕子飞入镜头呢。女演员更是压根儿就不知道。据说终场后，这位女子好几次同男子提及这件事。她反复地说：燕子，燕子！看来飞过银幕的燕子的形象，渗入了女子的内心底里了。她像是在说：燕子飞翔啊，那只燕子……整个身子软绵绵地投到男子的怀抱里，静静地抽泣。我从那位朋友那里听说，片中拍摄的那个山坡就是这个温泉浴场。

"我非常喜欢这个燕子的故事。我这种心情，同你刚才所说的在舞蹈场上看见飞箭的心情很相似，不是吗？因此，我想你是会理解的吧。"

"是啊！……这个村庄里，三十四个少女中也有十二个人是画燕子。"

"燕子。"

"燕子。"

于是，我们又再次自言自语似的说了一遍，然后扫视了一下天空，正在刮着带上嫩绿气息的风。

（1925年6月）

※ 伊豆天城

伊豆下田港的小客栈——下田这词儿，不仅是地名，而且作为形容小客栈，确是表现出一种独特的情趣。唱民谣的、巡回演出的、要把戏的、街头卖唱的——这些人辗转在相模、伊豆温泉浴场巡回演出，恍如在空中翱翔的候鸟，他们的第二故乡便是下田镇，他们的窝就是下田的小客栈。巡回艺人们来到下田的小客栈，就像回到了同类的窝巢一样舒坦，欢快地从这房子到那房子寻找着熟人，彼此畅谈起旅途的见闻。

甲州屋就是这样一家小客栈。屋顶直覆盖到窗户，一站立起来，脑袋就几乎碰在屋顶上。在这样一间顶楼里，巡回艺人从背着爬过天城山的行囊中——他们背着小锅、菜刀、碟子、酱油、道具的剑、假发、舞蹈服等去旅行，活像朝鲜建筑工人搬家一样——给我拿出了碗和漆筷。

我用指尖咚咚地敲了敲小鼓，便落坐在火锅旁，小姑娘想起来跳舞似的说："那副模样，是真富士山的姐姐呐。"

"什么？"

"我是说下田富士呗。"

对了。我刚才正是谈下田富士的事。

"据说，自古以来它就是航船的标记，就是那座小山吗？"我刚才这样发问过。这小山坐落在下田的西北面。据说整座山是一块岩石。我登这山的归途，曾绕到小客栈来了。秋天的落叶，使我的脚不时打滑，发出单调的响声，仿佛还粘在我的脚板上呢。

"下田富士是姐姐，真的富士是妹妹。不过，妹妹肌肤莹白，身材苗条，姿色艳美，因此姐姐下田富士有点嫉妒，就在当中修造了一堵叫天城山的屏障，自己畏缩在屏障这边，尽量不看妹妹的姿容，就这样它渐渐地越变越小了。尽管姐姐这样子，妹妹富士山还是思念姐姐，每天都往上伸展，越过屏障看望姐姐。所以她就变成了日本最高的山。"

人们把天城山峦说成是一堵屏障。它明显地把伊豆分成了南与北。

蜜橘、凤尾松等南国的植物生长在天城岭南。梅花、樱花及其他由冬至春的花，则在天城岭北、岭南都生长，开花日期很不相同。纵令岭北已是白雪皑皑，许多时候岭南却不曾下雪。如今岭北还是俗称外伊豆田方郡，岭南俗称里伊豆贺茂郡，山是分界线。稳稳地坐落在正中的山脉，东西长十一里，南北宽六里，占伊豆半岛的三分之一。古时候，文明要爬过天城山，似乎是相当困难的。

最好的证据，从北面越过天城岭是另一番新鲜的景象。通过山岭的隧道往南跨越一步，天空的色彩就马上不同，现出一派南国的风趣，不禁令人想吸一口空气，舒舒胸怀。绵延的重峦叠嶂的背面，也有海的暖色。从北面越过天城山往南行，就是爬上寒坡，然后下到暖坡。记得有一回，我在北麓见过大象、骆驼等动物慢腾腾地越过了这座山，大概是流动动物园吧。

"仿佛岭南真的是它们的故乡——热带的地方。"我说。

我觉得整个伊豆半岛就是一个巨大的游乐场。无论哪条海岸，对散步来说都是极好的地方。

从箱根爬过十国岭来到通热海的山路，以及从修善寺爬过冷川岭来到通伊东的山路，就会第一次眺望到海的一片生机，着实令人心旷神怡。在天城岭南面接触到南国的风貌，尤其是伊豆的旅情。倘使不是徒步翻越天城山，仿佛就不能实实在在地体会到真正的伊豆的旅情。猫越、达磨、玄岳等火山创造了伊豆，在伊豆涌出温泉的火山山脉中，天城火山最大最新，似是在其他火山的灰上又落下了火山灰，因此它是伊豆脸上的一个特大的鼻子。

"天城山谷真大。没料到这溪谷会是那样壮观啊！"

"那样大的溪谷，的确少见哩。那些杉树、丝柏树的森林形态不也是很壮观吗？"

"谈起杉树、丝柏树，那绿色之美妙，在东京附近的山是无法比拟的，是看不到那样的悠悠绿韵的。"

"对啊。"

"我开始也办了件蠢事。我以为天城山无非是座小山岭罢了。谁知道它竟是那样的美，简直是出乎意料之外。它比箱根八里等溪谷不知大多少倍，不知美多少倍啊！"

这是田山花袋在一篇游记中的一段对话。据说，岛崎藤村在一篇题为"旅行"的短篇作品中，也写过乘马车越过天城山的事。

我做梦也没想到这活像具模型的小小的伊豆半岛上，竟有这么一条又深又美的溪谷。但不是徒步翻过山岭，就无法饱览这种风光。乘坐汽车，只能是"糟踏"了天城谷。

松、杉、丝柏、枞、榉、槿、橡——据说自古以来就把这七种树称为天城的七种宝树。

> 枯野船烧火煮了盐，
> 烧剩的木头做了船，
> 弹起琴来啊，
> 震撼了由良海底的岩石，
> 仿佛岩石上摇曳的海藻，
> 也在沙沙作响。

这是应神天皇的御歌。——所谓枯野，就是伊豆朝贡的舟船的名字。根据《古事记》的记载，这是仁德天皇在位期间的事。船的木材是由河内国朝贡的。在《万叶集》中也有"伊豆手舟"或"伊豆手之舟"这样的话，年代最近的是安政初年，那时发生了大地震，在下田的俄国船遭到破坏，普察金来到户田造船，其后江川太郎左卫门等人就向他学习，也开始制造了君泽型的船（那时候，户田是在君泽郡内，因而取此名），此外，明治七年建造了天城舰。总之，各个朝代，日本的船同伊豆的因缘匪浅，都留下了记录。

当然，因为伊豆是半岛。毋庸赘言，也是因为天城盛产优质木材的缘故。伊豆的绿，绿得带上黑油油的光泽——这里的植物所以繁茂，多亏得到了包围着半岛三方面的暖流的滋润。背后是富士、足柄、箱根等群山的环境，暖流流经的海面上升腾起来的水蒸气，把半岛滋润得十分富饶，使整个伊豆的火山岩粉碎化作肥沃的土地。

"另外就是天城山的时雨——这是当地的土话。就是说，天城山是在伊豆半岛正中央隆起的山，不论哪一面升腾的水蒸气都会碰在它的肌肤上，雨要渡过半岛，先得向天城山打招呼才能通过。只有天城山峰罩上雨云，多风。于是人们就给它起名时雨。"

所以山麓雨水多，尤其是月夜的溪流，常常飘忽着美丽的雾霭。

"这里最有名的就是时雨吗？"

"这里有名特产是山葵菜和香蕈。天城最感自豪的，是天城的山葵菜居日本之首位。在东京高级饭馆上了席的。这里的山葵地是一笔相当可观的财富。所以有些小偷专门偷山葵菜，至于香蕈，据说宽正年间曾把它作为礼品送往京都，这是蜷川亲元的日记上所记载的，不过，在天城山，植物学家感到珍奇的，是陇见羊齿和净帘洋齿——记得有一回召开天城山植物研究会的时候，朝比奈药学博士曾提出要对天然资源加以保护。珍奇的花是米杜鹃和石楠花……"

如果嫌这"已够多的了"，那么……

"可是，不知为什么，很少昆虫……在八丁池里有爬上树来产卵的青蛙。这可算是最稀奇最出名的了。"

"这池子里的青蛙，每年六月左右就爬到池畔的树上，用自己体内分泌出来的黏液将嫩叶缀合起来，附着在上面，像积蓄了雨水似的。青蛙就在这上面产卵，孵化出蝌蚪来。为什么这池子里竟有这种青蛙呢？据土屋校长（汤岛小学）的解释，是因为八丁池里有许多蝾螈，如果青蛙在池中产卵，会被全吃光。青蛙就养成了这样一种习惯，以传宗接代。于是，每年约摸有六月初旬，池子周围的树上便筑有许多蛙巢，从远处观望，恍如降了一片茫茫的白雪。（中略）有关这种青蛙产卵的故事，饶有兴味的是雌蛙产卵的时候，除了雌雄一对之外，还有三四只雄蛙协助制造泡状的凝块，布满了卵子的周围。"（波多野承五郎氏）波多野承五郎氏请蛙类研究权威、东大的冈田弥一郎氏给予鉴定，他说：这是"森青蛙"，为世上稀有之物。听说这种蛙在世界上只有八种。当代天皇陛下还在东宫的时候，波多野承五郎氏曾将这种蛙呈献给陛下的研究室。

"从前天城不是还有御猎场吗？"

"大正十五年废止了。在这之前，每年冬天东乡大将、上村彦之丞大将等日俄战争时期的武将们也到这里来，并猎获了五六十头鹿。后来这猎场由宫内省移交给农林省管理，现在成了国营猎区。从十二月起至翌年二月止，每逢星期六、星期日，一般都可以售票入场狩猎。一般是四五人一组前往，据说每人交费二十五元。在伊豆，还有伊东的高尔夫球场，除了交纳三百元会费之外，还要交纳一百元杂费。书上是这样记载的。唉，这两项都是奢侈的体育运动啊！

"即使废止了御猎场，但天城十七万町步的山林还是御用林，沿着下田街的群峰拥有的原始森林，从未砍伐过，它是作为学术研究参考资料的。这里的绿色和红叶美极了。在这万绿丛中，恍如一大堆白骨高高隆起的，那是挺立着杉、枞的枯树，尤其是岭南格外的多，谁都难免会探问：

"那是什么？"

"那是天城的枯树——是天城有名的。"这是与我一起翻山越岭的巡回艺人告诉我的。

（1929年6月）

※ 秋鸟

少年时代，也许冬季总在故乡的山中逮小鸟的缘故，以至现在我的脑子里还留下这样的记忆：小鸟是冬季的飞禽。近来饲养小鸟，又总觉得不是从雏鸟喂养起就兴味索然。这些雏鸟多数是在晚春初夏才运到镇上的鸟铺来的，所以我就感到小鸟是这季节的飞禽。

当然，驯小鸟可能有种种诀窍，不过只要从雏鸟开始饲养，也就不是特别困难的。不仅限于小鸟，所有幼儿也不知道什么叫做"怕"。我家的雏鹩就同狗戏闹，有时用嘴拽着英国种小猎狗玩耍。不可思议的是，不论哪种鸟都害怕日本种柴犬。也许它们认出柴犬是供深山老林的猎人使唤的狗种吧。今年夏天，有七八只长得像鸭子的雏水鸟飞到我家的庭院，妻子逮到其中的四只，剩下的几只被邻居捕捉了。飞逃的一只，落在后面邻居家庭院前的水池边。

傍晚母鸟飞来把它带走了。翌日清晨，我在庭院里捡到一只雏鸟，把它放在帐子里逗弄，它满不在乎地停落在我的头上、手上。据说菊池氏饲养的小猴，寸步不离地纠缠着他，入浴时也紧紧地抱着他的胳膊不放，弄得他无法好好洗澡。我的小鸟看起来已经驯熟，可我喂它，它总也不进食，无奈只好将它放进笼子里，就这么搁在屋顶或走廊上。它同母鸟不停地啁啾鸣啭，相互呼应。母鸟每天叼着食饵飞来，从鸟笼外面嘴对嘴地给它喂食。

闲话休提，言归正传……一读到俳句的季语，我就觉得小鸟好像是秋天的飞禽。鹈鸰、山雀、小雀、白头翁、煤山雀、簸道眉、乌鹟等一般饲养的鸟，大都是描写秋天的俳句素材。

大概是秋天这季节，许多小鸟结群飞来乡间吧。我这样写，脑子里就浮现出傍依山的村落的秋天景色，小鸟都是成群成群的。今年初夏，我弄到了伯劳雏鸟，可是仲夏的一个早晨，它的尖锐叫声打破了我的梦，我不由感受到秋意了。在一个季节里必然感受到下一个季节的来临。冬季总是孕育着春天。春季总是孕育着夏天。尤其是在海边，海面掀起三伏天的大浪，可以感受到秋之将至。伯劳鸟报秋也用不着惊恐，这当中也有回忆。我曾记得，有位老太婆告诉我祖父：将伯劳、草茎、青蛙或螳螂烤焦给孩子吃，身体就能长结实。所以我每次听到伯劳鸟的叫声就不由感到害怕。懂得了这个之后，总觉得有一种幻灭感，故乡秋天稻子成熟，珍奇的鸟都不飞来，仿佛净是麻雀了。

(1933年10月)

别卡宁

托伊沃·别卡宁（1902—1957），芬兰工人出身的著名作家。

作品有长篇《拓荒者》、《在工厂的阴影下》、《祖国的海岸》、《失去了的岁月》等。

※ 遥远的岛

在天气晴朗的日子，辽阔的水面上可以清清楚楚看到一个孤独的小岛；打从汉奈斯和别卡记事的时候起，他们就总是对那个岛怀着永不减退的兴趣。岛上密密层层长着一片茂密的、异常高大的松林，因此小岛宛如一束绝妙的花束，插在一望无垠的大海花瓶里。它从早到晚一直沐浴在阳光之中。当太阳的巨轮在东方天际刚一露头，这一瞬间，阳光就已经在爱抚小岛与那些在参天大树的树梢了；

而当红日西沉的时候，它又仿佛依依惜别，用熊熊燃烧着的余晖把那些树梢染得红艳艳的。寒风和暴风雨在小岛上比在任何其他地方都更加猖獗。不管风从哪边吹来，无依无靠的小岛总是怀着快乐的轻信态度迎接它。每当风暴大作，海浪撞击着岸边的岩石，浪花四溅，几乎一直飞上松树树梢头。风在浓密的树冠间狂暴、凶狠地猖狂肆虐。阴雨的时候，小岛仿佛裹在一片灰蒙蒙的雾幕里，看起来真是神秘之至，简直像一个谜。秋天，树林被红红黄黄的斑点装点得绚烂多彩，渐渐地树叶都落光了，小岛上挺拔俊秀的松树却仍然像往常一样，在秋日浪花飞溅的寒波上巍然耸立着——朝气蓬勃，郁郁葱葱，青翠欲滴。而冬天，当大海冰封，雪为万物盖上一层白毡的时候，小岛就穿上一身冰霜的盛装，宛如披上豪华的王袍，上面千百万灿烂发光的钻石，变幻莫测，异彩纷呈。

"真有意思，在近处它像什么样呢？"两个孩子多次互相询问。如果能在岛上走一走，尽情地欣赏从早到晚在岛上照耀着的太阳，在那儿茂密的树林里、凉爽的树阴下休息休息，听听在那没遮拦的海岸上纵情喧嚣的雄壮的风声，在它那密林可靠的保护之下体验一下暴风雨猖獗的滋味——那该是多么幸福啊！

他们竭力想探听小岛上的情况，常常向父亲提出一连串无穷无尽的问题，然而得到的却只是一些很简短的回答。小岛实在是太没有价值了，怎么能引起一个成年男人的兴趣呢。父亲捕鱼的时候，有好几次把船停泊在岛边，然而他在那儿甚至找不到一处稍微像样的避风的地方。小岛四周都是暗礁，因此就是乘小船也很难驶近它那多石的海岸，而岛上的野生植物长得又那么迅速，茂盛，因此不拿着斧子，未必能深入小岛的腹地。这样一个小岛，有什么好谈的呢？

不过孩子们从远处用自己的眼睛眺望着小岛，他们决不能相信，它是像父亲所断言的那样索然无味。他们从前就已发现，世界上有不少事物，它们的美不能打动父亲的心。

夏日傍晚，当夕阳西下，鱼儿最爱吞饵的时候，孩子们常常手持钓竿，坐在一块他们挑中的海滨岩石上，看到小岛四周的海水有时好似一片大火，熊熊地燃烧着，落日的色彩变幻不定，水面上也异彩缤纷，令人为之目眩。随着太阳逐渐下沉，落日的余晖也逐步升高，照耀着小岛上的树林，最初是全部，后来仅仅照耀着树梢，终于一声不响、不知不觉地消失在高空之中，让位给黑夜的暗影了。而早晨，在黎明的雾霞里，小岛仿佛突然升到空中，恰似悬在浩瀚无际的海天之间。不；它身旁的海岛都不一样。只要朝它看上一眼，就足以产生无法抑制的愿望，想要到那儿去一趟了。随便什么时候，随便什么季节，它都会引起幻想。如果在晨雾弥漫的时候，或者是在晚霞的光辉里，或者是当秋天的暴风雨在小岛上猖獗的时候，要不就是在晴朗、严寒的冬日，不管什么时候，只要你看到过它的话，它就不会不在夜里来到你的梦中。

孩子们的思想里片刻也忘不了这个小岛，而且有一天他们觉得：他们简直是非到那儿去一趟不可了——这是不足为奇的。

不过怎么去呢？路很远，父亲极其严格地禁止孩子们用船，他们也不敢违抗他的禁令。那么怎么办呢？因为要到那个小岛，只能从海上去——坐船或者是从冰上走过去。这么说，没有任何别的办法了——得等到冬天。

人家都知道，当你等待着什么的时候，时间是多么漫长难挨。每天早晨，孩子们一睡醒，首先就要跑到岸边去瞧一瞧——今天那儿怎么样了。夏天在他们眼中失去了它所有的魅力。他们不再玩夏天玩的游戏了，只是迫不及待地找寻它即将结束的标志。美好的夏天只是引起他们的不满，败坏他们的兴致。然而他们是多么高兴地欢迎暴风雨和寒风，欢迎这些即将来临的秋季的信使啊。捕鱼，在树林里散步，和父亲一起划船，那些有一窝正在成长的小鸟的鸟窠，浆果和其他夏天的礼物，已经都不能叫他们高兴了。他们整天都被一个唯一的念头纠缠着，控制着：到那个遥远的，海涛中孤独的小岛上去。白天，他们的幻想把一切能想象得出的奇迹都带到那儿。每天夜里，他们都要在梦中完成到岛上去的远征，而那儿，异乎寻常的奇遇正在那些中了魔法的密林里等待着他们。

在这一年，他们学会了观察夏天怎样变成秋天，秋天怎样变成冬天。白昼怎样渐渐变短，黑夜怎样越来越长。夏天怎样几乎不知不觉地变得凉爽起来，海洋、天空和树林怎样变换它们的颜色。风怎样渐渐地猛烈起来，它的喧嚣声怎样变得日益凶狠；由于风的变化，空气和水怎样越来越冷，屋边的花朵日渐凋零，树林里小鸟的啁啾声也渐渐平静下来，终于完全沉默了；鱼群也离开海岸，游向很久还能保持着温暖的辽阔的深水里去。有一次，夜里晴空万里，繁星密布，早晨却突然变得那么冷，已经不能光着脚出动了。树叶渐渐发黄，草像被火烧过似的，变成棕色，而且疲倦地弯向潮湿的地面。连绵的秋雨洒遍大地：树林，田野，房屋——一切，一切。沟渠变成湍急的洪流，水在道路上冲出许多小沟、小坑，在坑坑洼洼的地方积成许许多多池塘，终于深入地下，注入秘密的泉源。

这时候小岛在不断咆哮着的大海的怀抱里呆呆地一动不动。它那令人神往的岸边，浪花飞溅，随便在什么地方，浪花都绝不会飞得那么高。如果你想认真体验一下秋日暴风雨的威力，那么不是在旁处，而正是要在那里体验！

有一天早晨，所有的池塘的水洼都结了冰。两个孩子欢欣若狂地跑去试试冰的牢度。现在可不会久等了！

天空变得日益灰黯，一天比一天惨淡、阴沉。寒冷而鲜艳的红霞整天整天地挂在天边；雨天，乌云几乎就落在树梢上面，于是整个世界都仿佛被压缩起来了。小岛似乎离得更远了，只是在灰蒙蒙的雾霭中，隐隐约约若隐若现。不过只要天一放晴，立刻就又显示出它全部壮丽的奇景，炫耀雄伟的松林青葱可爱的颜色了——就连夜里最凛冽的严寒也丝毫不能损害它。

终于大海也结冰了。最初是海湾蒙上一层闪闪发光的暗绿色薄膜。渐渐地冰的边界越来越伸进辽阔的大海。风暴几次摧毁冰面，把它摔成无数响声清脆悦耳的碎片，不过只要风一停，冰就又执拗地向深水推进了。有一天早晨，到小岛去的桥已经架好了。暗黑色闪闪发光的冰面远远伸展到地平线那边，在十二月寒冷的阳光下光彩照人，好似一块磨光的钢，又像一面广阔无边的镜子，映出许多岛屿。孤独的小岛被它自己的倒影和在高高的树梢上燃烧着的阳光团团围住，在这面镜子上巍然耸立着，俨然是一片海市蜃楼。它像凝固不动的童话，像一块巨大的宝石，又像你曾在梦中见过的奇迹。

不过汉奈斯和别卡盼望的日子还没有来到。冰还不够坚固。

在这以后，一连下了好多天雪，不久一切就都变成了一片耀眼夺目的银白色。冬天到了。

这期待已久的日子、实现理想的日子终于来到了。

两个孩子用由于急不可耐而发抖的手拿出了滑雪板。早晨，太阳刚刚升起，寒冷的阳光有如一片大火在天边燃烧着。到处一片雪白，一切都闪闪烁烁，灿烂发光。不过遥远的小岛光彩四射，比一切都更为美丽动人。整个小岛薄薄地盖上一层霜雪，在阳光中色彩瞬息万变，宛如童话中一颗巨大的钻石。阳光时而反射回去，点点闪光，恰似蹦蹦跳跳的银星，整个小岛是那样光彩夺目，就连在远处望望它也令人为之目眩。

两个孩子偷偷地上路了，他们的心在战栗。冷彻骨髓的一月的寒风刺痛他们的面颊，使他们感到像火烧似的。遥远的太阳的寒光照得人眼花，可是毫无暖意。滑雪板滑得很顺利，孩子们看到前面就是在寒冷的闪光中变化万千的目的地，于是越来越鼓足劲头，继续向前滑去。他们所有的念头，所有的思想都集中到了那个奇迹的岛上，而随着每一次挥动滑雪杖，它离他们就越来越近了。

他们曾那样日夜梦想的奇遇，令人头晕目眩的童话中的奇遇，当他们的脚踏上小岛的那一瞬间，这一切就都要实现了！所有他们读过的童话，所有他们梦想过的奇迹，千千万万的童话和奇迹，今天一定都会成为现实。他们的嘴笑得合不拢，向太阳和灿烂发光的雪面冰凌微笑着，他们忘记了世界上的一切，只除了一点：今天是他们的节日，滑雪板正带着他们向遥远的小岛飞驰。

家里谁也没有注意他们出去。快到中午的时候，父母开始为孩子们不在而感到惊异，而且渐渐地越来越担心了。孩子们会这么突然地跑到哪儿去呢？于是到处去寻找他们：在房子附近，在他们通常玩耍的地方，可是到处都找不到。

当太阳的最后一束光线在遥远的小岛上逐渐熄灭的时候，孩子们回来了。他们回来的时候十分疲倦，神情严肃。在他们那少年人的心里带回了一个可怕的生活的秘密。他们的思想里再没有任何关于奇遇的想法，他们的心里再没有任何希望。他们已经不再向小岛眺望了，虽然在深红色的夕照中，岛上寒冷的闪光比以往任何时候都更加耀眼夺目。他们不再眺望了，因为他们已经知道了真实情况，赤裸裸的、阴郁而令人痛苦的真实：遥远的神话般的小岛原来只不过是一片不成样子的可怜的荒野，遍地砾石，遍地都是暴风雨遗留下来的痕迹。那儿只有普通的泥土和石头，最常见的石头和泥土——和他们的脚每天踩着的泥土完全一样，甚至还要差一些，更加粗糙，更加贫瘠。岛上的树林里也是一些最普通的树木，最常见的松树，高大的褐色树干耸立在乱石之间，生着弯曲的、被暴风雨折断的树枝。

不，他们再也不想看那个小岛了。无论是今天，还是别的日子——永远，纵令生活突然变得千百倍阴郁，枯燥无味和毫无意义。

这天晚上，他们躲在自己的床上悄悄地哭了，背着父母，甚至互相隐瞒着。他们伤心地痛哭，不能回答自己，为什么他们这么难过，为什么睡梦不肯来临。

（非琴 译）

久拉

伊耶什·久拉（1902—1983），匈牙利作家、诗人。
主要作品有《废墟上的秩序》等。

大师谈风景

※ 巴西雨林

在老比尤达，有一条通向乌杰拉契教堂的街道像广场一般宽阔。我住的平房比往常更加低矮了。隆起的齐窗高的路面好似在冻结的洪水中凝固不动。从这样一幢房子——一家私人开的小酒馆里，一个衣着讲究、身材高挑的女人走了出来，走进了星期五的黄昏之中。她的眼睛模糊不清，因为她已烂醉如泥。她优雅地摇晃着。宽阔的街道上的玄武岩石子装扮成山涧中的踏脚石，捉弄着她，这也正是她每隔两块石子才踏上一脚的缘由。由于所有的石子都是湿漉漉的，整个景象就更为逼真了。天正下着雨，密集而均匀地下着，就像在热带，虽然十一月已经来临。如注的大雨被路灯的光芒梳成了许多细线。女人蓬乱的头发上也洒下了那么多的细线。她浑身湿透了。

她浑身湿透了，但对此却全然不知。否则，她就不会拨开雨线，就像分开芦苇荡中的芦苇或掀开某些南方理发店的珠帘。然而这道珠帘后又出现了另一道，接着又是一道，十道，二十道，一百道，一千道，成千上万道。

所有这一切当然都只是错觉。真实情形是女人正走在蔓生植物——巴西雨林垂挂的卷须之中。她四周的树上密布着色彩艳丽的长尾小鹦鹉，啼叫不已的猴子，凶狠可憎的毒蛇，甚至还有许多临时来南美栖息的动物。此时此刻谁不想助她一臂之力呢？正如夏多布里昂所说的那样，许多与当地女性扣人心弦的浪漫冒险正是这样真正开始的。是的，但有一个因素被人们忽视了——那就是雨林中的特殊距离。我那水手般的眼睛告诉我，我们两人之间，至少有千里之隔。

聂鲁达

巴勃罗·聂鲁达（1904—1973），智利诗人。

重要作品有《二十首情诗和一支绝望的歌》《诗歌总集》等。聂鲁达于1971年获诺贝尔文学奖。

※ 空气赞

漫步街头

我遇到了空气

向它致意

以表我的崇敬：

"你开诚布公

对我毫无保留

你明澈见底

使我充满生机

不知疲倦

你与树叶儿共舞

甜蜜的微笑

拂去我脚上的尘土

鼓足风帆

使船儿划破蓝色

透明的身躯

有一双温柔的眼睛

永不疲惫

倾听着我的歌声。"

我要吻它

那包罗万象的豪华外衣

用无形的丝绸

抚摸飘扬的大旗

我对它说：

"我看不见你

不知你是皇帝还是同志

是丝线还是花芬

或者飞禽。

但我有一事求你

且不能出卖自己。

流水出卖了自己

走进了自来水管

于是辽阔的沙漠

出现了水的危机

可怜的世界

忍受着千年干渴

人们在枯竭的河床上艰难地跋涉。

我仰望星空

明月映照大地

万籁已入梦境

唯有富豪人家的屋顶花园

灯光依然通明。

万籁寂静

唯有那可怕的继母

手持匕首向孩子扑去

双眼迸发出怒火

和猫头鹰的目光一样凶狠

喊一声，就是一桩罪行

罪上加罪

泪水也只好埋在黑影里。

哦，空气

你不要出卖自己

无论别人给你什么利益

不要把自己关入箱子

因为你酷爱自由是你的生性。

没有人能强迫你变成药品

更不能把你装入药瓶

只要你小心、谨慎！

大师智慧书系

如果有谁将你欺凌

招呼于我切莫迟疑

我是诗人——

穷人的孩子

人民的父老兄弟。

无论他们住在哪里

河边还是高山峻岭

不管他们开山凿石

还是制作桌椅

或者裁布缝衣

还是砍伐树木

耕种土地

我希望人们都能呼吸到纯洁的你

你是他们唯一的财产

别人难以剥夺

望着你

从黎明走来

那样的清纯

为此你才永世长存。

空气

让我们尽情地呼吸

不要约束自己。

对那些坐着汽车百般挑剔的人们

高视阔步挥金如土的人们

无论谁都别客气

将他们远远地抛弃

嘲笑他们

揭掉他们的冠戴

决不接受他们的虚情假意。

让我们在一起

把舞步潇洒地踏遍大地

吹开苹果树上的花蕾

穿堂入室

走进每个家庭

我们一起歌唱

回忆昨天

憧憬明日

白天已经来临

让我们去解放世界：

灯光和流水

土地和人们

让所有的一切

都和你一样自由自在。

但现在你更需谨慎小心

来吧，

和我在一起

我们一起跳舞

一起歌唱

越过海滩

跨过高山

前面是一片新的天地

只要风儿一吹

歌儿一唱

新的春光就会来临

含苞待放的花朵

请我们共同享受芬芳

还有那甜蜜的果实

呵，明天的空气。"

（仪信 译）

贝慈

赫伯特·欧内斯特·贝慈（1905－1974），短篇小说家，散文家。

年发表过短篇小说集《日之夕矣》（1927）。

第二次世界大战中，用"某飞行员"的笔名写出了不少关于皇家空军的故事，

如《世上最伟大的人》（1942），《勇士们是怎样倒下去的》（1943）。

大战末期创作了长篇小说《天助法兰西》（1944），《紫色平原》（1947），

《献给莉迪亚的爱情》（1954）都深受读者欢迎。

大师谈风景

123

※ 十月的湖上

　　十月的湖泊上，洒满了簌簌飘落的树叶。在风和日丽的日子里，这些叶子成千上万的漂浮在此刻已不那么清澈的湖面上；这无数张黄色小船似的落叶多为白杨树叶，淅淅沥沥的像下雨一样从那些无风也要抖动的高树之上，纷纷扬扬地飘落下来。但是，若绵绵雨天或一场大雨过后，它们会被水或是风带走，消失得无踪无影。于是，这是除了那在盛夏时节宛如盏盏玉盘而今色如橄榄的残荷睡莲之外，湖上已是一片冷

清。甚至就连睡莲——那种在蓓蕾时期犹如浪里金蛇似的一种色黄头细的睡莲——也不多了，就连茂密的芦苇也都变得稀疏起来，它们被风霜编织成一片片凌乱的网状汀渚，这里的大鹮和松鸡一听到什么陌生的声响便溜到那底下躲藏。

长夏漫漫，荷叶田田，大鹮和松鸡却过着凄惶的日子，它们找不到一片可以自由游嬉的地方，于是可以看到它们从早到晚都在睡莲深藏的水面空隙之间轻轻地穿梭着，歪着头，猫着腰，被这片绿色世界弄得惶恐不安，就像冬季冰天雪地带给他们的感觉一样。在稍微清净的水面上，它们就活跃多了。湖面很长，除两个小岛外，几乎连成一片。鸟儿们一阵阵地在水面上疯狂地翻飞，那一起一落状似无数个不安分的黑色小型水上飞机。相比之下，突然而至的野鸭倒显得有大方许多。它们着水时，一些雄鸭脖颈处闪烁着绿锦缎般的光泽，那神情颇有某个飞机中队完成长途飞行任务后凯旋而归的气势。

夏末时节才是钓鱼的时候。久旱之后，湖水清浅，可以看见大批黑黝黝的鱼群来回游动，它们是出来晒太阳的，却又羞怯易惊，很难捕捉。只有到了晚间，天气渐凉，水面变暗，鱼群露水呈银色，它们的舞蹈不时打破湖面的平静时，才有可能钓到一两条，或许是一条小鲈鱼，或许是一条比沙丁还小的石斑鱼。在这一段时期，尤其是在晴朗的早晨，个大的梭子鱼往往会跃出湖心，一二十个成群结队，状似黑色鱼雷，呆呆地浮在水上，偶尔才大动一下，在水面上漾起阵阵涟漪。

说来也怪，这湖上及周围的一切生物都和湖水息息相关。除了在湖畔赤杨树下那只孤零零的优雅地飞来飞去的鹟鹩，或在十月的午后从岛上横掠湖面不时鸣叫的知更鸟外，这里其他的鸟儿都是水鸟类。白嘴鸭似乎从不光顾这里，燕八哥也是如此；偶尔有一两只鸽子飞掠湖面，陷入林中；甚至连海鸥也流连于田畴之间。但是野天鹅春天时常到淡黄色的芦苇丛中筑巢，还有两只高大的苍鹭，每天喜欢在这里没水的草地上踱步，一听到什么声响，便会吃力地举头四望。鹬鸟常在邻近的沼泽地中如棕褐色翎羽的芦苇间蹁跹起舞，有时也会有一只翠鸟以闪电般魔术式的迅捷猛啄着横过最狭窄水面的赤杨下的阴暗树篱。但也有的时候，而且还有那么一段时间，这里既无生命，又无声响。水面上慢慢寂静下来，再没有鱼跃来打破这种沉寂，树叶在这死寂的十月里不再飘落，深红色的浮子开始停留在腻滑如脂的水面上。

哈利勒·台吉·丁（1906—），黎巴嫩文学家、政治家，被认为是现代阿拉伯短篇小说的先驱之一。主要著作有《来自现实生活的七个故事》《死刑》《平凡者之念》等。

※ 大地的忠诚

大地非同于其他事物，它不虚伪骗人，不出尔反尔。

天空可能会撒谎，于是便不下雨；风会一反常态，于是把大树连根拔起，吹起沙子迷住人的眼睛，使一切荡然无存；大海会背弃它与水手们的契约，宁静的海面顿时涛涌如山。那浪涛就是寿衣，那汪洋便是坟墓，温柔的海滩就像泛着白沫的双唇，吐着腐烂的尸骨。

小溪会骗人，于是渗入地下；泉水会骗人，于是便干枯；树枝会骗人，于是拒发新叶；花儿会骗人，于是便不芳香四溢，不果实累累。

太阳会骗人，于是隐而不见；月亮会骗人，于是不玉盘东升；星星会骗人，便坠落不现。

玫瑰会背叛，捧出的是荆棘利刺，而不再是艳丽与芳香。

而大地，只有大地，才始终如一，永不欺骗，永不撒谎，永不背信弃义。

你栖身的房屋可能会倾倒，会劈头盖脸塌下来。

你吃下的那口食物里也许有致命的毒药。

你穿着的衣服也许会令你窒息，你脚蹬的鞋子也许会带你走向深渊，拥着你的床铺也许会变为你的坟墓。

你真诚相待的朋友也许会变心疏远你；你曾真心相爱的人也许会把你遗忘。

至于大地，独有大地，才最忠诚老实，既不会遗忘，也不会背叛。

看看死亡和时间吧，无论何物、何人都无法拒绝它们的光临，而大地则不然。

每当一代人被死亡席卷，或被时间所遗忘，我们便站在大地上说："这儿曾站过一位帝王，这儿曾走过汉尼拔的大军，那儿曾是征服者之路。"

我们站在大地之上，我们请大地作证。大地在笑，在回忆，在作证。

啊，大地！也许你的最伟大之处是我们在你的内部挖得越深，你所赠予的财宝、宝藏和奉献就越多。你与人是多么的不同啊！也许你最壮丽的景色就是你表面上的残垣断壁，烈焰熊熊吞噬着一切，是遍地的死者和伤者。你保持着自己的庄严，嘲笑着所有的一切，你张开双臂拥抱所有落下的和倒下的，你容纳所有的事，所有的人。

难道不奇怪吗，在你表面上爆炸的炮弹能使所有的一切事物死亡，但如果它在你身上划上疤痕，你的体内就会暴发出新的生命！

大地啊！你不愧是我们的母亲！

沙拉莫夫

瓦尔拉姆·沙拉莫夫（1907—1982），俄罗斯作家。
主要作品有小说《阿乌斯基诺医生的三次死亡》，
诗集《火镰集》《叶的絮语》《道路与命运》《沸点集》等。

※ 偃松

在北疆，在原始森林和冻土带的交接处，在矮生的白桦林间和挂满意外硕大的、浅黄多汁浆果的、低矮的花椒果丛中，在成活六百年之久的、成材已达三百年的落叶松林中，有一种特别的树——偃松，它是雪松的远亲。偃松林是常青的针叶灌木，人手臂粗的树干，两三米高，它极为平易，用根抓住山坡上的石缝生长。它像北方所有的树木一样英勇、执拗。它的触觉也非同一般。

深秋，早该是雪天，是冬天了。白色的天空尽头连日飘着低低的、有些发青的、仿佛是带着血痕的乌云。可今天，刺骨的秋风从清晨起就静得让人害怕。是雪的气息吗？不，不会下雪，偃松还没有卧下。一天天又过去了，没有下雪，乌云在山冈那边徘徊，小小的、苍白的太阳爬上了高高的天空，一切都和秋天一样……

偃松弯下身子，弯得越来越低，像是受到无法计量的、不断增大的重压。它用树顶抓挠石头，把身子贴到地面上，舒展开它那碧绿的树梢。它铺蔓开去，它像披着绿羽的章鱼。它躺着，等了一天又一天；终于，白色的天空洒下粉末状的雪，于是，偃松便像熊一样进入冬眠。白色的山上胀起一堆堆巨大的雪泡——这是偃松树丛在躺倒冬眠。

冬天结束的时候，雪还用三米厚的雪层覆盖着大地，峡谷里暴风雪把厚厚的雪夯得像铁板一样结实。这时，人们便小心地寻找大自然中春天的气息，尽管看日历春天已经到了。不过白天和冬天区分不开的——空气稀薄、干燥，同一月的空气没什么两样。所幸的是，人的知觉过于粗浅，悟性过于一般，而且感觉也不多——总共才五种，不足以预言和揣测。

在感觉方面，大自然要比人更细致入微。我们对此有所了解。还记得纯种的鲑鳟鱼吗？它们只游到那些能够产卵的河流里产下鱼卵，再由鱼卵长成这种鱼。还记得候鸟迁徙的秘密航线吗？植物晴雨表和花草晴雨表我们知道的也不少。

正是在这无涯的皑皑白雪之中，在无望之中，一棵偃松兀然立起，它抖落掉积雪，伸直整个躯干，把它那绿色的、挂着冰晶的、略带红褐色的松针直指天空。它听到了我们无法听到的春的呼吸，对着天深信不疑，率先在北国站立起来。冬天过去了。

事情也有另外的一面：篝火。偃松过于轻信。它不爱严冬，甚至趋信于篝火的温暖。冬天，假如在伛偻的遇上冬天就蜷起身子的偃松周围点起篝火，偃松便会挺起身来。篝火熄了——大失所望的松林就会委屈地哭泣，重又弯下腰去，在原地躺倒。大雪把它掩埋起来。

不，它不仅仅预报天气。偃松还是希望之树，北疆唯一的常青树。在大雪白色的闪亮中，它暗绿的松针在诉说着南方、温暖、生命。夏天，它谦恭而平凡，周围所有的花木都在匆匆地绽放花朵，拼命在北方的短暂夏日里争奇斗艳。春天的花朵、秋天的花朵争先恐后地、无度地、狂暴地绽开。可是，秋天临近了，细小的黄松针已经飘飘洒洒，把落叶松弄得光秃秃的。黄色的小草打了卷儿，枯萎了，森林空旷。于是可以远远地看见，在浅黄色的小草和灰色的苔藓中，偃松那巨大的绿色火炬在森林里熊熊燃烧。

依我看，偃松永远是俄罗斯最富有诗意的树，比闻名遐迩的垂柳、法国梧桐和柏树更强。偃松劈柴烧火也更旺。

（吴嘉佑 译）

井上靖

井上靖（1907—1991），日本小说家。
主要作品还有中篇小说《斗牛》，长篇小说《冰壁》《夏草冬涛》《化石》，
历史小说《天平之甍》《楼兰》《敦煌》《苍狼》《风涛》
《后白河院》《杨贵妃》《孔子》等。

大师谈风景

129

※ 春将至

过了年，把贺年片整理完毕，就会感到春天即将来临的那种望春的心情抬起头来。

翻看年历，方知小寒是一月六日，一月二十一日为大寒。一年中，这时期寒气最为凛冽。实际上日本列岛的北侧正被厚厚的积雪覆盖着，南半部的天空也多是呈现着欲降白雪的灰色。

当然也有时遍洒新春的阳光，却不会持久，灰色天空即刻就会回来，寒气也相随而至，几天即将降雪吧。

严冬季节，寒气袭人，理所当然；在这种情况中等待春天的心情，是任何人都会产生的。不光是住在无雪的东京和大阪，即便是北海道和东北一带雪国的人们，依然是没有两样的。

总之，生活在全被寒流覆盖着的日本列岛的一切人，不管有雪，抑或是无雪的地方，只要新年一过，都会感到春日的临近，而等待着春天。

我喜爱这种等待春天的心境。住在东京的我，尽管是很少，但也能捕捉到一点春天的气息。

今晨，从写作间走下庭院中去，只见一棵红梅和另一棵白梅白枝上长满牙签尖端般小而硬的蓓蕾。

我的幼年在伊豆半岛的山村度过，家乡的庭院多梅树，初春季节齐放白英。没有樱树，也没有桃树，只种了一片小小的梅林。也许是由于幼年时代熟悉梅树，直到过了半个世纪，依然喜爱梅花。梅花，对于我，已经成为特殊的花。

如今，故乡家院里的梅树减少了，而且年老了，已经看不到幼年时代那种纯白的花朵。即使同是昔日的白花，却略含黄色，并不像《万叶集》和歌中吟咏的酷似雪花的那样洁白了。

今朝春雪降，洁白似云霞；

梅傲严冬尽，竞相绽白花。

犹如观白雪，缓缓降天涯；

朵朵频飞落，不知是何花。

前一首的作者是大伴家持，后者是骏河采女。读了这类和歌，那种纯白的沁人心脾的白梅，立刻就会浮现于眼帘。

故里家中的梅树都已枯老，但东京书斋旁的唯一的一株白梅，尚年轻，因而花是纯白的。

梅树过早地长出坚硬的小蓓蕾，这个季节可还没着花。正是在这尚未着花的时刻，自然地培育着一种望春的心情吧。水仙的黄花，山茶的红花，恐怕是这个季节屈指可数的花朵了。

去岁之暮接近年关的时候，我瞻仰桂离宫，广阔的庭园里也未看到花开，只见落霜红和朱砂根的蓓蕾，在广阔庭园的角落里，隐约地闪烁着动人的红光。这个季节，仿佛是树木的蓓蕾代替花朵炫耀着自己的地位。

乘此雪将融，会当山里行；
且赏野橘果，光泽正莹莹。

这也是大伴家持的歌。野橘即是紫金牛，我觉得紫金牛的红色小蓓蕾映衬着皑皑白雪的光景，也许确实具有踏雪前去观赏的价值哩。

前面讲过，我喜爱这种在几乎无花的严冬季节等待春天的心情。每日清晨，坐在写作间前廊子的藤椅上，总是发觉自己沉浸在这样的情致之中。眼下还是颗颗坚硬的小蓓蕾，却在一点点长大，直到那繁枝上凛然绽满白花，这种等待春天的情致始终孕育在心的深处。

我出国旅行，总是初夏或仲秋季节回来。当然，也并非出于什么理由做了这样的决定，而是自然而然地形成的结果。然而，如今却想在什么时候，在那春天已经有了气息却难于降临的二月底或三月初，结束国外旅行，重踏日本的土地。那时，我想一定会深刻地感受到日本节气变化的微妙，和随之改换面貌的日本这一季节景物的细致美。

然而，这种等待春天的一月、二月、三月期间，大气中的自然运行，却是非常复杂微妙，春天绝不是顺顺当当地走向前来的。

小寒、大寒，大致都是一月初或月中，因此，新春一月便是一年中最冷的时节，一直要持续到二月四日的立春时分。当然，这不过是历书上的事，实际上也并不如此规规矩矩。有时小寒比大寒还冷，又有时大小寒都不那么冷，等到二月立春之后，才真正冷上一阵子。不，与其说冷上一阵子，毋宁说这种情形居多。

但是，尽管只是历书上写着，立春这个词，也蕴含着一种难以言状的明朗性。过了年，春天就近了；春天近了，等待春天到来的心情便活跃起来。历书上的立春，使人涌起一种期待：这回春天可真要来了！

实际上，春天总是姗姗来迟，寒冬依然漫长，然而，千真万确，春天正在一步步走近，只是很难看到它会加快步子罢了。这种春日来临的步调，恐怕是日本独有的；似乎很不准确，实际上却准确得出乎意料。

人们都把立春后的寒冷叫做余寒，实际上远远不是称为余寒的一般寒冷。这时候，既会降雪，一年中最冷的寒气也会袭来。然而，即便是这种寒气，等一近三月，便一点一点地减轻，简直是人们既有所感，又无察觉的程度。

不过，即便进了三月，春天依然没有露面。只是弄好了，阳光、天色和树木的姿容，会不觉间给人以早春的感觉，余寒会变成名副其实的春寒。这样，与此同时，连那些从天上降下的东西，那种降落的样子，也会多少发生些变化。那就是"春雪"、"淡雪"和"春霰"。总之，春寒会千方百计改变着态度，时而露出面孔来，时而又把身子缩了回去。

在这样的三月里，有一次寒流袭击了日本列岛的中部，正是三月十三日奈良举行汲水活动的当口。近畿一带，奇怪的是这时节却受到寒流的洗礼。也正在此时，我在东京的家，三月初开始着花的白梅达到盛开时分。每年，当我望见白梅盛开，便又一度想到历书上的记载。

于是发现，大抵上相当于汲水日，或在其以前以后两三天，并且就在两三天里气温下降，十分寒冷。我的眼前浮现出，在奈良古寺的殿堂里，松枝火炬照亮黑暗的情景。看来，也许并非照亮了黑暗，而是照亮了寒流。这时节的春寒，确实是不容怀疑的。

白梅是在汲水时节盛开，红梅却只乍开三分。白梅在三月末凋零殆尽，红梅却进了四月，还多是保存着凋余的疏花。在那白梅开始凋落的时分，杏花和李花就开始着花，好不容易春天才正式来到人间。

然而，三月末，或是四月初，我家的红梅繁花正盛的时节，还要再来一次寒流。那正是比良湾风浪滔滔的季节。自古以来，就流传着比良大明神修讲《法华经》之时，琵琶湖便风涛大作，寒气袭来。实际上，这时节京都和大阪地方还要经受一次最后的寒流袭击。不只是京阪一带，东京也是如此。

这样，与杏、李大致同时，桃树也开始着花。杏树的花期较短，刚刚看到开了花，一夜春风就会吹得落英缤纷，或是小鸟光临，一霎时变成光秃秃的。李花虽不像杏花那样来去匆匆，但也是短命的。比较起来，依然是桃花生命力强，一直开到樱花换班的时节。

　　今年恐怕也与往年相似，一月、二月、三月之间，寒流会在日本列岛来来往往，梅树的蓓蕾就在这中间一点点长大吧。日本的大自然，在为春天做准备的家当，既十分复杂，又朝三暮四，但是总的看来，恐怕也还是呈现着一种严格地遵循既定规律的动向。梅、杏、李、桃、樱，都在各自等待时机，准确地出场到春天的舞台上来。

（李芒　译）

汤川秀树

汤川秀树（1907—1981），日本理论物理学家。著述甚丰。
一九四九年获诺贝尔物理学奖。

※ 自然与人

自然创造了曲线，人创造了直线。我坐在车里呆呆地望着窗外的景色，头脑中突然蹦出了这样一句话。远近丘陵的轮廓，草木的枝枝叶叶，都是无数条线条、无数个面交织在一起，其中没有一条笔直的线和一个平坦的面。与此相反，田园用直线划分，而散落其间的房屋的屋顶，墙壁都基本呈直线和平面。

自然界为什么只用曲线来表现？其理由很简单，如果没有特殊情况，偶然出现的直线概率，要比其他一般出现的曲线概率无限小。那么人类为什么选择直线呢？从遵循最简单的规则的意义来说，这是最便于使用的方法。

自然创造的人类的肉体本身，也是由复杂微妙的曲线构成的。但人类的精神在探求自然深处的奥秘时，反而在曲线的外貌中发现了潜藏的直线骨骼。实际上，迄今为止人类发现的自然法则，在某种意义上说几乎都是直线的。但是，倘若继续探索，也许会发现并非直线的自然的神髓。

这个问题，可能更应该是理论物理学今后的课题吧？

（陈喜儒 译）

斯特劳斯

克洛德·列维·斯特劳斯（1908—2009），法国人类学家，结构主义的主要代表。
研究著作有《亲缘关系的基本结构》《结构人类学》等，散文代表作为《忧郁的热带》。

※ 忧郁的热带：日落

　　科学家把黎明和黄昏看成同一种现象，古希腊人亦是如此，所以他们用同一个词来表示早晨和晚上。这种混淆充分反映出他们的主要兴趣在于理论的思辨，而极为忽视事物的具体面貌。由于一种不可分割的运动所致，地球上的某一点会运动于阳光照射的地区与阳光照不见或即将照见的地区之间。但事实上，晨昏之间的差异是很大的。太阳初升是前奏曲，而太阳坠落则是序曲，犹如老式歌剧中出现于结尾而非开始的序曲。太阳的面貌可以预示未来的天气如何，如果清晨将下雨，太阳阴暗而灰白；如果是晴空万里，太阳则是粉红的，呈现一种轻盈、被雾气笼罩的面貌。但对一整天的天气情况，曙光并不能做出准确的预告，它只标明一天天气进程的开始，宣布将会下雨，或者将是晴天。至于日落，则完全不同。日落是一场完整的演出，既有开始和中间过程，也有结尾，它是过去十二个小时之内所发生的战斗、胜利和失败的缩影。黎明是一天的开始，黄昏是一天的重演。

脚的特权。由于上午迟迟不愿起床和慵懒地进餐，他们都变得虚弱无力，无精打采，吃饭早已经不能带来感官的愉快，而只是一种消磨时间的方式，所以他们尽力使时间拖长，以便填补度日如年的空虚。

实际上，没有任何事情可做，不需要人们花费任何力气。他们当然知道，在这个庞然文物的深处的某个地方安装着机器，有人在那里工作，使之运转。但工作着的人们并不想让别人去看望他们，乘客没想到要去看望他们。船上的官员也没有想把两者拉在一起。人们只能在船上懒散地踱来踱去，看着一名水手往通风器上刷油漆，几名身穿蓝工作服的服务员不甚卖力地在头等舱的走廊上推着一个湿墩布，看到他们，人们才意识到轮船在向前行进，生锈的船身被海浪拍打的声音，隐约可闻。

五点四十分的时候，西方似乎出现了一个结构复杂的空中楼阁，充塞了天地，它的底部完全呈水平方向，大海仿佛由于某种不可理解的运动突然升高，倒立在天空的海水中间似乎有一层厚厚的难以看见的水晶。在这个庞大的结构的顶端，仿佛受反转的地心引力的作用，是变幻不定的框架，膨胀的金字塔和沸腾的泡沫，你中有我、我中有你地向高空伸展。那些沸腾的泡沫既像云彩又像建筑的装饰线脚，因为看起来很光滑，仿佛是镀金的木头圆雕。这个遮天蔽日、一团混沌的聚合物，色彩昏暗，只有顶端闪烁着道道明亮的光辉。

在天空更高的地方，金色的光线变成无精打采的曲线，交织在一起，它们仿佛不是由物质组成，只是纯粹的光线而已。

顺着海平线向北望去，那种巨大的空中楼阁变小了，在四散的云片中渐渐升高，它的后面，在更高的地方，仿佛现出了一条带子，顶端呈五彩缤纷之状。

在接近太阳——此时尚看不见的一侧，阳光使之罩上了一个明亮的边缘。再往北看，各种构造的形态已消失，只剩下那条光带，暗淡无光，融入大海。

同样的另一条带子出现在南方，但顶端布满石板状的大块云朵，犹如支柱之上的座座石屋。

背对着太阳。向东方望去，可以看见两群重叠在一起向远处延伸的云块。因为阳光在它们的背后，所以远景上那些小丘状、膨胀着的堡垒，都被阳光照亮，在空中呈现出交织的粉红、深紫和银白色。

与此同时，在西方的那一片空中楼阁之后。太阳正在缓缓下坠。在日落的每个不同阶段，有某道阳光可能会穿透那一片浓密的结构，或者自己打开一道通道，光线于是把障碍物切成一串大小不同、亮度各异的圆片。有时候，阳光会缩回去，仿佛一只握紧的拳头，此时，云制的手套只让一两个发光而僵直的手指露出来。或者有时候，仿佛是一条章鱼，爬出了烟雾弥漫的洞穴，然后又重新退回洞中。

日落有两个不同的阶段。开始时太阳是建筑师，后来（当它的光线只是反射光而非直射光的时候），太阳变成画家。当它在海平线上消失的时候，光线立刻变弱了，形成的视平面每时每刻都更为复杂。强烈的光线是景物的敌人，但在白天与黑夜转换的时刻，却可以展现一种奇幻和转瞬即逝的结构。随着黑暗的降临，一切都变得平淡无奇了，如同色彩美丽的日本玩具。

日落第一阶段开始的准确时间是五点四十五分。太阳已经很低，但还没有触及海平线。太阳开始在云层结构下面出现的一刹那，如同蛋黄一样喷薄而出，把一片光辉洒在它仍然没有完全摆脱的云层结构上。光芒四射之后。立刻就是光芒的回缩，周围黯淡下来，于是在海平面和云层底端的空间之中，出现了一道迷蒙的山脉，开始时在一片光辉之中影影绰绰，继而变得昏暗和棱角峥嵘。与此同时，扁平的山体也变得庞大起来。那些坚实黑暗的形体缓缓移动，如同一群候鸟在飞越广阔火红的大海，于是那一片火红逐渐从海平线向天空延伸，揭开了色彩缤纷阶段的序幕。

渐渐地，夜晚的庞大结构消失了。充塞着西方一整天的庞然大物，此时像一块轧制的片状金属，被一种来自背后的光辉照亮，光辉始而金黄，继而朱红，最终变为桃红。已经扭曲变形和正在缓缓消失的云块，也被光辉融化和分解，如同被一阵旋风裹挟而去。

由云雾织成的无数网络出现在天空时，它们形状各异，有水平的、倾斜的、垂直的、甚至螺旋形的，向四面八方伸展。随着阳光的减弱，光线把它们一个接一个地照亮（好像琴弓忽起忽落，拨动不同的琴弦一样），使每个网络仿佛都具有它所特有而随意的色彩。每个网络在光辉中出现的时候，都是那样干净、清晰，像玻璃丝一样，又硬又脆，然后就渐渐地解体了，仿佛因为其组成的物质暴露在一个充满火焰的天空而无法忍受高温，变黑了，分解了，越来越薄了，最终从舞台上消失，而让位于另外一个新组成的网络。到最后，各种色彩都混合在一起。变得难以分辨，如同一个杯子里不同颜色和不同浓度的液体，起初还层次分明，接着渐渐地混合在一起。

在此之后，人们就很难跟踪观察远方天际上的景观了，那每隔几分钟甚至几秒钟就重复出现的景观。当太阳触及西部海平线的时候，东方的高空中突然出现了一些以前看不到的紫色云彩，彩云不断扩展，不断增加新的细部和色彩，然后从右至左地缓缓消失，仿佛被一块抹布慢慢而毫不犹豫地擦掉。几秒钟之后，澄澈、深灰色的天空重新出现在云层堆积的堡垒之上。当那一片堡垒渐呈灰白的时候，天空却一片粉红。

在太阳那边，在原来的那条老带子后面，出现一条新的带子，前者灰白、昏暗，后者红光闪烁。当这后一条光带的光辉暗淡下去的时候，顶端那尚未被人注意的斑驳的色彩，此时渐渐扩展开来，其下部暴发为一片耀眼的金黄，其上部的闪光演变为棕色和紫色。人们似乎在显微镜下，顿时看清了那些色彩的结构：成千上万条纤细的光线，仿佛支撑着一个骨架，使之呈现出浑圆的形状。

此时，太阳直射的光线业已全部消失，天空只剩下了红黄两色，红色如同虾和鲑鱼，黄色如同亚麻和干草。五色缤纷的色彩也开始消逝。天空的景观重新出现白色、蓝色和绿色。然而海平线上还有些角落在享受着某种短暂而独立的生命。左边，一道没有被人发现的面纱突然出现，像是几种神秘绿色的随意混合。颜色然后渐渐转成艳红、暗红、紫红和炭黑，犹如一枝炭条在一张粗糙的纸上留下了不规则的痕迹。在这道面纱的后面，天空呈现出高山植物般的黄绿色，那条光带依然一片昏暗，轮廓完整清晰。西边的天空，那水平状纤细的金线发出最后的闪光，可是北边近乎完全黑了下来，那些小丘状的堡垒，在灰色的天空下，变成乳白色的隆起。

白日消逝，夜晚降临，这一系列近乎完全相同而又不可预测的过程，乃是最为神秘不过的事情。种种迹象，伴着变化不定和焦虑，突现于天空。没有能预测这一特定的夜晚采取什么形式降临。仿佛由于一种神秘的炼金术的作用，每种颜色都成功地变化为其互补色，可是画家要获得同样的效果，则必须在他的调色板上加入一管新的颜料。然而对黑夜而言，它可以调出无穷无尽的混合色，它开始展现的只是一种虚幻的景象：天空由粉红变成绿色，其真正原因是某些云彩变为鲜红的颜色而我却未曾注意，对比之下，原本是粉红的天空就呈现出绿色，因为这种粉红的色调太淡，无法和那种新出现的强烈色彩相抗衡。不过，天空颜色的变化并没有引起我的注意，因为由金黄变为红色不像由粉红变为绿色那样令人惊讶。黑夜就这样仿佛在神不知鬼不觉之中降临了。

于是，金黄与紫红的颜色开始消逝，黑夜代之以自己的底片，温暖的色调让位于白色和灰色。黑夜的底片上慢慢现出一种海景，悬于真正的大海之上，那是由云彩组成的一幅广阔无垠的银幕，缓缓散成丝缕，变成座座平行的半岛，如同在一架低飞而一翼倾斜的飞机上所看到的平坦而布满黄沙的海岸，仿佛正把箭头射入海中。白日的最后几道光芒，低低地斜射到云朵组成的箭头上面，使其外表很像坚硬的岩石，人们眼前的整个幻象因此更为壮观。那些如岩石般的云朵，平时展现在光辉与黑影的刻刀下，但此时的太阳仿佛已经无力在斑岩和花岗岩上使用它明亮的刻刀，而只能把变幻不定和烟云瀑靆的物质，当作它的雕刻对象，不过，这位正在徐徐下坠的雕刻家依然保持着固有的风格。

随着天空渐渐变得澄澈起来，人们看到那如同海岸一般的云彩中，出现了海滩、潟湖、成堆的小岛和沙洲，它们被天上那个平静的大海所淹没，同时在不断分解的云层中形成许多峡湾和内湖。由于环绕那些云朵箭头的天空很像海洋，也由于海洋通常反映天空的颜色，所以天空的景观乃是一种遥远景观的再现，太阳将再次在那遥远的地方坠落。此外，只要看看天空底下的真正的海洋，海市蜃楼般的幻景就会立刻无影无踪：它既不是正午的灼热，也非晚餐后的美妙和波浪轻摇。几乎从水平方向而至的光线，只把涌向它们那个方向的海浪照亮，海浪的另一面则一片黑暗。膨胀的海水于是呈现出鲜明浓重的暗影，如同脱胎于一种金属。一切透明的景象全部消失。

于是，通过一个很自然，却又始终无法觉察和迅疾的过渡，夜色取代了暮色，一切均不复原来的样子。天空，在临近地平线的地方，是一团漆黑，高处则呈土黄色，最高处是一片蔚蓝，被白日结束逼得四处逃窜的云朵也已呈现支离破碎之状，很快就只剩下了干瘪的病态的道道黑影，如同舞台上的布景支架，演出结束，灯光熄灭，立刻显现出其可悲、脆弱和临时搭就的本来面貌，它们所制造的幻象，并非出自它们本身，只不过是利用灯光和视角所造成的错觉而已。不久之前，云间还是那样活跃鲜明，每时每刻变化无穷，此时则被固定在一个痛苦而无法改变的模式里，将和渐渐黑暗下去的天空融为一体。

（赵坚 译）

法朗士

阿纳托尔·法朗士（1844-1924），
法国作家，文学评论家，社会活动家，
其代表作有《波纳尔之罪》等。

大
师
谈
风
景

143

※ 假期的欢乐

　　我最大的乐趣是黎明时去迎接草地的苏醒。我手拿一本书，离开尚在沉睡
的家屋，轻轻推开栅栏。草地上覆盖着一层薄霜，无法坐下去；我踏着小路，
沿着被爷爷称为"庭园"的种满奇花异木的花园散步。我边走边读书，清新的
空气迎面扑来，滋润着我的皮肤。那一抹笼罩大地的雾霭逐渐消散；紫红色的
山毛榉、蓝色的雪松、银白色的杨树闪烁发光，像天国的清晨一样晶莹。我独

自一人享受大自然的美景和上帝的恩惠，同时由于腹中空虚，想起了巧克力和烤面包的美味。

阳光沐浴的紫藤散发着清香，蜜蜂嗡嗡叫着，绿色的百叶窗打开了；对于别人这是一天的开始，可是我同这一天已经秘密分享了一段漫长的时光了。家人互道早安并且吃早餐，然后我到木豆树下坐在一张铁桌旁边做我的"假期作业"。这对于我是愉快的时刻，因为作业很容易；我好像在用功，实际上却陶醉于夏日的喧闹：胡蜂的嗡鸣、珠鸡的咕哒、孔雀的哀叫、树叶的飒飒。福禄考花的芬芳和从厨房吹来的焦糖和巧克力的诱人香味混杂在一起，阳光在我的作业本上投下了朵朵跳动的圆圈。这儿，每件事物和我自己都各得其所，现在，永远。

将近中午，爷爷下楼了，两道白颊髯之间的下巴刚刚刮过。他拿起《巴黎回声报》，一直读到吃午饭。他喜欢有分量的食物：鹧鸪焖卷心菜、烤子鸡、橄榄炖鸭、兔里脊、馅饼奶油、水果馅饼、圆馅饼、杏仁奶油馅饼、烘饼、樱桃蛋糕。当菜盆托放着《角城之钟》时，爷爷同爸爸逗趣；他们争先恐后说话；他们笑声朗朗，时而背诵名句，时而唱歌；往事的回忆、奇闻轶事、名言警句、家传的笑料都是他们谈话的素材。饭后，我通常和姐姐一道去散步。我们跑遍了方圆几公里内的栗树林、田野和荒原，荆棘刺破我们的手脚……有时，我整个下午呆在花园里，如痴似醉地读书，或者凝视地上慢慢移动的阴影和翩翩飞舞的蝴蝶。

雨天，我们留在屋子里。可是，如果说我对人为的约束感到痛苦，我对大自然的限制并不反感。客厅里有绿色长毛绒的扶手椅、挂着黄色纱幔的落地窗，我在那儿是很惬意的；在大理石壁炉上、在桌上、在餐具柜上，摆着许多逝去岁月的纪念物；羽毛日益脱落的鸟类标本、日益干缩的花朵、光泽日益暗淡的贝壳。我爬上凳子，在书架上搜寻。我在那儿总会找到一本未曾读过的芬尼莫尔库拍的小说，或者一期旧《风光画报》。客厅里还有一架钢琴，好几个键已经不响了，弹出的声音不大协调。妈妈翻开摆在谱架上的《大莫戈尔》或《让内特婚礼》的乐谱，唱起爷爷爱听的歌曲，爷爷同我们齐声重复着副歌。

如果天晴，我晚饭后再到花园里兜上一圈；我头顶银河璀璨的星斗，呼吸沁人心脾的玉兰花香，窥伺横掠长空的流星。随后，我手执蜡烛上楼安寝。

东山魁夷

东山魁夷（1908—1999），日本当代著名风景画家、散文家。

主要作品有散文集《听泉》《和风景的对话》及《探求日本的美》等。

※ 一片树叶

当我把京都作为主要题材来创作我的组画的时候，想起了圆山闻名的夜樱。我多想观赏一下那坠满枝头的繁盛的花朵，同那春宵的满月交相辉映的情景啊！

那是哪一年四月十日前后吧，我弄清楚当夜确实是阴历十五之后，就向京都进发。白天，到圆山公园一看，却也幸运，樱花开得正旺，春天的太阳似乎同月夜良宵相约似的，朗朗地照着。时至向晚，我已经参观了寂光院和三千院，看看时间已到，就折向京都城里。

来到下鸭这地方，蓦然从车窗向外一望，东面天上不正飘浮着一轮又圆又大的月亮吗？我吃了一惊。本来我是想站在圆山的樱树林前，观赏那刚刚从东山露出笑脸的圆月。它一旦升上高空，就会失掉特有的风韵。我后悔不该在大原消磨那么多时光。

我急匆匆赶到圆山公园，稍稍松了口气。所幸，这儿靠近山峦，一时还望不见月亮的姿影。

东山浸在碧青色的暮霭里，山前面一株枝条垂挂的樱树，披着绯红色华美的春装，仿佛将京都的春色完全凝聚于一身似的。地面上，不见一朵落花。

山头一片净明，月亮微微探出头来，静静地升上绛紫色的天空。这时，樱花仰望着月亮，月亮俯视着樱花。刹那之间，消尽了游春的灯火和杂沓的人影。四周阒无一人，只给月和花留下了清丽的好天地。

这也许就是常说的奇缘巧遇吧，花期短暂，难得碰上朗照的满月；再说，月华的胜景，也只限于今宵，要是碰上阴雨天气，就什么也看不到。此外，还必须有我这个欣赏者在场才成。

如果花儿常开不败，我们能永远活在地球上，那么花月相逢便不会引人如此动情。花开花落，方显出生命的灿烂光华；爱花赏花，更说明人对花木的无限珍惜。地球上瞬息即逝的事物，一旦有缘相遇，定会在人们的心里激起无限的喜悦。这不只限于樱花，即使路旁一棵无名小草，不也是同样如此吗？

自然景物令人赏心悦目，这个体验是我在战争中获得的。那时想到自己的生命之火就要熄灭了，处在这样的境况里，才发觉自然景物却充满了旺盛的活力。于是，我受到了强烈的震动。过去在我的眼里，这些景物都是平淡无奇、不堪一顾的呢。

战争结束以后，在贫困的年代里，我也隐入苦难的深渊。冬天，我伫立在凄清寂静的山峦上，大自然和我紧密相连，这才使我的心境感到充实而满足，我心中产生了对生活的切实而纯真的向往。打那时候起，我便开始了一个风景画家的生涯。

我所喜欢描绘的不是人迹罕至的景致，而是富有生活情趣的自然风物。然而，在我所描绘的风景里，可以说，几乎没有人物出现。其中一个理由是，我所描绘的风景是人们心灵的象征。我是通过自然景色本身，抒写人们的内心世界的。

我常常揣摩画面的内容，创作散文，这是我接触了清新的自然和素朴的形象之后引起的感动所致。在战后时代的急流勇进中，我有很多时候，是走着同时代相游离的道路的。现在看来，这条路算是对了。而且，我决心继续走下去。

人应当谦虚地看待自然和风景。为此，固然有必要出门旅行，同大自然直接接触，或深入异乡，领略一下当地人们的生活情趣。然而，就是我们住地周围，哪怕是庭院的一木一叶，只要用心观察，有时也能深刻地领略到生命的含义。

我注视着院子里的树木，更准确地说，是在凝望枝头上的一片树叶。而今，它泛着美丽的绿色，在夏日的阳光里闪耀着光辉。我想起当它还是幼芽的时候，我所看到的情景。那是去年初冬，就在这片新叶尚未吐露的地方，吊着一片干枯的黄叶，不久就脱离了枝条飘落到地上。就在原来的枝丫上，你这幼小的坚强的嫩芽，生机勃勃地诞生了。

任凭寒风猛吹，任凭大雪纷纷，你默默等待着春天，慢慢地在体内积攒着力量。一日清晨，微雨乍晴，我看到树枝上缀满粒粒珍珠，这是一新生的幼芽凝聚着雨水闪闪发光。于是我感到百草都在催芽，春天已经临近了。

春天终于来了，万木高高兴兴地吐翠了。然而，散落在地面上的陈叶，早已腐烂化作泥土了。

你迅速长成一片嫩叶，在初夏的太阳下浮绿泛金。对于柔弱的绿叶来说，初夏，既是生机旺盛的季节，也是最易遭受害虫侵蚀的季节。幸好，你平安地迎来了暑天，而今正同伙伴们织成浓密的青荫，遮蔽着枝头。

我预测着你的未来。到了仲夏，鸣蝉将在你的浓荫下长啸，等一场台风袭过，那哕哕蝉鸣变成了凄切的哀吟，天气也随之凉爽起来。蝉声一断，代之而来的是树根深处秋虫的合唱，这唧唧虫声，确也能为静寂的秋夜增添不少雅趣。

你的绿意，不知不觉黯然失色了，终于变成了一片黄叶，在冷雨里垂挂着。夜来秋风敲窗，第二天早晨起来，树枝上已经消失了你的踪影。只是在你所在的那个枝丫上又冒出了一个嫩芽。等到这个幼芽绽放绿意的时候，你早已零落地下，埋在泥土之中了。

这就是自然，不光是一片树叶，生活在世界上的万物，都有一个相同的归宿。一叶坠地，绝不是毫无意义的。正是这片黄叶，换来了整个大树的盎然生机。这一片树叶的诞生和消亡，正标志着生命在四季里的不停转化。

同样，一个人的死关系着整个人类的生。死，固然是人人所不欢迎的。但是，只要你珍爱自己的生命，同时也珍爱他人的生命，那么，当你生命渐尽，行将回归大地的时候，你应当感到庆幸。这就是我观察庭院里的一片树叶所得的启示。不，这是那片树叶向我娓娓讲述的生死轮回的要谛。

（陈德文 译）

※ 听泉

鸟儿飞过旷野。一批又一批，成群的鸟儿接连不断地飞了过去。

有时候四五只联翩飞翔，有时候排成一字长蛇阵。看，多么壮阔的鸟群啊！……

鸟儿鸣叫着，它们和睦相处，互相激励，有时又彼此憎恶，格斗，伤残。有的鸟儿因疾病、疲惫或衰老而失掉队伍。

今天，鸟群又飞过旷野。它们时而飞过碧绿的田原，看到小河在太阳照耀下流泻；时而飞过丛林，窥见鲜红的果实在树荫下闪烁。想从前，这样的地方有的是。可如今，到处都是望不到边的漠漠荒原。任凭大地改换了模样，鸟儿一刻也不停歇，昨天，今天，明天，它们继续从这里飞过。

不要认为鸟儿都是按照自己的意志飞翔的。它们为什么飞？它们飞向何方？谁都弄不清楚，就连那些领头的鸟儿也无从知晓。

为什么必须飞得这样快？为什么就不能慢一点儿呢？

鸟儿只觉得光阴在匆匆忙忙中逝去了。然而，它们不知道时间是无限的，永恒的，逝去的只是鸟儿自己。它们像是着了迷似的那样剧烈，那样急速地振膈翱翔。它们没有想到，这会招来不幸，会使鸟儿更快地从这块土地上消失。

鸟儿依然呼啦啦拍击着翅膀，更急速，更剧烈地飞过去……

森林中有一泓清澈的泉水，发出叮叮咚咚的响声，悄然流淌。这里是鸟群休息的地方，尽管是短暂的，但对于飞越荒原的鸟群说来，这小憩何等珍贵！地球上的一切生物，都是这样，一天过去了，又去迎接明天的新生。

鸟儿在清泉旁歇歇翅膀，养养精神，倾听泉水的絮语。鸣泉啊，你是否指点了鸟儿要去的方向？

泉水从地层深处涌出来，不间断地奔流着，从古到今，阅尽地面上一切生物的生死，荣枯。因此，泉水一定知道鸟儿应该飞去的方向。

鸟儿站在清澄的水边，让泉水映照着身影，它们想必看到了自己疲倦的模样。它们终于明白了鸟儿作为天之骄子的时代已经一去不复返了。

鸟儿想随处都能看到泉水，这是困难的。因为，它们只顾尽快飞翔。

鸟儿想错了，它们最大的不幸是以为只有尽快飞翔才是进步，它们以为地面上的一切都是为了鸟儿而存在着。

不过，它们似乎有所觉悟，这样连续飞翔下去，到头来，鸟群本身就会泯灭的，但愿鸟儿尽早懂得这个道理。

我也是鸟群中的一只，所有的人们都是在荒凉的不毛之地上飞翔不息的鸟儿。

人人心中都有一股泉水，日常的烦乱生活，遮蔽了它的声音。当你夜半突然醒来，你会从心灵的深处，听到幽然的鸣声，那正是潺湲的泉水啊！

回想走过的道路，多少次在这旷野上迷失了方向，每逢这个时候，当我听到心灵深处的鸣泉，我就重新找到了前进的标志。

泉水常常问我：你对别人，对自己，是诚实的吗？我总是深感内疚，答不出话来，只好默默低着头。

我从事绘画，是出自内心的祈望：我想诚实地生活。心灵的泉水告诫我：要谦虚，要朴素，要舍弃清高和偏执。

心灵的泉水教导我：只有舍弃自我，才能看见真实。

舍弃自我是困难的，甚至是不可能的，我想。然而，絮絮低语的泉水明明白白地对我说：美，正在于此。

※ 风景开眼

迄今我旅行的次数多得不计其数。今后仍要旅行。对我来说，所谓旅行意味着什么呢？也许是想通过旅行将孤独的我置于大自然中，让它在思想上获得解放、净化，变得活跃起来，找出大自然变化中显现的生之证明吧。

究竟什么叫生呢？偶然来到这世上的我，不久又将要离开，到别的什么地方去，理应没有常住之世、常住之地、常住之家。轮回、无常才是生之证明。

我不是按照我的意志的驱使才生活，也将不是按照我的意志的驱使才死亡。如今生命似乎也不是明确地依据意志的驱动而存在着。所以，绘画这项工作也……

我想说什么呢？我觉得尽力诚实的生活是可贵的，只有这样才是我唯一的生活意义。尽管如此，这是以上述认识作为前提的。

我被动地生活着。如同野草，也如同路旁的小石。我认为在生存的宿命中要尽力求生。尽力求生是艰难的。但是，有了这样的认识，我仿佛多少得到了解救。

我的生活方式不算富有锐气。由于天生的性格，我经历了许多的挫折和苦恼，好容易才走过来的。从幼年到青年，我一直拖着病弱之躯。自懂事起，我就看到双亲那爱憎的样子，也看到人间的宿命和善恶的德行。我有着不愿被人察觉的心灵隐秘，经过心理成熟期的剧烈动荡、兄弟的早逝、父业的破产、艺术上长期的艰苦探索，以及战争的悲惨。

就我的情况而言，也许正因为如此，我才能按照自己的方法来捕捉生命的辉光。我之所以没有倒下，好歹经受得起各种痛苦的考验，与其说是由于意志的坚强或与之相应的努力这样的积极因素，不如说是因为我对一切的存在持肯定的态度，不知不觉间成为我的精神生活的根基。少年时代的我，有一个时期是怀疑一切的，也曾对一切的存在抱有一种无法忍受的不信任感，但是，某种绝望却在我心中扎下了根，成为我的支柱。

一段时期，一年中的大半时间里，我都是站在渺无人影的高原上，静静地凝望着，感受着天空的色彩、山峦的姿态和草木的气息。那是在一九三七、一九三八年我尚未结婚时，借住在一家幼儿园里的事。在称作八岳美丽森林的高原一隅，我忽然发现了令人喜爱的风景，一年之中我就数十次地来到了同一地点，抱着莫大的兴趣，眺望着我似曾见过的一草一木随季节而变化的千姿百态。

冬天理应早已逝去，可高原的春天却姗姗来迟。寒风席卷而来，赤岳和权现岳一派白色的庄严，惟有落叶松林萌发了仅有的黄褐色。处处都残留着积雪的高原，仿佛被压碎了似的。去年的芒草细细地挺立其间，真不可思议。经历了深雪和劲风的冬季，连一些坚固的枞树枝丫都被打折了，为什么这些细小的草茎却能继续挺立呢？

春天来临，短时间里花草林木都开始抽绿了。红色、黄色、靛白色、嫩绿色、银色、金色，构成绚丽的交响乐。牛虻在挂着素色花的小梨树下，吱吱地合奏着弦乐。黄莺、布谷鸟在高、低音二重唱。还有杜鹃花、荷花的华丽，吊钟花的可爱，野蔷薇的雅致。

云雾流动，雨点飘洒。夏日灿烂，放牧在热气腾升的草原上的骏马，背上闪闪生光。骤雨、猛烈的雷鸣，还有飞挂在万里晴空的牧场高原上空的艳丽彩虹。

刺儿菜的茎伸展了。山萝卜的花绽开了。天空一片蔚蓝，晴朗得一尘不染，天上流动着透明的薄云。落叶松呈黄褐色，白桦呈光灿灿的黄色，这时芒草穗白花花地随风摇曳。

天空笼罩着厚厚的灰色云层，开始降雪了。大地铺上了深深的雪，看上去枞树是黑黝黝的，雪地上斑驳地留下了点点鸟和兔的足迹。落叶松在寒冷中不时颤动着，把雪花抖落了下来，恍如播撒着白色的粉末。

不久，又是春回大地。却说那芒草——下雪的时候，雪花从它的下方渐渐堆积起来，它依然挺立不倒，最后被完全掩埋在雪中。雪融化了，它探出头来，就这样留存在春天里了。我被它这种尽管柔弱，却不违抗命运而经得起磨难的形象所深深感动。

那时节，为什么我的作品没有这种生机呢？我自觉要与大自然的心无间隙地融合，不仅是表面的观察，而且要达到相当深的地步。可是，我却不能把我所感受到的东西朴实而深情地描画出来。难道是表现技巧拙劣吗？不！这里存在着比这更重要的问题。

战争快要结束时，我被征入伍，加入千叶县的柏地方连队，翌日马上被调到熊本。在那里天天被迫进行携带炸药向坦克作肉搏攻击的演习。一天，我们去清理市街的废墟。我风尘仆仆地奔走着，脚下是散乱一地的烧塌的屋瓦，飞扬的尘土。将这一伙身穿又脏又破的衬衫的人称之为军队，他们的模样也未免太凄惨了。

这是我登上熊本城天守阁遗迹的事了。我带着迷醉似的心情奔跑着。应该说，这是灵魂被震撼了的人的陶醉吧。方才我终于看到了光辉的生命的姿影……

从熊本城眺望，可以看见肥后平原和丘陵的彼方，远处的阿苏朦朦胧胧地展现一派广袤的景致。虽然风景雄伟，但对于经常旅行的我来说，并没有什么特别的稀奇。为什么今天我竟感动得几乎要落泪呢？为什么天空竟是那么遥远而清澄，重峦叠嶂充满着深沉的威严气势，绿色的平原闪烁着熠熠辉光，森林呈现出一派深邃的景象呢？迄今为止我一直在旅行，但可曾见过这般美的风景吗？一定是把它当作平凡的风景视而不见了吧。为什么没有把它画下来呢？如今岂止没有绘画的愿望，甚至也没有生存的希望——欣喜和悔恨涌上了我的心头。

我之所以看到了风景的闪光，是因为我心中已经没有绘画的愿望，也没有生存的希望；是因为我的心变得无比纯净了。我明白地意识到死亡将至时，生的姿影无疑强烈地映现在我的心间。

从内心对大自然感到亲切、理应捕捉到其生命感的我，一旦创作起来，却囿于题材的物异性和构图、色彩及技法的新颖性了，所以就缺乏最重要的、质朴而根本的、令人感动的东西，以及对生命紧紧的把握，不是吗？

我创作时，心中总有这样一种愿望，即希望该作品在展览会上获得好成绩。由于家中有生意失败了的年迈的父亲、长期患病的母亲和弟弟，我的经济负担也很沉重，不得不想引起人们的注目，有朝一日出人头地。友人相继成为画坛的宠儿，成为流行的作家，惟独我不及人家。我有些焦灼，但还是以迟缓的步伐向前迈着。在这种状态下，心灵怎么可能变得纯粹呢？

虽然我不是当即就理智地思考了当时的心境，但我倒是这样告诫自己的：万一还有机会提笔作画——恐怕这种机会不会再来——我将会以现在的心情来表达这种感动。

我汗流浃背，浑身尘埃，走在熊本市的废墟上。我的心被这股思绪纠缠住了。

如今回想起来，我之所以走风景画家的道路，可以说是逐渐被逼出来、被磨炼出来的，人生的旅途会有好多歧路。中学毕业时我下决心当画家，而且选择了当日本画家的道路，这是一条莫大的歧路。战后，我走风景画家的道路，也是一条歧路。我不能不认为这两次选择与其说是按照我自己意志的驱使，不如说是一种更加巨大的外在力量在驱动着我。的确，说我生活着，不如说我被动地生活着，可以说，就是这种外在力量使我成为日本画家，成为风景画家的。应该将这种力量叫做什么呢？我也不知道……

（唐月梅 译）

拉塞尔

弗朗西斯·拉塞尔（1910—1989），美国史学家、传记作家、文学史家，所著《美国民族的成长》颇负盛名。

※ 最后的山

　　缅因州北部的秋天，黄昏将近，天上零零落落地挂着些许浮云，一朵一朵的云影将这山区的景色装点得格外瑰丽、动人。几个取着印第安名字的少年营地就坐落在这儿。这里往东十二英里就是沃多博勒城。从十二岁到十四岁，我年年夏天都来这儿度假——真是岁月悠悠，往事不忍回首。

　　我伫立在一个土坡上，旁边就是当年的棒球场；右边是一棵黑色的橡树，有好几百岁了。那些年，一到周末，我们常常在它的身旁举行篝火晚会。八月里，多少个炙热燠闷的日子，我站在这个土坡上，透过蓊蓊郁郁的树林，远眺卡姆登丘陵！那景致永远是那样迷人，宛若一幅十九世纪凹版画：质朴的乡野蜿蜒开去，越山冈、过树林，直奔耸立在地平线上的巴蒂山。每逢篝火晚会之夜，夕阳刚一西沉，我们便围聚在橡树四周。此时，薄暮冥冥中的巴蒂山，影影绰绰，轮廓依稀可辨。

这些年来，棒球场四周又参参差差地长起了白杨、桦树和疤疤结结的桧木，遮蔽了眼前的风景。如今，碧蓝的穹苍下，除了高高低低的再生树冠，什么也见不着了。天空开始抹上了清冷的冬色。连巴蒂山也消失了。

溽闷难熬的下午，当微风在清凉渐暮的黄昏里颤颤悠悠时，我每每站在这棵老橡树下，举目凝望，前方的灌木丛和沼泽地尽收眼底；再往前数里，一座小山映入眼帘。这是一座很不起眼的小山。光秃秃的山峰下是一个荒芜的牧场，牧场上星星点点地生长着野桧树，裸露的花岗岩点缀其间。然而，数里以外的这座小山却以某种魔力在吸引着我、召唤着我。我无法移开自己的目光。我心里明白：假期结束以前，我一定要爬上那座山——越过牧场，穿过灌木丛，绕过花岗岩，一直向前向前，直到爬上山顶。我一定要这么干。我说不清这是为什么，甚至也没问过自己。

但是，要从营地溜走可不是件容易的事。我们早早晚晚的活动全都在领队的小本本上记着呢。我们必须游泳、划船、打网球或棒球，要不就练习竞赛或到野外远足，再不就做点什么。无所事事毫无缘由去爬一座山，那可是违反规定，也有悖于"营地精神"。

每逢周末下午，家长和游客便蜂拥而至。我们也就不再有那么多活动，稍许轻松轻松。正是这样一个秋高气爽的周末下午，我溜出了营地，去爬我魂牵梦绕的小山。从嵯峨的橡树下望去，山峰就在眼前，神秘莫测，充满诱惑。我顺着棒球场的边沿躲躲闪闪地向前走着。接着，又溜进了一片丛林。

乱丛林里，藤蔓缠结，野草丛生，穿行其间，不仅举步艰难，且无法分清南北东西。我忽而被朽木绊倒，忽而一脚踩进蚁穴，忽而陷入泥淖，忽而受到枯枝阻挠；带刺的种子设法钻进我潮湿的鞋子。没有一丝风影，蚊虫在耳畔嗡鸣，苍蝇飞旋着撞来撞去。我深一脚浅一脚地向前挪动着步子，既迷失了方向，也忘记了时间。

就这般跌跌爬爬地往前赶着，料必至少赶了个把钟头，只见一片空地蓦然展现在眼前，空地上稀稀拉拉地长着棒树和枫树。阳光滤过枝叶洒在地上。我猛然发现前面有一排华美的小屋。那又窄又尖、矗指蓝天的屋顶在阳光的照耀下，与扇形木瓦、云儿似的花样、尖叶形的图案相映成趣，把房子装扮得色彩斑斓，煞是迷人。房子与房子相隔很近，不过一臂之遥。所有的屋子都是空的，没有一点儿生命的迹象。

在刚从丛林中出来的我的眼里，这片阳光映照的小树林宛若格林笔下的童话境界；仿佛这个奇异的小村落在一种魔法的笼罩下，沉睡了一百年。我面前的这座黄色小屋，门廊上装饰着蓝色的木格子，不就是一直在等待着汉塞尔和格丽特尔的吗！林子是这么静谧，没有忽儿风影，就连白杨的叶子也是木然地耷拉着。蓝的蜻蜓、绿的蜻蜓滞留半空，凝然不动，更添了几许似魔似幻的神秘。远方，一只小黄鹂在啾啾地吟鸣，应和着催人入梦的蝉声。除此，便是万籁无音的死寂。

我踏上一幢房子的门廊（这是一幢用石竹花装饰的房子），站在它唯一的窗下朝里探望。我看到的是再普通不过的情形：屋子里只有一对椅子、一张桌子、一只躺椅、一盏油灯；一只梯子通往阁楼，那是就寝的地方。小树林真是一个神奇的谜。这些小房子为何会在这儿？为什么它们空无一人但似乎又得到了很好的关照？谁是它们的主人？看着这些小东西挤在那么大点的地方，心里不禁悚然。我倒是期盼着会有某个园丁冲过来，询问我贸然闯入此地究竟是为什么。

我想，那个谜一般的小村落兴许是个营地活动场所，只是一年的夏天才用得上几个星期。对此，我一直未能够证实。那个下午，我可是毫无久留之意。此时，日光已经西斜，把地上的影子拉得老长老长。可我的小山仍在前方。我再次钻进乱丛林子，披荆斩棘，终于到了一条坑坑洼洼的路边。刚转过一道弯，就到了山脚。那是我的山，我朝思暮想的山。它坦荡地沉浸在脉脉斜辉里。山脚下稀疏的草地一派枯黄，昔日圈围牧场的石墙早已坍塌。天鹅绒般的毛缕叶子从卵石间探出头来。我跨过花岗岩架，踏过草地，踩着麻叶绣球和笑靥花，急匆匆地朝山顶攀去。

　　终于，气喘吁吁地站到山顶上。头顶穹窿，脚下的山坚硬、实在。多少次，我远远地凝望，它是那样地缥缥忽忽，无可企及。此刻，我身在其中。然而，正当我站在山顶的当儿，山开始从我脚下滑走。正前方，几里林地外边，我又看见了一座山，一座更高、更长的山；牛群在砍伐过的山坡上悠然地吃草，山顶上树林葱茏。神秘的山，令人神往；但我是绝不会再去攀登远方的那座山了，纵然登上最后一座山是我长久的渴望，是我心之所向。就在我举目凝望之时，我便感觉到，它的远方还有另一座山；巴蒂山外，缅因州外，都会有另一座山。山外有山。即便我走遍天涯海角，随时随地都会有另一座山在等着我。于是，我幡然顿悟：人生没有最后的山。

（松风 译）

米沃什

切斯瓦夫·米沃什（1911—2004），波兰诗人。
主要诗集有《凝冻时代的诗篇》《白昼之光》等，一九八零年获诺贝尔文学奖。

※ 此情可待成追忆

孩提时，我对会跑、会飞、会爬、会生长、能看到、触到的东西都非常好奇，却对词语毫无兴趣。我贪婪地念完一本本书，可只是把它们看作有关真实事件和历险的见闻录。如果遇到一些其意义"不辨自明"的词语（纵使那时我尚不会这样称呼它们），亦即一些有关情感或风景的描绘，我便认为那全是蠢话，便会跳过那一页。一本诗集不时会在我手中捧读完毕，其中的虚伪会立即引起我的厌恶，同样的虚伪常常见于成人交往中的点头哈腰、微笑和不着边际的闲扯之中，尤为荒唐可笑的是，他们还以为谁都不会注意到这一切只不过是逢场作戏罢了。

然而从另一方面来看我也是一个词语的崇拜者，尽管不是那些已构成短语和句子的词语崇拜者。我是一个博物学家。我采集被福尔马林的气味窒息的金龟子，再用大头针把它们固定住。我把植物标本收藏进标本集，我钻进灌木丛中去拾鸟蛋，结果划破了脸和赤裸的双脚。我笃信自己的行为具有特别重要的意义，倘若有人说体验到这类激情的同龄人绝非只有我一个，我准会把这种说法视为一种侮辱予以痛斥，我是罗密欧，我的朱丽叶既是多得不可胜数的种种不同的形态和色彩，也是使我好多天、好多个星期为之心醉神迷的一条昆虫、一只鸟儿。我当时竟如此沉迷地堕入了爱河，还是让我们通过一种中介持恰如其分的怀疑态度吧。真正使我为之着迷的是自然课本和图画册中的彩色插图，不是自然中的朱丽叶，而是由绘图人或摄影师再现出的她的肖像。为此我真经受了不少磨难，这痛苦是由太多的无法占有的事物引起的。我一直是一个得不到报偿的浪漫恋人，直到我找到了消除种种欲望侵扰的方法，找到了把渴望得到的东西据为己有的方法，那就是把这件东西称为自己的。我在厚厚的笔记本上划出栏目，在其中填上学究气十足的分类——科、种、属，直至名目，即由名词称说的种及由形容词称说的属，它们合起来代表一个物种，故鹤鸟不是生活在灌木丛里就是置身于时间以外的一个理想空间之中。那种要分门别类的意愿有激进的亚里士多德哲学的意味，我在重复设计自己周围世界的程序，仿佛自己的儿童时代、少年时代和青年时代真的与人类经历过的各个阶段相对应。更有甚者，我的激情显然具有雄性的特色，表达了对各种界线、定义以及比现实更有力的概念的雄性渴求，这种渴求用利剑将一些人武装起来，而把另一些人投入地牢，引导宗教徒去参加圣战。

这一爱恋之情像许多爱恋一样可悲地结束了。我们的双眼似乎突然被药水清洗干净了，它解除了魔力，于是被我们高举到众人之上的那个独一无二的人开始客观地受人审视，须屈从对所有长着两只胳膊、两条腿的生物发生作用的一切规则。疑惑、批判性反思——早先的一片色彩、一缕光的共振——立即变为一套特质，在统计数字的支配下分崩离析。于是连我的活生生的鸟儿也变成解剖图上虚幻的漂亮羽毛遮掩下的插图，花朵的芬芳不再是奢侈的礼物，倒成了一个不受人的情感影响、精心制订的计划的一部分，成了某项宇宙法则的范例。我的童年也在那时结束了，我把笔记本扔掉，我拆毁了那座纸做的城堡，美好的事物就藏在这座城堡里由词语构成的方阵后面。

我这番激情带来的实际结果是使自己增加了许多有关我的北方故乡的植物、动物和鸟类的词汇。在对名称的眷恋丧失了很久之后，我迁出了欧洲。意识到美国的物种与这些欧洲物种的亲属关系，只会令我想起自己的一生——从种种冷酷无情的分类和定义向变化不定、模糊不清的和谐的迁徙。可实情是，用新方法演奏出的音乐主题总会使我烦恼。我向来只认得一种松树，松树就是松树，可是此处突然出现了糖松、西黄松、辐射松等共有十七种之多，都有名称。还有五种云杉、六种冷杉，其中最高大的一种冷杉可与红杉相媲美。这不完全是一种冷杉，故它的拉丁名称既不是云杉属也不是冷杉属，而是黄杉属。雪松、落叶松和刺柏也各有好几种。橡树在美国竟繁衍成大约十六种之多，从那些一望即知是橡树的品种倒十分扑朔迷离，说不上它们究竟是月桂树还是橡树的品种，而从前我一直以为橡树就是橡树，橡树的性质应始终如此，在各处都永恒不变。似像非像，同类却不相同，这一切只会使人产生荒谬的想法。可是为何不认可这些想法呢？比方说，是什么力量在此发生作用？起源于何物——普遍规律、树的本质？它也包含松树、橡树的秉性和本质吗？啊，分门别类！它们仅仅存在于人脑中呢，还是也固执地存在于人脑之外？蓝鸦在窗外锐声尖叫，它们要么是加利福尼亚蓝鸦，要么是斯特勒蓝鸦，黑色的头顶、蓝色的胸脯与黑色的冠——只有叫声、偷窃的习性和放肆的行为是它们共有的，与数千英里之外我故乡中它们的亲戚一样。什么是蓝鸦的特性？我觉得，它们短暂的生命周期以及几千几万年以来周而复始的重复包含着某种令人惊诧的东西，却并未觉察到世间存在"做一只蓝鸦"或"做一只斯特勒蓝鸦"之类的事物。

（袁洪庚 译）

沃罗宁

谢尔盖·阿列克赛耶维奇·沃罗宁（1913—），俄罗斯著名作家。
出生于一个职员家庭。以写农村生活见长。

※ 四季生活

每当清晨，我拉起用木条制成的黄色百叶窗时，都能看见她。她高耸、挺
拔，永远伫立在我窗前。秋夜，她消融在幽暗之中，不见了，但你若相信奇迹，
便会以为她走到别的地方去了，因为不见了。但刚一露出曙光，白昼的一切尚在
酣睡，隐约感到清晨的气息时，她又已出现在原处了。

我凝视着她，不禁萌生出奇思异想。她想必有自己的生命吧。又有谁知道，

如果苍天赋予我认识大自然全部完美的感官，也许我眼前会展现出一个神奇的世界。这个世界具有一切生物所固有的伟大的和渺小的感情，这些感情人是无法理喻的。然而我仅有五种感官，况且由于人类历尽沧桑，这些感官已不那么灵敏了。

而她生机勃勃！她日益茁壮，逐年增高。如今我得略微抬头，才能从窗口看见她那清风般轻盈的，透亮的树梢。可十年前半个窗框便能把她容纳下。

春

她的枝条刚刚摆脱漫长的严冬，还很脆硬，犹如加热过度的金属。春风吹过，枝条叮当作响。鸟儿还没在枝叶浓密的枝头筑巢。然而她已苏醒。这是一天清晨我才知道的。

邻居走到她跟前，用长钻头在她的树干上钻了个深孔，把一根不锈钢的小槽插进孔中，以便从槽中滴出浆汁。果然，浆汁滴了出来，像泪珠那样晶莹，像虚无那样明净。

"这并不是您的白桦。"我对邻居说。

"可也不是您的。"他回敬我。

是啊，她长在我的围墙外。她不是我的。但也不是他的。她是公共的，确切些说，她谁的也不是，所以他可以损害她，而我却无法对他加以禁止。

他从罐子里把白桦树透明的血液倒进小玻璃杯里，一小口一小口把它喝干。

"我需要树汁，"他说，"里面有葡萄糖。"

他回家去了，在树旁留下一个三公升的罐子，以便收集葡萄糖。树汁像从没有关紧的龙头里一滴一滴地迅速流下来。既然流出这么多树汁，那么他破坏了多少毛细管哟？……她也许在呻吟？她也许在为自己的生命担忧？我不得而知，因为我既没有第六感觉，也没有第七感觉，更没有第一百感觉，第一千感觉。我只能对她怜悯而已……

然而，一个星期后，伤口上长出一个褐色的疤。她自己治好了伤口。恰恰这时她身上的一颗颗苞芽鼓胀起来，从苞芽里绽出嫩绿的新叶，成千成万的新叶。

目睹这浅绿色的雾霭，我心里充满喜悦。我少不了她，这棵白桦树。我对她习惯了。我对她永远伫立在我的窗前已经习惯了；而且在这不渝的忠诚和习惯中，蕴蓄着一种令我精神振奋的东西。的确我少不了她，尽管她根本不需要我。没有我，就像没有任何类似我的人一样，她照样生活得很好。

夏

她保护着我。我的住宅离大路一百米左右。大路上行驶着各种车辆：货车，小轿车，公共汽车，推土机，自卸卡车，拖拉机。车辆成千上万，来回穿梭。还有灰尘。路上的灰尘多大啊！灰尘飞向我的住宅，假若没有她，这棵白桦树，会有多少灰尘钻进窗户，落到桌子上，被褥上，飞进肺里啊。她把全部灰尘吸附在自己身上了。

夏日里，她绿荫如盖。一阵轻风拂过，它便婆娑起舞。她的叶片浓密，连阳光也无法照进我的窗户。但夏季屋里恰好不需要阳光。沁人心脾的阴凉比灼热的阳光强百倍。然而，白桦树却整个儿沐浴在阳光里。她的簇簇绿叶闪闪发亮，苍翠欲滴，枝条茁壮生长，越发刚劲有力。

六月里没有下过一场雨，连杂草都开始枯黄。然而，她显然已为自己储存了以备不时之需的水分，所以丝毫不遭干旱之苦。她的叶片还是那样富有弹性和光泽，不过长大了，叶边滚圆，而不再是锯齿形状，像春天那样了。

之后，雷电交加，整日架在我的住宅附近盘旋，越来越阴沉，沉闷地——犹如在自己身体里发出隆隆轰鸣，入暮时分，终于爆发了。正值白夜季节。风仿佛只想试探一下——这白桦树多结实？多坚强？白桦树并不畏惧，但好像因灾难临头而感到焦灼，她抖动着叶片，作为回答。

于是大风像一头狂怒的公牛，骤然呼啸起来，向她扑去，猛击她的躯干。她蓦地摇晃了一下，为了更易于站稳脚跟，把叶片随风往后仰，于是树枝宛如千百股绿色细流，从她身上流下。电光闪闪，雷声隆隆。狂风停息了。滂沱大雨从天而降。这时，白桦树顺着躯干垂下了所有的枝条，无数股细流从树枝上流下，像从下垂的手臂流到地上。她懂得应该如何行动，才能岿然不动，确保生命无虞。

七月末，她把黄色的小飞机撒遍了自己周围的大地。无论是否刮风，她把小飞机抛向四面八方，尽可能抛得离自己远些，以免她那粗大的树冠妨碍它们吸收更多的阳光和雨露，使它们长成苗壮的幼苗。是啊，她与我们不同，有自己的规矩。她不把自己的儿女拴在身旁，所以她能永葆青春。

那年，田野里，草场上，山谷中，长出了许多幼小的白桦树。惟独大路上没有。

若问大地上什么最不幸，那便是道路了。道路上寸草不生，而且永远不会长出任何东西来。

哪里是道路，哪里便是不毛之地。

秋

太阳躲开我的住宅，也躲开白桦树。树叶立刻开始发黄，而且越来越黄，仿佛在苦苦哀求太阳归来。但太阳总是不露面。瓦灰色的浮云好似令人焦虑的战争的硝烟，向天宇铺天盖地涌来，又如巨浪相逐，遮蔽了一切。云片飞得很低，险些儿触及电视天线。下起了绵绵秋雨。

雨水淅沥沥地下着，从一根树枝滴落到另一根树枝上。霪雨不舍昼夜，一切都变得湿漉漉的了，土地不再吸收雨水，或者是所有的植物都不再需要水分了吧。

夜里，我醒来了。屋里多么黑暗。多么寂静啊！……只听见雨珠从树枝上滴下时发出的簌簌声。萧瑟而连绵不绝的秋雨的簌簌声好生凄凉啊。我起了床，抽起烟来，推开窗户，于是看见了她那在秋日的昏暗中依稀可辨的身影。她赤身露体，任凭风吹雨打。翌日凌晨，寒霜突然降临。随之又是几度霜冻，于是白桦树四周铺上了一圈黄叶。这一些全都是发生在寒雾中。然而，当树叶落尽，太阳露出脸来时，处处充满忧郁气氛，尤其是在她周围。因为就在不久前，这里还是青翠葱茏，一切都光艳照人，欣欣向荣。过去，一切都是这样美不胜收，朝气蓬勃，如今却突然消失了。将要下起蒙蒙细雨来，树叶将要腐烂发黑，僵硬的树枝将要在冷风中瑟缩。水洼将要结冰。鸟儿将要飞走。死寂的黑夜将要拖得很长，在冬季里它将会更加漫长。暴风雪将要怒吼。严寒将要肆虐……

冬

我离开家了。我不能留在那里，为不久前还使我欣喜和对生活充满信心的事物的消亡而苦恼。我搭机飞向南方。到了辛菲罗波尔之后，我便改乘出租汽车了，我又惊又喜地仔细观看温暖的南国的苍翠。一见黑海，我便悄声笑了。

浩渺、温暖的海。我潜进水里，向海底，向绿色的礁石游去。我喝酸葡萄酒，吃葡萄，精疲力尽地躺在暖烘烘的沙滩上，眺望大海，观看老是饥肠辘辘，为了一块面包而聒噪的海鸥。

接着我又游进温暖的海水，攀上波峰，滑下浪谷，又攀上去。我又喝酸葡萄酒，吃烤羊肉，钻进暖烘烘的沙子里。在我身边的也是像我一样从自己的家园跑到这片乐土来的人们。大伙儿欢笑啊，嬉戏啊，在海滩上寻找斑斓的彩石，尽量不想家里发生的事情。这样会更轻松、更舒坦些。但要抛弃家园是办不到的，就像无法抛弃自己一样。

于是我回家了。四周一片冰天雪地。她也兀立在雪堆里。我不在时，刺骨的严寒逞凶肆虐，把她的躯干撕破了。撕裂得虽不严重，但落上一层雪的白韧皮映进我的眼帘。我抚摸了一下她的躯干。她的树皮干瘪、粗糙。这是辛勤劳作的树皮，同南方的什么"不知羞耻树"的树皮迥然不同。这里，一切都是为了同霪雨、暴雪、狂风搏斗。所以，像平时见到她时那样，我又萌生出各种奇思异想。我暗自忖度：你看哪，她不离开故土，不抛弃哺育自己和自己的儿女的严峻的土地。她没有离去，而只是把自己的苞芽藏得更严实，裹得更紧，使它们免遭严寒的摧残，开春时迸发出新叶，然后培育出种子，把它们奉献给大地，使生命万古生存，永葆青春。是啊，她有自己的职责，而且忠诚不渝地履行这些职责，就像永远必须做那些为了生存而必须做的事情一样。

北风劲吹，像骨头似的硬邦邦的树枝互相碰撞，劈啪作响。刮北风的时间一向很长，一刮就是一两个星期。这一来，一切生物都得倍加小心，更何况天气严寒呢。好在我的住宅多少保护着她。但她毕竟还要挨冷受冻啊。严寒要持续很长时间，以致许多羸弱的生命活不到来年开春。但她能活到这个季节。她挺得住，而且年复一年地屹立在我的窗前……

（曹世文 译）

加缪

阿尔贝·加缪（1913—1960年），法国小说家、戏剧家、散文家，存在主义文学的代表之一，代表作有《局外人》《鼠疫》等。一九五九年获诺贝尔文学奖。

※ 蒂巴萨的婚礼

春天，蒂巴萨住满了神祇，它们说着话儿，在阳光和苦艾的气味中，在披挂着银甲的大海上，在深蓝色的天空中，在铺满了鲜花的废墟上，在沸滚于乱石堆里的光亮中。在某个时辰，田野被太阳照得黑糊糊一片。眼睛什么也看不见，只能抓住在睫毛边上颤动的一滴滴光亮和色彩。芳香植物浓郁的气味直刺嗓子眼儿，在酷热中让人透不过气来。极远处，我只能勉强看见舍努阿山那黑黑的一团，这山的根在环绕村庄的群山里，它平稳而沉重地摇晃着，跑去蹲在大海里。

我们穿过村庄，这村庄已经开向海滩了。我们进入一个黄色和蓝色的世界，迎接我们的是阿尔及利亚夏天的土地的芬芳而辛辣的气息。到处可见，玫瑰花越出别墅的墙外；花园里，木槿还只有淡淡的红色，而一片繁茂的花，其茶红色却像奶油一般浓，还有一片长长的蓝色鸢尾花，其边缘弯得极为精巧。石头都是热的。我们走下金黄色的公共汽车时，肉店老板们正坐着红色的车子进行早晨的巡回，他们吹响喇叭呼唤着居民。

港口左侧，有一条干燥的石头小路，穿过一片乳香黄连木和染料木，通向废墟。道路从一座小灯塔前经过，然后深入田野。灯塔脚下，已经有开着紫色、黄色和红色的花的肥大植物爬向海边的岩石。大海正吮吸着，发出阵阵亲吻似的响声。我们站立在微风中，头上的太阳只晒热了我们的脸颊的一面，我们望着光明从天上下来，大海没有一丝皱纹，它那明亮的牙齿绽出微笑。进入废墟王国之前，这是我们最后一次做旁观者。

走了几步，苦艾的气味就呛得我们喉咙难受。它那灰色的绒毛盖满了无际的废墟。它的精华在热气中蒸腾，从地上到天上弥漫着一片慷慨的酒气，天都为之摇晃了。我们迎着爱情和欲望走去。我们不寻求什么教训，也不寻求人们向伟人所要求的那种苦涩的哲学。阳光之外，亲吻之外，原野的香气之外，一切对我们来说都微不足道。对于我，我不想一个人独自来到这里。我经常和我喜欢的那些人一起来，我在他们脸上看到了明媚的微笑，那是充满爱情的脸呈现出的微笑。这里，我把秩序和节制留给别人去说。这是自然的大放纵，这是大海的大放纵，我整个儿地被抓住了。在这废墟与春天的结合中，废墟又变成了石头，失去了人强加于它的光滑，重新回到自然之中。为了这些回头浪子，自然毫不吝惜鲜花。在广场的石板中间，天芥菜长出了它那白色的圆脑袋，红色的天竺葵把它的血洒在昔日的房屋、庙宇和公共广场上。如同许多的知识将一些人引向上帝，许多的岁月将废墟又带回母亲的家园。今天，它们的过去终于离去，什么也不能使它们与这种深厚的力量分开，这力量把它们引向尘世间的事物的中心。

多少时间在碾碎苦艾、抚摸废墟，试图让我的呼吸与世界骚动的叹息在相配合之中过去！我深深地沉入原野的气味和催人入睡的昆虫合唱之中，对着这充满着热的天空那不堪承受的雄伟睁开了双眼。成为自己，找到深藏的能力，这并不那么容易。然而，望着舍努阿山那结实的脊梁，我的心平静了，洋溢着一种奇异的信心。我学会了呼吸，我融合了我自己，我完成了我自己。我攀登过一座又一座山丘，每一座都给了我奖赏，如同那座庙宇，其圆柱度量着太阳的行程，人们从那里可以看见整个村庄，它的白色、粉红色的墙，它的绿色的阳台上。也如同东山上那座大教堂，它还保留着墙，其周围很大范围内摆着出土的石棺，大部分刚刚被发掘出来。它们曾经收容过死者，现在则长出了鼠尾草和野萝卜。圣萨尔萨教堂是基督教的教堂，然而每一次从窗洞望出去。我们看见的都是世界的旋律：长满松柏的山丘，或是滚动着一群二十米长的白犬的大海。背负着圣萨尔萨教堂的山丘顶部平坦，风通过柱廊吹得更为畅快。在早晨的太阳下，空中摇荡着一种巨大的幸福。

　　需要神话的人们是很可怜的。在这里，神祇充当着岁月流逝的河床或参照物。我描绘，然后我说："这是红色，这是蓝色，这是绿色。这是大海，这是高山，这是鲜花。"我无须提到狄奥尼索斯就可以说我喜欢把鼻子紧贴着乳香黄连木的花球。我还可以无拘无束地想到那首献给得墨忒耳的古老颂歌："世上活着的人中看见这些事情的人是幸福的。"看见，而且在世上看见，这教训怎能忘记？对于阿琉西斯的神秘，只需沉思就够了。就在这里，我知道我接近世界永远是不够的。我应该精赤条条，然后带着大地之精华的香气投入大海，在后者之中洗刷前者的精华，在我的皮肤上牢牢地系上一条纽带，为了这纽带，大地和大海嘴对嘴地呼吸了那么久。进入水中，先是一阵寒战，然后是一种又凉又浑的感觉上升，然后是两耳嗡嗡作响，流鼻涕，嘴里发苦——这是游泳，两臂出了海像添了一层水，再在太阳底下晒，每一块肌肉都在扭曲中磨炼；水在我身上流，我的腿在一片骚动中占有了波浪——天际消失了。上了岸，跌进沙滩，委身于世界，重新回到我的血肉的重力之中，太阳晒得我昏头昏脑，我渐渐看见胳膊上水流了下去，干了的皮肤露出金黄色的汗毛和沙粒。

　　我在这里明白了什么是光荣，那就是无节制地爱的权利。在这个世界上只有一种爱情。抱紧一个女人的躯体，这也是把从天空降下大海的那种奇特的快乐留在自己身上。刚才，当我想扑向一丛苦艾，让它的芬芳进入我的身体时，我应该不顾一切偏见地意识到，我正在完成一桩真理，这既是太阳的真理，也是我的死亡的真理。从某种意义上说，我在这里玩耍的，正是我的生命，这生命散发着火热的石头的气味，充满了大海和刚刚开始鸣叫的蝉的叹息。微风是清凉的，天空是蔚蓝的。我无保留地爱这生命，愿意自由地谈论它，因为它使我对我作为人的处境感到骄傲。然而，人们常常对我说：没有什么可骄傲的。不，确有可以骄傲的东西：这阳光，这大海，我的洋溢着青春的心，我的满是盐味儿的身体，还有那温情和光荣在黄色和蓝色中相会的广阔的背景。我必须运用我的力量和才能来获取的正是这一切。这里的一切都使我完整无损，我什么也不抛弃，我任何假面具也不戴，我只需耐心地学习那困难的生活本领，这抵得上所有那些生活艺术。

快到中午了，我们穿过废墟回到港口边上的一家小咖啡馆。阳光和色彩的铙钹在我们的脑袋里轰响，好凉快啊，那阴影憧憧的大厅，那绿色的、冰镇的大杯薄荷茶！外面，是人海和飞扬着滚烫的尘土的公路。我坐在桌前，试图在闪动睫毛间捉住热得发白的天空那炫目的五颜六色。我们的脸上满是汗水，轻薄的衣裳里面的身体却是凉爽的，我们都炫耀着与世界进行了一天的婚宴所感到的幸福的疲倦。

这咖啡馆里吃得不好，但是有大量的水果，尤其是桃子，我们一口咬下去，果汁顺着腮往下流。当我的牙咬住了桃子的时候，我听见了我的血汩汩地涌上耳朵，我全神贯注地看着。海上，是中午的无边的寂静，任何美的东西都为自己的美感到骄傲，今天的世界让它的骄傲在各个方面流露出来。在它面前，我为什么要否认生之快乐呢，如果我知道不能把一切都包容在生之快乐中，幸福并没有什么可以让人感到羞耻的。然而今日蠢人为王，我把那些怯于享受的人称为蠢人。关于骄傲，人们对我们说了那么多：你们知道，骄傲是撒旦的罪孽。他们喊道：小心，你们会迷路的，会失去你们的力量的。事实上，我是从此才知道某种骄傲的……其他时候，我总是禁不住要求整个世界都在设法给予我的这种生之骄傲。在蒂巴萨，我看到的和我相信的完全一致，我绝不固执地否认我的手能触摸、我的唇能够亲吻的东西。我没有感到须要将其制成一件艺术品，但我感到需要讲一讲，这是不一样的。在我看来，蒂巴萨就像那些人物，人们描绘他们是为了间接地表明一种对于世界的看法。它像他们一样地作证，并且是强有力地作证。它今天成了我的人物，在抚爱它描绘它的时候，我的陶醉好像变得无穷无尽了。有生活的时间，也有为生活作证的时间。同时也有创造的时间，这就不那么自然了。对我来说，用我全部的身体生活，用我全部的心作证，这就足够了。首先是体验蒂巴萨，然后自然会有作证和艺术品。这里有一种自由。

我在蒂巴萨的停留从未超过一天。看风景不可看得过久，时间长了就会觉得看够了。高山、天空、大海，就像人的面孔，有时看到的是一片荒芜，有时则是一片辉煌，这取决于是盯着看还是一眼就看见。所以，任何面孔，要想富于内涵，都必须历经某种更新。人们常常抱怨很快就感到厌倦，而这时恰恰应该赞赏世界，因为曾经被遗忘过而显得常见常新。

傍晚，我进入位于国家公路旁的公园，那里花木井然，更见秩序。我走出混乱的芳香和阳光，在因夜晚而凉爽的空气中，精神平静下来，松弛的躯体品味着因爱情得到满足而产生的内心寂静。我在一张椅子上坐下。我看着田野渐渐地变圆。我心满意足。头上，一株石榴树垂下花蕾，还没有张开，满布着棱纹，仿佛一只只握起的小拳头，其中包容着春天的一切希望。身后是一丛丛迷迭香，我只闻见了一阵酒香。山丘嵌在树间，再远些，大海如带，上面是一角天空，仿佛抛锚的帆船，安详而温柔。我的心中涌起一种奇特的快乐，就是那种产生于良心安宁的快乐。演员都体验过一种感情，那是当他们意识到演好了一个角色的时候。确切地说，他们使自己的姿态和所演人物的姿态互相吻合，以某种方式进入一种事先谋划好的意图之中，而且又一下子使之与自己的心一起跳动。感觉到的正是这个：我演好了我的角色。我做了人应该做的事，虽然一整天都感到快乐，这件事并不是一桩非凡的成功，但却是一种充满了感情的完成，在某些场合中，这使得幸福成为我们的一种义务。于是，我们又感到了孤独，然而是在满足之中。

现在，树上站满了鸟雀。大地缓缓地叹息着，渐渐遁入黑暗。很快，黑夜将随同第一批星辰降临在世界的舞台上。白天的明亮的神祇们将返回每日一次的死亡之中。但又会有别的神祇出现。他们的脸色阴暗、憔悴，一定是出生于大地的心脏之中。

至少是现在，一阵阵波浪穿过颤动着金色花粉的空间扑到我的脚下，在沙滩上散开。大海，原野，寂静，土地的芬芳，我周身充满着香气四溢的生命。我咬住了世界的这枚金色的果子，心潮澎湃，感到它那甜而浓的汁液顺着嘴唇流淌。不，我不算什么，世界也不算什么，重要的仅仅是使我们之间产生爱情的那种和谐与寂静。我不想只为我一个人要求这爱情，我知道并且骄傲地与整个人类来分享，这人类生自太阳，生自大海，活跃而有味儿，它从淳朴中汲取伟大，它站在海滩上，向它的天空那明亮的微笑送去会心的微笑。

（郭宏安　译）

帕斯

奥克塔维奥·帕斯（1914—1998年），墨西哥著名诗人、散文家、诗论家。他的各类作品十分丰富。有诗集《人之根》《在你清晰的影子下》《语言下的自由》《鹰还是太阳》《太阳石》《狂暴的季节》《白》《东山坡》等。由于在文学上达到的成就，帕斯被授予塞万提斯文学奖等多种奖和名誉博士学位等荣誉称号。1990年被授以诺贝尔文学奖。

※ 窗外

在我的窗外大约三百米外的地方，有一座墨绿色的高树林——树叶和树枝形成的高山，它摇来晃去，好像随时都会倾倒下来。由聚在一起的欧洲山毛榉、欧洲白桦、杨树和欧洲白蜡树构成的村子坐落在一块稍微凸起的土地上，它们的树冠都倒垂下来，摇动不息，仿佛不断颤抖的海浪。大风撼动着它们，吹打着它们，直到使它们发出怒吼声。树林左右扭动，上下弯曲，然后带着高亢的呼啸声重新挺直身躯，接着又伸展肢体，似乎要连根拔起、逃离原地。不，它们不会示弱。折断的树根和树叶的疼痛，植物的强大韧性，决不亚于动物和人类。倘若这些树开步走的话，它们一定会摧毁阻碍它们前进的一切东西。但是它们宁肯立在原地不动；它们没有血液，也没有神经，只有浆液。使得它们定居的，不是暴怒或恐惧，而是不声不响的顽强精神。动物可以逃走或进攻，树木却只能钉在原地。那种耐性，是植物的英雄主义。它们不是狮子也不是蛇，而是圣栎树和加州胡椒树。

天空布满钢铁色的云，远方的云几乎是白色的，靠近中心的地方即树林的上方就发黑了：那里聚集着深紫色的暴怒的云团。在这种虎视眈眈的云团下，树林不停地叫喊。树林的右翼比较稀疏，两棵连在一起的山毛榉的枝叶形成一座阴暗的拱门。拱门下面有一块空地，那里异常寂静，像一个明晃晃的小湖，从这里看得不完全清楚，因为中间被邻居家的墙头苫盖物隔断了。那个墙头不高，上端是用砖砌成的方格，顶上覆盖着冰冷的绿玫瑰。玫瑰有一些部位没有叶子，只有长着许多疙瘩的枝干和交叉在一起的、竖着尖刺的长枝条。它有许多手臂、螯足、爪子和装备着尖刺的其他肢体；我从没有想到，玫瑰竟像一只巨大的螃蟹。

庭院大约有40平方米；地面是水泥的。除了玫瑰，点缀它的还有一块长着雏菊的小小的草地。在一个墙角处有一张黑木小桌，但已散架。它原是做什么用的呢？也许曾是一个花盆座。

每天，我在看书或写作的时候，有好几个小时总是面对着它。不过，尽管我已经习惯它的存在，但我还是觉得它摆在那里不合适：它放在那里干什么？有时我看到它就像一个过错，一个不应该有的行为；有时则觉得它仿佛是一种批评，对树木和风的修辞的批评。在对面的角落里有一个垃圾筒，一个60公分高、直径有半米的金属圆柱体：四个铁丝爪支着一个铁圈儿。铁圈上装着一个生锈的盖子，铁圈下挂着一个盛垃圾用的塑料袋。塑料袋是火红色的。又是一个螃蟹似的东西。桌子和垃圾筒，砖墙和水泥地，封闭着那个空间。它们封闭着空间还是它们是空间的门呢？

在山毛榉形成的拱门下，光线已经深入进来。它那被颤抖的树影包围着的稳定状态几乎是绝对的。看到它后，我的心情也平静了。更确切地说，是我的思绪收拢了，久久地保持着平静。这种平静是阻止树木逃走、驱散天上的乌云的力量吗？是此时此刻的重力吗？是的，我已经知道，自然界——或像我们说的那样：包围着我们、既产生又吞噬我们的万物与过程的总和——不是我们的同谋，也不是我们的心腹。无论把我们的感情寄予万物还是把我们的感觉和激情给予它们，都是不合理的。把万物看作生活的向导和学说也不合理吗？学会在激荡的旋风中保持平静的艺术，学会保持平静，变得像在疯狂摇动的树枝中间保持稳定的光线那样透明，可以成为生活的日程表。但是那一块空地已经不是一座椭圆形小湖，而是一个白热的、布满极为纤细的阴影纹路的三角形。三角形难以察觉地摇动着，直到渐渐地产生一种明亮的沸腾现象，先是在边缘一带，然后在火红的中心，沸腾的力量愈来愈大，仿佛所有的液体光线都变成了一种沸腾的、愈来愈黄的物质。会爆炸吗？泡沫以一种像平静的呼吸一样的节奏不断地燃烧和熄灭。天空愈来愈暗，那一块光线的空地也愈来愈亮、闪烁得愈厉害，几乎像一盏在动荡的黑暗中随时会熄灭的灯。树林依然挺立在那里，只不过沐浴的是另一种光辉。

稳定是暂时的，是一种既不稳又完美的平衡，它持续的时间只是一瞬间：只要光线一波动，朵云一消失或温度稍微发生变化，平静的契约就会被撕毁，就会爆发一系列变形。每一次变形都是一个稳定的新时刻，接着又是一次新的变化和一个新的异常的平衡。是的，谁也不孤单，这里的每次变化总引起那里的另一次变化。谁也不孤单，什么也不固定：变化变成稳定，稳定是暂时的协议。还要我说变化的形式是稳定，或更确切地说，变化是对稳定的不停的寻求吗？对惰性的怀念：懒惰及其冷凝的天堂。高明之处不在于变化也不在于稳定，而在于二者之间的辩证关系。永恒的来与往：高明之处在于瞬间性。这是中间站。但是我刚刚说到中间站，巫术就破除了。中间站并非高明之处，而是简单地走向……中间站消失了，中间站不过如此而已。

（朱景冬 译）

莫瓦特

法利·莫瓦特（1921—），加拿大作家。主要从事纪实文学和科普读物的写作。主要作品有《鹿苑中的人》和《联队》等。

※ 雪

　　人类在幼年时期便已认识到有几种基本力量支配着这个世界。希腊人生活在温暖的海洋岸边，他们认为这些基本元素是火、土、风和水。最初，希腊人的生存空间较为狭小与封闭，他们对第五元素并无认识。

　　大约在公元前33年，一个名叫皮西亚斯的爱漫游的数学家做了一次奇异的航行，他北行到冰岛并且进入了格陵兰海。在这里他遇到了莹白、凛冽却极为壮观的第五种元素。他回到温暖、蔚蓝的地中海世界后，费尽力气地向国人描绘他所见到的景象。他们断定他是在胡说八道，因为尽管他们有丰富的想象力，却怎么也设想不出这种偶尔薄薄覆盖在诸神所居住的山顶上的白色粉末能有什么神奇的伟力。

他们未能认识雪的巨大力量，不能完全怪他们。我们这些希腊人的子孙在理解这一现象上也存在着同样的困难。

我们脑子里的雪的图景又是怎么样的呢？

那是蓝黑色的圣诞夜在雪橇铃声伴奏下逐渐进入的一个梦境。

那是我们有急事要赶路偏偏遇上车轮打滑空转这样的尴尬局面。

那是冬夜里一位女士睫毛上倏忽闪现的挑逗的微光。

那是郊区主妇把湿透的雪衣从淌鼻涕的小家伙身上剥下来时那无可奈何的笑容。

那是老人忆起童年打雪仗时迷蒙的眼睛里所泛现的欢乐的异彩。

那是一幅俗气的广告，劝你饮用太阳谷雪堆上的一瓶可口可乐。

那是树冠洁白的森林深处无比寂静时的那份高贵与典雅。

那是滑雪板飞驰时碾压出的清脆碎裂声，也是摩托雪橇喷出的狺狺拌嘴声。

对我们来说雪就是这些，当然还会有别的相关图景，但它们都仅仅触及这个多面体、万花筒般复杂的物体最最表面的现象。

在我们这个星球上，雪是一只因自身分解而不断再生的不死鸟，它也是银河星系里的一种不消亡的存在。在外层空间某处，一团团无比巨大的雪结晶体与时间一起飘荡，在我们的世界形成前很久便已如此，在地球消失后也不会有变化。即便是最聪明的科学家和眼光最敏锐的天文学家，他们也不得不承认，这些在无垠空间里闪光的结晶体与某个十二月夜晚从静静的天空落到我们手心和脸上的东西，并无任何区别。

雪是在窗玻璃上短暂停留的一个薄片。然而它也是太阳系的一个标识。当宇航员仰眺火星时，他们所见到的是一个单色的红红的球体——它那两个端顶除外，在那里发亮的覆盖物朝半腰地带延伸过去。正像羚羊在暗褐色草原上扭动它白色的臀部一样，火星是用它的雪原反照我们共有的太阳的强光，来向外部世界表明自己的存在的。

地球也何尝不是这样呢。

当第一个星际航行员朝太空深处飞去时，地球往后退缩，我们海洋、陆地的蓝绿色将逐渐消失，但地球隐去前的最后信标将是我们的南北极这两个日光反射器。雪在宇航员远望的眼中将是最后见到的一个元素，雪也将是外来的太空人最先可以瞥见的我们地球上的一个闪光体——如果这些人有可以看东西的眼睛的话。

　　雪是晶状微末，在星际间简直渺不足道；可是在地球上它却以另一种面貌出现，它成了至尊的提坦。在南方，整个南极洲大陆处在它的绝对控制之下。在北方，它沉甸甸地盘踞在山岭峡谷间，而格陵兰这样的次大陆级岛屿实际上完全由它覆盖，因为冰川也无非是雪的另一种形态。

　　冰川是降雪过程中造成的；雪纤细柔软，几乎没有分量……可是它不断降落却始终没有融化。年复一年，许多个世代，许多个世纪过去，雪还是不断降落。没有分量的东西这时候有了重量。这波浪般起伏的白色弃置物似乎没有变化，可是在它寒冷的深处结晶体变形了；它们的结构起了变化，结合得更紧密了，终于成为黝黑的、光度较小的冰。

　　在地球最近的地质纪里，有四次，雪这样不断地降落在美洲、欧洲与亚洲大陆的北部。每一次，雪都使几乎半个世界的面貌起了变化。有如复仇女神，一股股足足两英里厚的冰川从中央高处朝外流淌，蹭擦地表，夺去上面的生命与泥土，在原始岩上留下深深的伤痕，简直把地球的石质表皮削去好几百英尺。雪还在降落，轻轻地，始终也不间断，不知多少万吨的海水从大洋里消失，它们被封冻在冰川里；而海洋则从大陆岸边朝后退缩。

　　在人类认识的自然现象中，没有哪一种在破坏力上能超过冰川。最强烈的地震也无法与之相比。海啸掀起的惊涛骇浪在它面前是小巫见大巫。飓风更是不值一提，喷吐烈焰的火山爆发也显得黯然失色。

　　冰川是雪的宏观形态。然而作为微观形态的雪却又是超凡绝俗的美的象征。人们常说没有两片雪花完全一模一样，事实上的确如此，不管是多少年前落下的还是在遥远的将来会落下的，世界上每一片雪花在结构与形态上都是一个独一无二的创造物。

　　我知道有这么一个人，他将自己的大半辈子都用在研究这种转瞬即逝的奇迹上。他盖了一座奇特的房屋，装置有恒冻而不是恒温的设备。房子的屋顶上有一个敞开的口子。逢到下雪的白天与黑夜，他就独自待在这冰冷的屋子里，用预先冻上的玻璃去承接落下的雪花，并赶紧用放大的镜头把它们拍摄下来。对他来说，这变化无穷、永不重复的第五元素就是美的化身，是顶礼膜拜的对象。

我们当中，和他一样拥有这种近乎中世纪狂热的人不多。事实上，现代人已变得麻木不仁，对这第五元素开始抱着一种自相矛盾的态度了。虽然我们会以怀旧的心情，忆起童年下雪时的往事，但我们开始越来越讨厌雪了。我们控制不了雪，无法按自己的需要改变它。对我们祖先的自然世界天空有益的雪能在我们建造的机械化世界里产生混乱。降落在纽约、蒙特利尔、芝加哥的一场大雪能使城市陷于瘫痪。在冻结的城市的周遭，它使我们的公路梗阻，火车停驶，飞机停飞，电线、电话线断裂。即便是一场不太大的风雪也会带来巨大的不便——它引起车毁人亡，连殡仪馆老板也因为事情棘手而不想赚这笔钱。

没准我们还会变得更不喜欢雪呢。老人常聊起旧时美好的冬天，什么雪一直堆到屋檐那么高啦，雪橇在齐树颠的雪上滑行啦，这可不完全是无稽之谈。一百年前这样的情况并不稀奇。可是21世纪以来，我们的气候在或升或降的周期性变化中出现了一个变暖的趋势，也可以说是回升（从我们的观点看）。这说不定只是一个短期的变化，紧接着很可能是一个下降的趋势。到那时，在这个结构脆弱的人工世界里，我们这些可怜虫又何在呢？我们还会喜欢雪吗？很可能听到这个词儿我们就会骂不绝口呢。

不过，那样的时刻来临时也还会有人活下来，而且不为这温柔却又无情的降落物所困扰。他们是真正的雪的儿女。

他们只是生活在北半球，因为南半球的雪区——南极洲——不适合人类生存，除非配备有不亚于宇航员那样的全套装备。雪的儿女环绕北极居住。他们是阿留申人、爱斯基摩人、北美的阿萨巴斯卡族印第安人、格陵兰人、拉普人、奈西人、楚克奇人、雅库特人、由迦吉尔人以及欧亚大陆和西伯利亚其他部族的人。

我们这些闭塞在自己的机械时代里的人沾沾自喜，满以为这些人不掌握我们高明的技术，必定是挣扎在生存线上，面临严酷的生存斗争，不会知道何为"人类潜能"。僵死地相信技术能带来健全的生活方式的人也许难以理解，我个人的经验可以证明，这一点对于许多雪的儿女并不适用。在我们从自己的贪欲和妄自尊大出发去干涉他们的事情之前，他们大抵上生活得并不错。也就是说，他们活得心安理得，跟别人和平相处，与环境和谐协调，能舒心地笑，可以尽情地爱，对普通衣食感到知足，从出生到死亡都怀着一种自尊自豪的心态。

那时候，雪是这些民族的盟友。雪是他们的保护神，是帮他们避开严寒的庇护所。爱斯基摩人用雪块垒成整幢住房。当点起简单的动物油脂灯时，室内就有了宜人的温度，尽管风在外面呼啸，水银柱降到零下五十多度。严严实实的雪提供了近乎完美的御寒材料。雪比木材更易于切割，也很容易修削成任何形状。雪搬起来很轻，如果用得恰当也很结实。一座内径二十英尺，高十英尺的雪屋两个人在两小时内就能盖成。有特殊需要的爱斯基摩人常建造直径五十英尺的雪屋，而且让好几座联结在一起，这就成了名副其实的雪厦了。

所有的雪的儿女都以这种那种方式把雪用作自己的庇护所。如果他们是住木屋的定居民族，到冬天他们便在屋子四周垒起厚厚的雪墙。有的民族在雪堆里挖个洞，头顶支上鹿皮。只要有足够的雪，最北边的民族很少会受到严寒的侵袭。

雪也使他们的交通系统得以建成。有狗和驯鹿拉的雪橇，还有雪靴与滑雪板，他们几乎任何地方都可以去。整片雪国成了个四通八达的公路网。他们速度也不慢。狗队或驯鹿队一小时能走二十英里，一天走上一百英里是件轻轻松松的事。

雪使人们得以移动，雪又使猎物的行为有所变化，这就保证雪的儿女不至于挨饿——别的方面他们和其他民族条件也差不多。在北冰洋的冰块上。雪的遮掩给了海豹一种虚假的安全感。它们在冰上留了通气孔，上面覆盖了一层薄薄的雪。楚克奇或爱斯基摩族的猎人发现了这样的地方，在一边等待，直到看见一根长齿或树枝刺出，泄露了秘密。于是猎人便狠劲将长矛朝下面看不见的动物刺去。

在有林木的地区，驼鹿、麋鹿被厚厚的积雪"圈"在了几个狭小的地区里，变得跟牛栏里的牛一样易于宰杀。更为重要的是，所有的动物，除了空中飞的和在雪底下活动的以外，莫不在雪面上留下踪迹。初雪将大地覆盖后，从大熊到小野兔，全都变得易受猎人的袭击。

雪的儿女像了解自己一样地熟悉雪。近年来，不少科学家投身于研究这第五种元素，并非出于科学上的兴趣，而是因为我们神经紧张，宁愿来自北方的灾祸快点降临，或是因为担心说不定会打一场雪地大战。科学家投入大量时间与金钱，试着去区别无数种形态的雪花，并给它们起名字。这完全是多此一举。爱斯基摩人用来表达雪的种类与形态的复合词就不下一百多个，拉普人的也不相上下。住在西伯利亚北冰洋边的以养驯鹿为生的尤卡吉尔人对雪面瞥上一眼，便能说出表层雪的深度、坚实度以及其中结冰部分的多少。

雪沉甸甸地压在大地上时，这些北方人心里好高兴。他们在秋季欢迎初雪，到春天则为雪的消失感到遗憾。雪是他们的朋友。要是没有雪他们就无法生存，或是——这在他们看来更加糟糕——早就被迫流落南方，挤进我们的行列，为自己也茫然的目的而营营奔逐。

今天，在某个地方，雪正在降落。它可能稀稀拉拉地筛洒在寒冷的沙漠上，将一层白白的粉屑撒向闪米特语系某个游牧民族的黧黑、仰视的脸。对他们来说，这没准是个神谕；反正肯定是个征兆，于是他们感到敬畏，打着寒战，若有所悟。

雪也许正席卷过西伯利亚冰冻的平野或是加拿大的大草原，把夏季的地理标志统统毁去，使弯刀形的雪堆越积越高，堵住了农舍的门窗。在屋子里，人们只好耐心地等待。暴风雪肆虐时，他们休息；暴风雪过后，他们再开始干活。到春天，融化的雪水将滋养黑土里蹿出来的新苗。

在静静的夜晚，大片的雪花也许正飘落在大都市的上空；它在爬行着的汽车的灯光里旋出一个个让人眼花的圆锥体，它掩埋着现代人在大地上留下的伤口，为难看的脓包遮去一些丑。孩子们盼望雪通夜别停，好让早晨没有班车、街车和家里的小轿车送这些小可怜去上学。可是大人却耐心地等着，因为若是还不快点停下，雪就会破坏生存模式为他们制定的错综复杂的设计蓝图。

雪也许正急遽地掠过蜷缩在北极苔原某处山岩下的一堆帐篷。逐渐逐渐地，雪拥抱住一群把鼻子缩在毛茸茸尾巴里睡觉中的狗，直到把它们全都盖住，可它们睡得挺暖和。在帐篷里，男人女人笑了。明天，雪没准会够深够厚，这样他们就可以不用帐篷，雪屋讨人喜欢的圆顶会再次矗立，把冬天变成一段满是愉悦、歌声、闲暇和爱恋的时光。

在某处，雪正在降落。

（李文俊 译）

L. 贝克

拉塞尔·贝克（1925—），美国记者、散文家。
主要著作有《一切考虑到》《一个美国人在华盛顿》《不存在恐怖的根由》等。

※ 心愿不及的夏天

许久以前，我曾在弗吉尼亚北部的一个村子里住过，这村子坐落在十字路边。那是一个清纯宜人的夏天，那里没发生过什么重要的事儿，我也不曾尝过烦忧的滋味。

七幢平淡而没有个性的房子组成了那个村落。一条土路蜿蜒伸到山下。山下有私家酒商店，至今还在为村里的男人们供应着威士忌酒。另一条土路，直指溪边。我和科尼斯表哥总爱坐在溪畔，用蚯蚓作饵钓鱼儿。一天，我们打死了一条铜斑蛇，当时它正在附近的一块岩石上晒太阳。这样的事儿是很不寻常的。

夏天的暑气温婉可人，湿润而醇厚的空气里弥散着各种各样的馨香，你禁不住要一一品咂。早晨，紫藤飘香；下午，铺铺叠叠爬满石墙的野蔷薇盛开了；傍晚，忍冬花的芳芬融进苍冥的暮霭里，香气袭人。

即便按当时的标准，那也是个落后的地方。没有电。土路上面也没铺点什么。屋子里连自来水都没有。夏天日复一日的活计都体现出这一桩桩的短缺来。没有电灯，人们便早早地上床睡了；第二天起身的时候，露珠儿还在草尖上挂着。一大清早，女人们便在一片叽叽喳喳声里把昨夜用过的煤油灯擦拭得锃亮锃亮。孩子们被打发出去担甘醇的泉水。

这倒使我们有机会天天看小龙虾是不是又增加了许多。后来，走在去屋外厕所的小道上，你又有机会在西尔斯一罗伯克商品目录里做着各式各样的梦，那多半是些有关猎枪或自行车的美梦。

没有电，能把年轻人的心儿拴住的收音机也就派不上用场。但是，倒也确有一两户人家有收音机。他们用的是邮购来的，大小和今天的汽车电瓶差不离儿的电池。不过，它们可不是给孩子们随便玩儿的，虽然有时，你也许被请进屋去听听《阿莫斯与安迪》。

如今想起那种情景，只记得，听着声音从家具里冒出来，挺奇怪的。很久以后，有人点拨我说，谁听了《阿莫斯与安迪》，谁就是种族主义分子。幸而我听得不多……

夏天，待在屋子里是不会有什么乐趣的。每一桩开心的事儿都发生在外面的世界里。花丛中，藏着蜂鸟，小小的翅膀扑腾扑腾得那么急，乍一看，好像它们根本就没长翅膀似的。

暑气袭人的午后，女人们放下窗帘，把毯子铺到地上，乘凉、打盹儿。而此时的野外，牛群躲到枝繁叶茂的树下，挤在头顶烈日的浓阴里。下午极静极静，但声音却无处不在。蜜蜂在苜蓿丛中嗡嘤着；远方的田野上，一台老式蒸汽扬谷机扎扎扎的声音，隐约可闻；鸟雀在铁皮屋檐下飞来飞去，发出沙沙的声响。

山那边的土路上，尘土飞扬而起，预示着什么事情的来临。一辆车子正朝这边开来，谁喊了声"车来啰"。人们纷纷走出屋子，一边审视着渐渐逼近的飞扬的尘土，一边猜着车子里坐着的是什么人。

接着——这是一天中最重大的时刻——汽车缓缓地驶了过去。

"是谁呀？"

"没看清楚。"

"像是帕基·佩恩特吧。"

"不会是帕基。不是他的车子。"

过后，寂静复如灰尘一般轻轻地落了下来。你溜达着，从鸡舍前经过，一只母鸡正卧在那儿干着下蛋这样不可思议的事儿。更够味儿、更够刺激的事还是在田野上。公牛就在田野上。你可以到那儿去试试自己的胆量：看看你究竟敢与公牛挨得多近，然后再拼命跑回栅栏的这边。

男人们驮着西沉的夕阳晃悠晃悠地回到了家里，身上散发着疲惫的热气。他们坐在铁皮澡盆里，在用木桶担回的泉水洗着身子。我知道一些他们的秘密，比方说谁把威士忌酒藏在了椴木桶后面的梅森瓶子里，某某人为什么要找个借口离开厨房，溜到院子里，在那儿哈哈大笑——他到底在干着什么好事儿。

我也知道女人们对这种事的感觉，虽然不清楚她们的想法。甚至在那个时候，我就明白夏夜的清风都给毁了。

太阳落山了，人们坐在自家的门前。暮色渐浓。萤火虫刚飞出来就被捉住、装进了瓶子里。浓重的暮霭融进了苍茫的夜色里。一只蝙蝠从土路上飞掠而过。那时，我不怕蝙蝠，我只怕鬼魂。鬼魂们使得就寝时分，哪怕是在一间快熄了煤油灯的屋子里，也是那么令人恐惧。

我更怕的是癞蛤蟆，尤其是门阶下面的那些。只要一碰到它们，就会使我身上起鸡皮疙瘩。人人都是这么对我说的。一天夜里，我被允许待到很晚，一直到星星布满了天空。村里，一个老年妇女快要死了。据说这个时候让孩子们在屋外待到深夜，是吉利的。我们四个人在黑夜里坐着。一颗流星划过夜空，谁说了声："许个愿吧。"

我不懂得这句话的含义，也不知道自己该许个什么样的愿。

（松风 译）

T. 霍尔

唐纳德·霍尔（1928—），美国诗人。

主要作品有诗集《致嚎叫的风及其他》及回忆录《最美好的日子，最糟糕的日子》等。

※ 秋思

新罕布什尔深秋九月，我们一早醒来，倚着曙色浸染的窗户，凝望南面的基尔萨奇山。窗外那棵硕大的枫树把整个山坡烧得彤红。早晨一天天火热起来，日子也一天比一天厉害，就像儿子终归要超过父亲。我们走到野外，踏着寒冽的露珠，审察一夜寒风的辉煌遗迹——新枝乍地红了，先前红了的枝叶一夜间成了一簇簇燃烧的烈火。真是万木争辉，谁都不甘示弱。下午，我们带上加丝，漫步在无边的秋野。这条披着橡树叶儿似的毛发的小狗，蹦蹦跳跳走在我们前头，忽而蹿得老高，追逐着一片翻飞的叶子。多半儿，我们会顺着通往拉吉德山西北坡的土路，穿过红灿灿的橡树和枫树林荫道，穿过黄碧碧的野桦林，一直走到新加拿大。山的下坡，树叶落了，露出了山谷。在这些四月以来最晴朗的日子里，我们极目远眺，山谷对面，佛蒙特州的山山岭岭，历历在目。狗儿欢蹦欢跳，我们的心也不胜欣喜地剧烈跳荡着。此时，这里的景色一如意大利陶器或大歌剧，优美动人。

要么，我们就在鹰潭周围低低的土路上款款而行，走过南端那座摇摇欲坠的桥——潭水从桥下源源流向黑水河的支流，来到海獭出没的沼泽边，疤疤结结的枯朽的白杨树干锥子似的插在湿地上。驻步伫立，潭子四周一片姹紫嫣红，令人惊叹不已，低矮的树棵棵染上了橘黄色、朱红色、粉红色、锈红色，银灰色树干和绿幽幽的冬青杂陈其间，好一块集了天底下最有异国情调的色彩织成的粗花呢毯。一眼望去，绛紫一片；细细察看，却寻不出一丝儿紫色。随后，我们往回走，不论从哪个方向回家，一想到即将见到的情景，我们激动不已，心血沸腾，仿佛那景象我们永远是初次经历：房子浮坐在秋潮中央，黄烛似的树叶映着本色的库房，不规则向外延伸的白屋，嵌着绿色的百叶窗，衬托着拔地而起、红烈烈的野枫。屋子的后面，拉吉德山兀然而立，烂漫的山坡疯狂地展示它不同色彩、不同形状、不同质地的画册。我们正置身于这肌肤艳丽然而佳景难留的秋色之中。

要么，我们开车——这是多么危险，谁还有心看路呢——到深深留在我们记忆中的地方去。车子在八十九号州际高速公路上飞驰着，直奔康涅狄格河谷。我们沿着开阔的谷底爬上高高的谷坡，蔚然壮观的峡谷风光一览无余。这是秋天慷慨的馈赠。远方，低低的山峦闪烁着五彩缤纷的光焰；近处，一片叶子挡在眼前，还有一棵树，嵯峨而局促地挺立在那儿；最胜是远近之间的景致。距离产生了某种暂时的和谐与统一。不近不远处，色彩争艳，令人眼花缭乱。我们的车子在那些淑静的——只是在别的季节里淑静的——山山岭岭间穿行，跃入眼帘的是叶子，是树，是一幅幅风格豪放的表现派油画。斑斓的色彩忽而散开，忽而集拢，令人目不暇接，直叹此乃人间仙境，造化神功。过了丹伯里，104国道以东，拉吉德山（滑雪爱好者冬天的圣地）以北，有一片空地。山地在这儿豁然开阔成一片旷野。这片面积与鹰潭相当的空地，平展似宁静的水面。十月，我们总爱在这儿停车凝望。这块小不溜儿的平原那边，又是逶迤起伏的群山……从弗兰克林回来，我们取道东安多弗城至安多弗村的那条偏僻的小道。这条狭窄的小路起起伏伏，经过一座座荒废的农场，一幢幢高大的农家房屋，有的农场，屋边榆树依旧；有的牧场，虽开垦于两百年前，但至今没有长满青草，依然瘦石嶙峋。有两幢富丽堂皇的十八世纪房屋（其中有家庭基地的那幢的主人原是巴切尔德总督）矗立在路旁。那些装着白色护墙板和楣窗的乔治式房屋方方正正，傲然挺立，从里面可以远眺崇峻雄伟的基尔萨奇山；在不远处与周围奇丽的秋景斗妍的拉吉德山南坡也清晰可见。

接着便是树叶凋零的时节。叶子红了，叶子暗了，叶子扬扬洒洒地落到地上。先红的树先掉叶儿。沼泽枫的枯叶撒满潮湿的泥地，当后面山冈上树木开始落叶纷飞的时候，它们便只剩光秃光秃的枝梢直刺寒空。跟着，桦树、白杨、榛树，还有那棵参天古枫，相继卸去各自的衣装。叶子们先是一片两片地在清凉、酸涩的空中打着漩儿；接着，十几片五光十色的叶子且舞且蹈，颤颤悠悠地落到银灰色草地上；最后，成百成千的树叶漫天飞扬，把天空挤迫得喘不过气来。它们彩练似的飘啊滚啊，在凄冷的晨幕上描画着旋荡的寒风踪迹。哦，伫立林中或屋边，一任凉意袭人的秋风吹拂着头发，红灿灿黄莹莹的叶子从四面八方丰厚而慷慨的树上不断飘来，轻抚我的面颊。惟有橡树岿然不动，决意要把它茎脉清晰的黄叶珍藏到寒冬，甚至早春。

雨是这番烂漫秋色的大敌。有些秋天，红的黄的叶子正火烈烈地闪烁着，突然的三天寒雨洗尽了所有的色彩。秋雨打落了艳丽的叶子，汲尽了它的色汁。当你漫步在褐色土路上，你只要信脚踢起一片落叶，就会发现叶子的肖像完整而清晰地印在泥土上，就像是小学生用的赛璐珞复印纸印上去的一样。这些年，壮丽的秋色短暂、兀然而炽烈。然而，哪一个秋天不是炽烈的呢……秋天，是最美丽的季节。

有的人毕生独爱秋天。在他们眼里，萧索的寒冬是秋之预言的实现和完善；春亦不过是秋的一段序曲，夏天则是微微倾斜的长廊，通向一年一度的绚丽烂漫。我们爱上了这焕发着勃勃生机的衰颓景象，仿佛我们是一群追逐女色之辈，厌倦了滑嫩肌肤下紧裹着无穷活力的十九岁的窈窕淑女，偏偏爱上更松软、更端庄，秘密地迸泄着生命火焰的三十岁的少妇。我们不去追逐亭亭玉立的少女或羞花闭月的美人，独钟情于满头银发、颧骨凸出但风韵犹有的年届半百的老妇。

我们这些挚恋着秋天的人，心中渴盼的正是十月枝头的红叶。要是谁在五六月里见到了这种叶子，那可真叫人寒心。那不是经风傲霜而渐渐成熟了的叶子，而是病态——火烧病、枯萎病，要么就是除莠剂害的，再不就是虫灾，或者早衰症——学着秋天壮丽的样儿灿灿然起来，就像儿童患了可怕的少年衰老症。但是，到了八月，在新罕布什尔，我们会很自然地寻觅着跳荡在枫树枝头的一抹真正的天赐的火红。是的，就是在八月，在那忽晴忽阴、忽暖忽冷，忽而是风暴大作、忽而是月光皎洁的变幻莫测的八月，一夜轻霜暗暗地挥动着画笔，一点一点地涂抹着瑰丽的秋景。中午，还是那么酷热、干燥，草垛烤得焦黄，行人被热浪蒸腾得奄奄一息，一见到湖水便匆匆扔下肩头的行装，不顾一切地冲过去。然而，清晨依旧是寒意袭人。在格伦伍德，我们一早起来，就生上火炉，烤走一夜寒气和寒露的湿气。这时，我们透过浓浓的晨霭，凝视窗外，暗自发问：山冈上是否添了几许新红？

今天，天气会暖和起来，说不定午后还要热上一阵。但是，天空如此晴朗，晚间肯定又是夜凉似水。你看，天上那些个星星，成千成万，那么明亮，那么耀眼，今宵又将是一场寒霜。什么地方什么人家的西红柿怕是保不住了。今儿中午，我们正在黑水饭店吃饭，一个老头刚跨进店门，就朝柜台边的另一个老头喊开了："你家园子挺过来了？"

碧苍苍的树上出现第一片红叶的时候，秋从此蔓延起来。绿茵茵的山坡上便有一棵树披上一色红妆，那是成百上千枫树中的一棵，率先朝着这无边无际的碧色屏障开火了。随后，到了九月，沼泽枫繁茂的湿地上开始了火光烧天的总攻势。沼泽枫领头，跟着是小树林和乱丛棵子。这些很不起眼的小树棵棵，在春夏季节，为草原边的湿地默默奉献着微薄的绿阴，在高大的橡树和榆树（这种树，即便是在新罕布什尔，如今也很稀有了）主宰着的风景里，在黑魆魆的糖枫林中，谁还会注意到它们呢？但是，一到九月，它们全都粉墨登场，一层风采。沼泽枫是秋的前卫。它们在寒森森的晨幕上闪烁着，宛若朱红色珐琅，璀璨夺目。

当山冈上的岩枫极力保持住夏日的那份青碧，甚至暗黛，这些沼泽枫正纷纷怒放着，恰似国庆的焰火……

秋天，是麦氏苹果的季节——博恩果园种着三十七个品种的苹果。但是，在他们出售的苹果中，百分之九十八的还是麦氏。夏末，我们驱车经过博恩果园，望着沉甸甸密匝匝的红球球压弯了树枝，心里直巴望开摘的日子早些到来。麦氏苹果刚熟时，味道并不比"美味"或"史奶奶"好多少。爱吃正宗麦氏的人往往还要等上一段时间。熟透了的麦氏，一口咬下去，甜中带酸，细细品味，酸中有甜。嗨，那口味，那脆生生的质地，那才叫苹果呢！真是秋天慷慨的馈赠。质地脆嫩的果肉固然可口，但我们的内心深处，同样渴望着苹果之真髓的那甜润润的螯刺……我说的是苹果酒。

每年十月，品尝第一口苹果酒的时候，我就像回到了一九四四年秋天的那个下午。那天，我和一位新结识的朋友到野外作了漫长的散步。那是一个我永远珍惜的日子。人漫长的一生中，总有一些毫无痛楚的日子铭刻在心房里；然而即便痛楚，也是如同果酒一般甜美的痛楚。一九四四年九月，我第一次远离家乡来到新罕布什尔南方的一所预科学校学习。在那里，成日成夜地与那帮野蛮的浑小子生活在一起，举目无亲的我在无望的焦虑中学着拉丁文，暗自里不知流过多少泪。那些律师或经纪人家的少爷们，满头金发，厚厚的嘴唇，总是傲慢、冷漠地瞅着我，那不屑一顾的模样真可恨。有一次，我向一个神情沮丧——我只愿意与这种表情的人说话——的人问路，他声称自己对这儿也是一无所知。于是，我们结上了至死不渝的友谊。

一个星期天的下午，我和这位新结识的朋友相伴到郊外散步。我们沿着小城周围的土路走了四个多小时，差不多绕城兜了一圈。环城马路上，人迹罕至，那时汽油供应限量，这里更是车马之声不闻。土路附近，有好几座农场，有的密密匝匝地长满了庄稼，有的还没有耕种，是战备农场。土路上很干燥，灰蒙蒙的，不过空气倒很清凉——苹果收获时节嘛。我们一边谈着，一边兴致勃勃地踱着步子。我们从战争——战时该做些什么，战后又该做些什么——谈到毕业后的打算，谈到各自的父母、人生理想……就这样，在这澄明碧蓝的天空下，我们推心置腹地谈着彼此最珍爱的东西。我们漫步在新罕布什尔郁郁葱葱的榆树下，漫步在饱经风霜却依然蓊蓊郁郁的橡树林中，漫步在胭脂般瑰丽动人的红枫里。我们走得很乏，于是抄了一条很窄的小路回校。小路是那么静谧，好像从来没人走过，是我们第一次发现似的。刚转过一道弯，只见一幢高高大大的白色房子耸立在眼前。房子前面是一块宽阔的草坪，草坪靠土路的边上有一棵榆树，榆树的浓阴下摆着一张桌子，桌子上有几只空玻璃杯和一只盛得满满的茶色大水罐，旁边一块木板上写着：苹果酒，五分一杯。

什么人想出的主意：十月灰蒙蒙的路边，苹果酒。真是绝了！显然，三十年来，说不定一千年来，我们是第一批顾客……过道上，传来了"吭"的关门声。跟着，一位身着便装、腰系花裙、身材高大的老妇人磕磕绊绊地穿过草地，满带笑容地朝我们蹒跚而来。她收了我们两枚五分镍币，替我们倒了两杯酒；接着，收了两枚一角银币，替我们添了更多的酒。过后，她分文不取，把水罐里的果酒全倒给了我们。

夜幕降临的时候，我们才动身回去。红烁烁的枫树在黑暗里一闪一闪地燃烧着。我们陶醉在温馨的友情中，心情舒畅，步履轻盈，嘴里还残留着令人激动的炽烈的苹果酒味，仿佛一团苹果火在里面燃烧着。三十五年后，我朋友的妻子也许会发现我的朋友怔怔地伫立在房子的楼梯口，发现他们的一生与一九四四年那个星期天下午所憧憬的并非完全一致，但是，至少，那一天，那幢房子，那久长的友情，还有那苹果酒，已溶进了他们的一生。

对于古老的农场生活来说，秋天是一个相对慵懒的季节……秋天以后，草不再长，牲口被移进栏子过冬，整日价拴在槽子上，嚼着金灿灿的干草、青贮饲料和谷物。大雪之前，是修围篱的时候。每年夏天，羊群，或者是一头公牛，总会在篱笆上留下一些窟窿。七八月里，你沿着两个牧场周围放牧时，也可以随手补上这些窟窿。但全面的修补，像我们那位诗人说的"修墙"，还是秋收过后、冬令之前的那几天的活儿。你肩挎一卷铁丝，外衣兜里揣着钉子和锤子，四下搜寻着栅栏上被松塌的石块或风暴吹断的大树压坏的地方。你把石块搬回原处，扶起断树，然后在豁口处缠上更多的铁丝。此时，你置身十月的林中，环视四周，低斜而惨淡的秋光映照着参天大树红彤彤黄晶晶的叶子。倒腾完一块块石头，你歇口气，凝望着眼前的一切，心旷神怡。

人人凝望过，且仍在凝望着；哪怕在这儿住了一辈子的人，对此地的景色仍是百看不厌——我记得，那是些上了年岁的庄稼人。如今，我的表兄辈仍旧是这样。我年轻的时候心想，也许老年人不会欣赏，不会细细品味身边的美景。后来，我终于明白：一百多年来，任何一个心甘情愿离开这片乡土的人，最终得到的回报是：失去了这片土地，换来了更多的金钱，更多的闲暇，更多的物质享受。而留下来的人中，缺乏进取心的碌碌无为之辈，是极少数；更多的人留下来是因为天伦之情、恋乡之情，大多数人，完全是出于爱，才留在这里。我生活在一群凭自己所爱择地而居的人中间，这些人在我们的文化中是出类拔萃的。我们居住在自己爱住的地方，除了爱，便没有其他理由住在这儿。

万圣节前夕，马路边堆放着雕刻得千奇百怪的南瓜，一个个在万家烛光中龇牙咧嘴。夏天所有的幽魂全都出现了，来到各家门前，相聚在这十月的最后一个夜晚。按照历法，要到圣诞节前几天，即十二月二十二日冬至节，才算到了冬季。但是，灵魂的历法——像肉体的历法一样——却感觉到，当万圣节前夕悄悄拐进十一月的第一个清晨，老态龙钟地蹒蹒跚跚地走进了冬天……

准备冬的到来，是秋天荣华消逝后的主事……而感恩节的火鸡奏响了秋天最后的终曲："穿过树林，越过小河，我们来到爷爷家。"……我们庆贺完感恩节，十一月的白天开始早早地黑下来了。

也许，我们会懊恼这渐渐黯淡的日子。然而，暮秋的美却实在而冷峻。叶子落了，山上的花岗岩露出了脸儿。我们举目四望，又重见到了群山本来的面目，先辈们垒起的石墙断断续续、迤迤逦逦地伸向远方，在灰色的山坡上形成一个又一个灰色的矩形。

十月末或十一月初——几周寒霜过后，田野上一片枯黄，庄稼早早收割了；园子里的作物全拔光了；树几乎全是光秃秃的，房子裹在黄叶里等着过冬

——突然来了一段神奇的复苏时辰：夏天重新拉开了帷幕。寒风温和了，太阳升起来了。小阳春百万富翁似的光临此地。这位腰缠万贯的陌生客穿行于基尔萨奇山和拉吉德山区，在迟钝的田野上恣意挥洒着黄金般的阳光。羽绒服被暂时搁置一边，人们又穿起了夏日的T恤衫。二楼窗户上的苍蝇醒来了，黄蜂慵懒地擦摩着腿脚。经住了严霜的紫苑花、黄菊花在风里摇曳，映衬着其他幸存的晚秋

大师智慧书系

花草：木槿属熏衣草开着野花，细长的秋黄花也正怒放着。无疑，寒霜很快就会冻枯这些晚秋的花草；严冬也会以其漫天飞雪把它们压在身下。但眼下这五七天里，它们正乘着仲夏温暖的木筏，在这寂寥的秋潮上忘情地浮荡着。

（松风 晓燕 译）

谷川俊太郎

谷川俊太郎（1931—），日本诗人。

主要诗集有《二十亿光年的孤独》《在夜半的厨房中我想对你说》等。

※ 树与诗

> 落叶松不变的耿直
>
> 白桦树年轻的思想
>
> ——《山庄之三》

诞生以来在东京住了五十余年的家宅位于杉井，庭园里的枥木、瑞香花、吊钟花和八角金盘等都是父亲那一代种下的，当庭园中的那些花木成为印象中的树木时，它们都不会涌上我的心头。

从孩提时代起，除了战争期间，每年的夏天我都是在群马县高原上度过的。每当那里的树木映入眼帘时，我便觉得那才算得上是真正的树木。父亲建起的小小家宅坐落在落叶松林中，与栗树、核桃树、榆树等杂木相接，近处还零星生长着白桦。

生长在灰色火山岩浆石上的落叶松的根浅浅的，有三级台风立刻就会倒伏，但它没有一点畏惧台风的样子，向着天空伸展着笔挺的躯干。盛夏少有情趣的树木，初夏时的嫩叶和秋季时分的红叶却格外美丽，尤其是金黄色的小小落叶悄然无声源源不绝地飘落，我有过这样难得的体验。

较之落叶松，白桦有着色调的魅力。剥去那美丽的树皮在幼小的心灵里被认为是天不怕的行为，比起现在的自然保护，在没有严厉斥责的昭和初年，土特产店里摆满了白桦木的烟灰盒和烟斗以及用白桦树皮制作的明信片。

年轻的白桦特别美丽，眺望它一刻刻改变着形状的背景上那浮动着白云的蓝天时，我的心感知到绝对不会到达的最最完整的世界出现在了自己眼前，不是遗恨，也不是憧憬，有着一份仿佛毫无道理的奢侈的心情。

> 树阴让人的心回归
> 朴朴实实地拥抱今日
> 只朝向这里
> 朝着人伫立的地方

——《树阴》

在我的第二本诗集《六十二首十四行诗》里，尽管没有直接把树木作为大的主题，但在六十二首诗歌中，和树木有关的作品算起来也占了十六首。这本诗集将青年的我的自然观作为媒介，把与宇宙的联欢作为大的主题，这也可以说就是自然。但是，在诗作里描述的树木并不是一棵棵有着具体名称的树木，我想，莫如说像是作为一棵观念树木。

> 树木生长人活着
> 继续带着准确的时间和地点

——《云》

这里的人并不是指一般的人，而是我意念中的个人，那个女性对于我和树木有着同样的自然性。

> 人因为都是低贱地诞生
> 像树一样没有足够的休息

——《六十二首十四行诗第四十一》

当时，我觉得人类比树木更卑劣地生存着。同时代的年轻人正参与着政治活动，而我却独自与宇宙相互对视，带有一种自恃之心。

> 我的脚何时被大地夺去过
> 像树木们茁壮的根

——《六十二首十四行诗第四十六》

自己像无根草一般觉醒过来的感觉，近来在我的内心深处存在着，这种感觉也可以说是一种在社会中还没承担起责任的青春期固有的不安定心境。但是诸如自己为何物，自己的语言在何处扎下了根之类的扪心自问，依然深深地存在于我的心间，对于我来说，树木的存在是久远持续着的一个启示。

在从那里诞生全部的沉默中

犹如矫健的语言

像我和树木以及草一样想拥有它

——《六十二首十四行诗第五十三》

因此随着年龄的增长和对人类的关注，我对树木的印象也随之加深，而且渐渐地起了变化。与其说树木是自然之物，还不如说是将继续变成人类生存的比喻更为合适。

做树的形状

树因风而鸣

——《旅之七》

在十五年前写的十四行诗中，树木与以前的信仰对象稍稍有了一点背离。树木实实在在地伫立着，因此，我内心深处的危机意识在数年后便使这样的诗句诞生了。

被天之网捕捉住的树木挣扎着

一面打碎光

树枝们喊叫

将隐藏的鸟们

驱逐向地平线

——《树木升天》

（田原 译）

拉斯普京

瓦连京·格里高利耶维奇·拉斯普京（1937—），俄罗斯作家。
主要作品有《活着，可要记住》《玛丽娅借钱》《告别马焦拉》《最后的期限》等。

※ 贝加尔湖啊，贝加尔湖……

大司祭阿瓦库姆留下了一篇俄罗斯人对贝加尔湖的最早赞誉。1662年夏，这位"狂人"大司祭从达斡尔流放地返回途中，他只得从东岸到西岸横渡这个海洋般的大湖，当时他对贝加尔有过这样的记述：

"……其周围，群山崔嵬，巉岩峭壁高耸入云——我跋涉迢迢万里，任何地方都不曾见到过这样的峻嶒山景。山上，石房、木屋、大门、立柱、石砌的围墙和庭院——无不都是上帝的赐予。山上边长有葱蒜——不仅茎头之大为罗曼诺夫品种所不及，且十分鲜美。满山，天赐的大麻芊芊莽莽，庭院内则芳草葱茏——鲜花开处，更是幽香袭人。海湖上空，百鸟云集，家鹅和天鹅神游在浩渺的湖面上，宛如皑皑白雪。湖里，鳇鱼、折乐鱼、鲟鱼、凹目白鲑和鸦巴沙，种类之多，数不胜数。漫道这是淡水湖，却也生长有硕大的北欧环斑海豹和髭海豹：就是在我旅居美晋时，在大洋里也不曾见过偌大的海豹。湖中鱼群济济，鳇鱼和折乐鱼最是肥美无比——甚至无法用平锅煎食，一煎即会化为鱼油。彼世的基督为人们创造了可供享用的一切，让人们在心满意足之下，衷心赞美上帝的恩赐。"

自古以来，无论土著人，无论是十七世纪来到这贝加尔湖畔的俄罗斯人，无论只是到此一游的外国人，面对它那雄伟的、超乎自然的神秘和壮丽，无不躬身赞叹，称之曰"圣海"，"圣湖"，"圣水"。不管是蒙昧人，也不管当时已是相当开化的人，尽管在一些人心里首先触发起的是一种神秘感，而在另一些人心灵中激起的则是美感和科学的情感，但他们对贝加尔湖的膜拜赞叹却是同样的竭诚和感人。人们面对贝加尔湖浩瀚的景观，每每感到惶惶然不知所措，因为，无论是人的宗教观念或是唯物主义观念都无法包容下它：贝加尔湖，它不存在于任何某种同类的东西都可存在的地方，它本身也不是那种这里那里都可存在的东西，它对人的心灵所产生的影响也和"冷漠"的大自然通常产生的那种影响不同。这是一个特殊的、异乎寻常和"得天独厚"的所在。

随着时间的推移，人们对贝加尔湖进行测量和考察，近年来甚至还使用深水探测仪器对它进行测试。它具有了明确的体积概念，于是，人们便开始拿它进行比较：时而把它同里海相比，时而又把它同坦噶尼喀湖相比。人们计算出，它容纳着我们地球上淡水总量的五分之一；解释了它的成因，推测出，在任何地方都早已绝迹的许多动物、鱼类和植物何以能在它这里繁衍生长，生存在数千里之外世界其他部分的各种生物又何以来到了它的水中。当然，并非所有这些解释、这些推测彼此都很一致，甚至很不一致。贝加尔湖岂有那么简单，可以轻易让它就此失去那神秘幽邃、莫测高深的特性？然而，这也理所当然，就其本身的物理条件，它被摆在人们所描绘和发现的大自然伟大奇迹之列是适得其所的。它就耸立在这奇迹之列……

这仅仅是因为它本身是充满活力、气象雄伟、巧夺天工、无与伦比和任何地方都不复多见的，它知道自己应处的位置，知道自己的生命价值。

那么，到底怎么才可以比较它的美呢？又何与匹比呢？我们并不担保，世界上再没有比贝加尔湖更美好的东西了：我们每个人都觉得自己的家乡亲切、可爱，连爱斯基摩人或阿留申人都知道，对他们来说，冻土带和冰雪荒漠就是自然界完美的富庶的乐土。我们从出生那天起就呼吸着故乡的空气，吮吸着故土的精华，沐浴在它的景色之中，它们陶冶着我们的性情，并在很大程度上融合成了我们生命的组成部分。这一切对于我们是宝贵的，我们是它们的一部分——纳入自然环境之中的一部分，正因为如此，只这样说是不够的；大自然那古老的、永恒的呼声在我们心中也应该，而且已经得到响应。把格陵兰积冰同撒哈拉沙漠相比，把西伯利亚原始森林同俄罗斯中部草原相比，甚至把里海同贝加尔湖相比，即使有所偏爱，也都毫无意义，充其量只能表达自己对它们的某种印象。所有这些都以其美而令人称绝，以其生命活力而令人惊异。在这种情况下试图作这种比较，多半都是出于我们不愿意抑或不善于发现和感受景致美的唯一性和非偶然性，及其令人担忧和惶恐的境遇。

大自然作为世间完整的、唯一的造物主，毕竟也有它自己的宠儿：大自然在创造它时特别倾心尽力，特别精益求精，从而赋予了它特别的权力。贝加尔湖，毫无疑问，正是这样的宠儿。人们称它为西伯利亚的明珠不是没有道理的。我们暂且不谈它的资源，这将是单独的话题。贝加尔湖之所以如此荣耀和神圣，另有别的原因——就在于它那神奇的勃勃生机，在于它那种精神——不是指从前的，已经过去的，就像眼下许多东西那样，而是指现在的，不受时间和改造所支配的，自古以来就如此雄伟、具有如此不可侵犯的强大实力的精神，那种具有以天然的意志和诱使人去经受考验的精神。

我想起了我和一位到我家做客的同志同游贝加尔湖的事，我们沿大贝加尔湖湖岸上古老的环湖路，步行良久，走出很远很远，来到了湖南岸一个最幽美、最明亮的去处。时值八月，正是贝加尔湖地区的黄金季节。这时节，湖水变暖，山花烂漫，甚至连石头在阳光下闪闪烁烁也像山花一般绚丽；这时节，太阳把萨彦岭重新落满白雪的远远的秃峰照得光彩夺目，放眼望去，仿佛比它的实际距离移近了数倍；这时节，贝加尔湖正储满了冰川的融水，像吃饱喝足的人通常那样，躺在那里，养精蓄锐，等候着秋季风暴的到来；这时节，鱼儿也常大大方方地麇集在岸边，伴着海鸥的啾啾啼鸣在水中嬉戏；路旁，各种各样的浆果，俯拾皆是——一会儿是齐墩果，一会儿是穗醋栗，有红的，有黑的，一会儿是忍冬果……加之又碰上了罕见的好天气：晴天，无风，气候温暖，空气清新；贝加尔湖湖水清澈，风平浪静，老远就可看到礁石在水下闪闪发光，晶莹斑斓；路上，忽而从山坡上飘来一阵晒热的、因快成熟而略带苦味的草香，忽而又从湖面上吹来一股凉爽沁人的水腥气息。

两个来小时过后，我的这位同志就已经被扑面而来令他目不暇接的景致折服了：狂花繁草，野趣满眼，天造地设的一席夏日奢宴，他不仅前所未见，甚至连想都难以想象得出来。我再说一遍，当时正是百花盛开、草木争荣的鼎盛时节。还要请您在所描绘的这幅画面上再添上几条向贝加尔湖奔流而去的潺潺（我巴不得说：它是伴随着清脆、庄重的乐曲）山涧小溪，我们曾一次又一次地向这些小溪走下去，试试它的水温，看一看它们多么神秘、多么奋不顾身地像扑向母亲的怀抱般汇入共同的湖水中去，求得个永恒的安宁；请在这里再添上那些接连不断、整整齐齐的隧道，它们修筑得颇具匠心，一洞洞依山而就，浑然天成，其总长度竟与这段路程相差无几，每洞隧道上方的悬崖峭壁时而庄重险峻，时而突兀乖戾，就像刚刚结束一场游戏般一副无拘无束的神情。

一切能使人产生观感的东西，很快就充满了我这位同志的心胸，他顾不上惊讶和赞叹，于是乎沉默起来。我继续说我的。我说，大学生时代，我初次来贝加尔湖时，它那清澈见底的湖水曾使我上过当，我曾想从船上伸手去捞一块石头，后经测量，原来那里的水深竟达四米以上。我这位同志听了不以为然。我感到有些不快，我说，在贝加尔湖水深四十米也可一眼见底——好像我是多说了一点儿，即使如此，也没引起他的注意，就像他经常乘车经过莫斯科河可以不断看到它的河水一样不足为奇。只是这时，我才猜到他是怎么回事：我告诉他说，在贝加尔湖二三百米深处能从一枚两戈比硬币上念得出它的铸造年代，这下他才惊讶到了不可再惊讶的程度。原来，他脑子里都饱和了，常言道，懵了。

记得，那一天一只环斑海豹几乎使他没命了。这种海豹一般很少游近湖岸，可这一次，就像约定好的一样，它来到很近的水面上嬉戏，当我一发现指给我那位同志看时，他不由得失声狂叫起来，接着又突然打起呼哨，像唤小狗那样招呼海豹过来。这只海豹当然顿时潜入了水底，而我这位同志在对这只海豹和自己的举动的极度惊异之中，又不讲话了，而这一沉默就是好长时间。

这段往事本身无关紧要，但我这位同志从贝加尔湖回到家不久，就给我来了一封热情洋溢的长信，我回忆此事，仅仅是为了便于从他这封信中引用几句话。"体力增加了——这就算了，过去也是常有的，"他写道，"然而，现在我精神振奋，这却是从贝加尔湖那里回来之后的事。我现在感到，我还能做许多事情，似乎对哪些事情该做，哪些事情不该做心里也有数了。我们有个贝加尔湖，这有多好啊！我早晨起来，面朝着圣贝加尔湖所在的你们那个方向躬身膜拜，我要去移山倒海……"

我理解他的心情……

其实，我的这位同志，他所看到的充其量只是贝加尔湖的区区一角，而且那是在一个万物都感恩安宁和阳光绝好的夏日。殊不知，恰恰就是在这样风和日丽、空气宁静的日子里，贝加尔湖也可能突然间汹涌澎湃起来，仿佛凭空一股无名的怒气在它深处膨胀起来。看到眼前的情景，你都不能相信自己的眼睛：风平浪静，湖水却隆隆作响——这是遥遥数公里之外的风暴区传来的信息。

我的这位同志，他既不曾遇到过萨尔马冷风，也不曾遇到过库尔图克海风，更不曾遇到过巴尔古津东北风。这些有着各种名目的大风，带着疯狂的力量顷刻间从各个河谷地带袭来，有时掀起高达五六米的巨浪，足以给贝加尔湖地区带来巨大灾难。而贝加尔湖的渔民不会去祈求它，就像一首歌中所唱的："喂，巴尔古津，你掀起巨浪吧……"

他不曾看到过北贝加尔湖那全部严峻而粗犷、原始而古朴的美姿，置身于那样的美境，你甚至会失去时代感和人类活动的限度感——这里只有一种闪耀着光辉的永恒，唯有它在如此慷慨而又如此严峻地管辖着这古湖的圣洁之水。不过，近年来，人也在忙着弥补自己，缩短着他所习惯的生活方式和大自然的神威、永恒、宁静和美之间的距离。

他也不曾到过佩先纳亚港湾，那里晴朗天气远远多于著名的南方疗养胜地；他不曾在奇维尔金海湾游过泳，那里夏季的水温一点儿也不比黑海的低。

他无从知道贝加尔湖冬天的景象，风把晶莹透明的冰面吹得干干净净，看上去显得那样薄，水在冰下，宛如从放大镜里看下去似的，微微颤动，你甚至会望而不敢投足，其实，你脚下的冰层可能有一米厚，兴许还不止；我的这位同志，他也不曾听到过贝加尔湖破冰时发出的那种轰鸣和爆裂声。春季临近之际，积冰开始活动，冰面上进开一道道很宽的、深不可测的裂缝，无论你步行或是乘船，都无法逾越，随后它又重新冻合在一起，裂缝处蔚蓝色的巨大冰块叠积成一排排蔚为壮观的冰峰。

他也不曾涉足过那神奇的童话世界：忽而一条白帆满张的小船朝你迎面疾驶而来；忽而一座美丽的中世纪城堡高悬空中，它像是在寻找最好的降落地点，在平稳地向下徐徐降落；忽而一群天鹅排成又宽又长的队形，傲然地高高昂着头游来，眼看就要撞到你身上……这便是贝加尔湖的海市蜃楼，许多美丽动听的神话和迷信传说，都产生于此地司空见惯的寻常景观里。

我的这位同志，与其说他还有许多东西未曾见过，未曾听说过，也未曾亲身经历过，毋宁说他还一无所见，一无所闻，完全不曾亲身体验过。即使我们这些家住贝加尔湖滨的人，也不敢夸口说十分了解它，原因就在于对它的了解和理解是无止境的——惟其如此，它才是贝加尔湖。它经常是仪态万千，而且从不重复，它在色彩、色调、气候、运动和精神上都在瞬息万变。啊，贝加尔湖精神！——这是一个有特定含义的确实存在的概念，它足以使人相信那些古老的传说，诱使他怀着一种神秘的胆怯心理去思考，一个人要在别的地方，究竟在多大程度上有自认为该干什么就能干什么的自由。

我这位同志逗留的时间很短，看的东西少得可怜，但他毕竟还是有了一次感受一下贝加尔湖的机会，姑且不说是理解吧。有了这种机会，情感就取决于我们，取决于我们有没有摄取其精神实质的能力了。

贝加尔湖，它未尝不可凭其惟此为大的磅礴气势和宏伟的规模令人折服——它这里一切都是宏大的，一切都是辽阔的，一切都是自由自在、神秘莫测的——

然而它不，相反，它只是升华人的灵魂。置身贝加尔湖上，你会体验到一种鲜见的昂扬、高尚的情怀，就好像看到了永恒的完美，于是你便受到这些不可思议的玄妙概念的触动。你突然感到这种强大存在的亲切气息，你心中也注入了一份万物皆有的神秘魔力。由于你站在湖岸上，呼吸着湖上的空气，饮用着湖里的水，你仿佛感到已经与众不同，有了某些特别的气质。在任何别的地方，你都不会有与大自然如此充分、如此神会地互相融合互相渗透的感觉：这里的空气将使你陶醉，令你晕头转向，不等你清醒过来，很快就把你从湖上带走；你将游历我们做梦都不曾想到过的自然保护区；你将怀着十倍的希望归来：在前方，将是天府之国的生活……

贝加尔湖，它足以能净化我们的灵魂，激励我们的精神，鼓舞我们的意志！……而这是只能凭内心去感受，而无法估量，也无法标志的，但对我们来说，只要它存在着也就够了。

有一次，列夫·托尔斯泰散步回来，曾记述道："置身于这令人神往的大自然之中，人心中难道还能留得住敌对感情、复仇心理或嗜杀同类的欲望吗？人心中的一切恶念似乎就该在与作为美与善的直接表现形式的大自然接触时消失。"

我们这种古老的、自古以来就与我们的居住的土地及其奉献的不相适应，是我们由来已久的不幸。

大自然本身是道德的，只有人才可能把它变得不道德。怎知不是它，大自然，在相当大的程度上仍使我们保持在我们自己的确定的、暂时或多或少还有些理性的道德规范之内的呢？不是靠它在巩固着我们的理智和善行的呢！？是大自然在哀求，在期望，在警告，在以已故的和尚未出生的、我们前世的和来世的人的灵魂日日夜夜盯着我们的眼睛。我们大家难道听不见这种呼唤吗？从前某个时候，贝加尔湖滨的埃文基人，他们要砍一棵小白桦树时还忏悔好久，祈求小白桦树宽恕，砍它是出于无奈。现在我们可不是这样了。到底是否正因为如此我们才需要而且有可能制止住那只冷漠无情的手呢，这只手已经不像二三百年以前那样只是加害于一棵小白桦树，而是加害贝加尔湖父亲本身；到底是否正因为如此我们才对包括贝加尔湖在内的大自然恩赐给我们的一切，而向包括贝加尔湖在内的大自然加倍地偿还呢！？善将善报，恩将恩报——按照自古以来的道德循环……

（程文 译）

※ 幻象

我开始在夜间倾听一种声音。似乎有人在拨动一根长长的、越过整个天空的琴弦，那琴弦发出了纯净的、怨诉的、让人陶醉的声响。一阵声浪刚刚逝去，另一阵声浪又单声部地、声音犀利地响了起来。我躺在那里，完全醒了过来，我全神贯注，内心充满了担忧，我在仔细地倾听：这究竟是不是我的幻觉？可是，幻觉可以出现一次，出现两次，却不可能每天夜里都不停地出现。幻觉也可以出现在白天，可白天我却从没有过这样的幻觉。我清晰地听到，在我头顶上方的什么地方，琴弦被有意地、小心地拨动了，发出一阵响声，然后，这响声又绵延为一个微弱的、忧伤的颤音。我不知道，究竟是这个响声惊醒了我，还是我稍稍提前地醒了过来；为了从头到尾地倾听这个响声。奇怪的是，那只小闹钟就放在身边的床头柜上，可我一次也没去看它那发光的表盘，我只要转过脑袋去，就可以确定，我每天是不是在同一个时刻醒来的。一个不知道从哪里传来的声音，一个不知道在传达什么的信号，在将我迷惑，我全神贯注地倾听着，倾听着那个隐秘的、有待破译的声音，而把其余的一切都抛在了脑后。这里没有恐惧，而那会使我惊呆的唯一东西，就是一种期待：接下来会怎么样呢？

这是什么？——莫非，他们已经在召唤我了？

在这样的时刻，当那哀怨的召唤突然响起又渐渐远去，我就做好了面对一切的准备。我感觉到，这是在喊我的名字，在做一次尝试。没办法：看来，就要轮到我了。在我三十余年的写作生涯中，我曾多次有过这种严阵以待的感觉，认为这种感觉是可以信赖的，是不会出现什么变化的。我进入了角色，自我献身地、完全真诚地扮演着这一角色，我的全部生活都在让我自己相信，在我死亡的终点线之前，还伸展着一片无穷尽的远方，还有着无穷尽的享受，享受生活的欢乐。但是现在我明白，关于无穷尽的骗局已经结束了，在我们那一辈人里头，已经没人比我更年长了，我的目光越来越多地转向内部，为的是分辨出道别的风景。我还能产生强烈的情感，还能做出果敢的举动，我的双腿还能轻松地迈动，我还没有丧失行走所带来的乐趣，但是，干吗要说假话呢：抖擞的精力已经无处可以获取了，前方的一切，都是枯燥乏味的生活。我越来越经常地遭遇孤独，发现自己独自呆在四堵墙之间，这四堵墙壁我已经很熟悉了，可它们却不是我主动选择来的，而似乎是某种外力强加给我的。我在那里寻找一些可爱的物件，寻找自己的东西，为的是更容易地习惯起来，但是，没有一个亲人前来看我，我也没在等待他们，一连数个小时，我就透过那扇巨大的、占据了整面墙壁的窗户，看着窗外那一成不变的风景。

就连那风景也是熟悉的，只不过我无论如何也想不起来了，是在哪里见过这样的风景。我到过很多地方，我所见到过的许多东西，都曾让我沉湎其中而不能自拔，怀着深深的爱恋，噙着感动的泪水，甚至甘愿就融化在那风景之中，追随那些先行者，他们在我之前就已经融化在那里了，并添加上了美和静逸。也许，这某种东西来自转瞬即逝的、明亮耀眼的过去，来自那些在心中留下了烙印的视觉印象，——我不清楚。

这"某种东西"出现在秋天，出现在深秋。

我喜欢"大自然豪华的凋零"……又怎么能不喜欢它呢，既然这整个年头仿佛都一直在养精蓄锐，做好准备，以便在低垂的、似乎也同样沉重起来的天空之下，展示出大地在摆脱了重负之后所披上的那身奇异装束。森林泛出一片火红，杂乱的青草垂下沉甸甸的草茎，散发着清香，空气像水流一样漫过阳光下的低地，激起一片沙沙声，带来一阵苦艾味；远方静卧在清晰、柔和的地平线上；田头，林边，山脊——全都披上五彩缤纷的衣裳，跳起圆圈舞，它们端起姿势，忧伤地、小心翼翼地迈出脚步……一切都在坠落，种子和果实在纷纷坠落，铺满了大地。"老娘们的夏天"如今变得年轻了：春天挤进了夏天，夏天又挤进了秋天，九月里还是满眼绿色，一片芬芳，感觉不到秋的气息，而与此同时，白雪却在毫不迟疑地做着准备。圣母节过后一个星期，就会有寒流袭来，然后就是潮湿的日子，人们辗转反侧，苦不堪言。然后是彻底的干燥。于是，那些还保留着其装饰的一切植物，就会抖落出一阵彩色的落英雨，表露出它们那普遍的、敏感的忧愁。在这样的日子里，是最容易想起上帝来的。

就这样，我最亲近、最喜爱的季节到来了：我的秋天。它在风雨之后走来，它遍体鳞伤，衣不遮体，它静静的，经受了激动和痛苦，顺服下来的它，已处在半昏迷的状态之中了。弱化了的阳光仍能让人感到温暖，空气却似乎凝固了，最后的秋叶也缓缓地落下，随风飘舞；土地变成赤褐色的了，枯草倒伏在地面上，在那高高的、睡意惺忪的天空上，几只留下来过冬的大鸟在舒缓地、庄重地盘旋。紧贴在地面上的薄雾散发出甜味，干燥的、白色的蛛网若隐若现，河中水面泛着死寂的微光，夜空中的流星雨也失去了夏日的亮度，不再显现了；一幢幢低矮的农舍散落在村子的各处，就像是深深地扎根在冬天的大地上。一切力量都是向下的，倾向于大地……太阳带着苍白的夕阳徐徐落下，黄昏则久久地沉睡，不时亮出几丝白日的余晖。这是一个非常特别的、难以猜透的时候；在这个时候，季节的成分死去了，某种永恒的、权威的、最后审判性的东西却降生了。

就这样，在这个我不知如何走进来的房间里，在这扇宽大的窗户前，我看到了这明亮的晚秋，它紧紧地拥抱了伸展在我面前的整个世界。究竟是在什么地方，这片风景永驻我心，以便一次又一次地复现，我再重复一遍，我记不清了。或许，这风景我从来都没有见到过，它是由一支能自动记录的笔在我的脑海里下意识地描绘出来的；在那沉湎于想象的成千上万个小时里，由我所创造出来的画面难道还少吗，——说不定也会出现那样的时刻，想象会不请自到，不需要我冥思苦想，便会自动地把我变成它的主人公。

我发现自己置身在一个不大的房间里，两侧是两堵墙，对面是一扇窗户。面前的窗户是落地式的，从地板直抵天花板，背后则是一扇又高又大的门，是双扇的，上面带有三道装饰框和两个别致的铜把手；在那扇门的后面，也应该有着个什么巨大的东西。但不知为何，我却一次也没有想起要到那后面去看个究竟。我的位置就在窗前，在一把低矮的轻便扶手椅上，这是一把旧椅子，已经被坐坏了，扶手也破损了。这把椅子是我的家具中的一种，它和屋里的其他那些东西一样，不知怎么流落到了这里，与我和这个房间和平共处了。这把椅子早就该扔到垃圾堆里去了，可是，我已经习惯了这些东西，害怕与它们分开。它们中间包含了太多的我。当我躺进这把椅子，屁股几乎挨着地板，我就会觉得自己很舒服。

右面的墙边，立着两个做工很粗、但很结实的深色大橱柜。我怀疑，这两个橱柜是特意找来的，以免贬低了我那把椅子的长处。这两个橱柜都不是我的，但橱柜里却装着我的一部分家庭藏书，这些书似乎是我自己挑选出来的，都是我最爱读的。对面那堵墙边，也立着同样的一个橱柜，里面摆的是我的玩具——从世界各地带回来的小钟收藏品，这些小钟千奇百怪，各式各样，有玻璃的、陶瓷的，也有黏土的、木头的，有铜制的、铁制的，也有石头的。在它们中间也同样包含了太多的我：在工作之前，我喜欢看看它们。在我感到心满意足的时候（这样的时刻很罕见），我就会走近它们，久久地欣赏着，直到听见那些温情的、婉转起伏的混声，那些声音在重复着我的话语，在补充着我的话语。在我碰触到那些小钟之前，最初的声音就响了起来，它是由一个包着红头巾的玻璃姑娘发出的，那块红头巾在她的下巴下面系了一个结，在她肩膀上横着的那根小扁担上，吊着两只很小很小的水桶。就是从那两只小桶里，传出了一阵水晶般的水声。随后出场的是一个好汉，他头戴一顶翘檐草帽，就连那只道出问候来的小舌头，也隐藏在了那顶帽子的下面。在这之后，我便让整个钟的王国都颤动起来，祝我健康。要知道，用这样的方式很能满足虚荣心。

这不是回忆的房间；而且，我似乎也丧失了回首顾盼的可能性。我置身于此，是为了另一个目的。无论是在房间内部，还是在窗户外面，一切都被一双双人的手或非人的手抹上了一层忧伤、严峻的单调色彩：一个长方形的、狭小得仅够一人独处的居所，变成了一个狭小的、向前突出的、面对着一条出路的世界。

然而，这个世界是百看不厌的，就像你那永恒的故乡。

左边，是河的支流，那条河不太大，它蜿蜒曲折，如今已完全安静了下来，河岸很低，岸上长着几株白桦树，它们三三两两地把根扎在一起，落光了叶子，垂下了树梢。右边，在那个光秃秃的、一侧露出红色黏土的山冈后面，是散落在山坡上的几丛茂密的小松树，在它们的后面，则是高高的、波浪状的地平线，是耸立的森林。在河流和山冈之间，有一条乡间土路，小道还没有被碾平，路中间还留有一些干枯的、被压扁的野草。小路蜿蜒而去，随着河流的弯曲而弯曲，随后潜入一片低地，越过河上一座黑色的小木桥，最后消失在对岸那片白色的乱石间。只是在小桥前方一公里左右的一块坡地上，小路才重新显露了出来，——它已发生了惊人的变化，变得又平又直，灰色的路面闪闪发光。

这突然发生了变化的道路让我感到不安。离我很近的道路此端，杂草丛生，勉强可以通行，无论如何也难以将它与道路的彼端联系在一起，那彼端宽阔齐整，井井有条。无论用什么样的纽带都难以将这道路的两端联系起来，新的一端一准会挣脱旧的一端，就像老爷的手会挣脱农夫的手一样。我非常想看一看道路两端的连接处。我还感觉到，如果不得不去踏上那条新路的话，那么，那条新路也许会像自动扶梯一样，是会自动滚动的。不过，那条新路也不是荒无人烟的：在它最初发生变化的地方，在路的右侧，耸立着一株乌黑的百年古松，它体态端庄，低垂着宽大的枝桠，而在那株松树的后面，可以看到一间崭新的小木屋，它泛出琥珀色的光泽，就像是童话中的小木屋，屋顶上只有一个坡面，坡面朝着我这边。同样像是在童话里，那屋里住着一个小老头，他常常出门走到那杂草丛生的路肩上来。可以看到他那颗没戴帽子的白发苍苍的大脑袋，还可以看出，他的个子并不高。可是从我这里看不清楚，他的脸朝向哪边，他在观察什么，然而，如果长时间一动也不动地站在那里，那就一定是在观察什么，一定是在急切地等待着什么。

这阵非尘世的、昏昏欲睡的严寒已持续了一天，这严寒完全是咒语性质的，是一只算命的手给招呼过来的。白桦树如此温顺、如此美丽地躬身面对河水，小河如此惺忪地潺潺流淌，在那道路消失之处的河岸上，石头如此忧伤地泛着白光，就连右边那些散落在山坡上的小松树，也带着可笑的匆忙而僵住了，于是，在一阵甜蜜的愁苦之中，我的心一阵发紧，非常想去看一看，去看一看。这是什么，是生活，还是生活的继续？太阳很安静，很孱弱，带着一个清晰的、五彩的日晕，干燥的、轻雾似的薄云静卧在空中，似乎扎下了根，似乎失去了轮廓。而在地上，落叶已经埋进了土壤，再也不能飘飞、再也无法喧嚣了。落了叶的森林并不显得赤裸，并不显得可怜，它已经及时地换了装。在森林的上方，在山冈和小河的上方，掠过一阵悠长的、哀伤的叹息，这叹息越来越轻，越来越弱。

就这样，你坐在窗前这把舒适的破椅子上，时而看着眼前的风景，时而看着自己，已分辨不出彼此，也无法将所见到的一切梳理为连贯的思绪。天空慵困地泛出幽蓝，黑暗自大地慢慢地腾起，渐渐地，我的房间也被黑暗所遮蔽了。我已经习惯于黑暗了，我要说一声：这是我的黑暗。

突然，出现了第二个幻象，幻象中的幻象，我开始看到，自己出门来到原野上，转身走向小河，在那儿，一株株高大的、树皮很厚的白桦静静地站着，从根部分裂出好几支树干，那一根根光秃秃的树枝，忧伤地伸展着，还将被疾风所折断……我站在白桦林中，想道：它们是否看见了我，是否感觉到了我？也许，它们同样在等待？这已经不再是什么植物界的奇谈怪论了，人、树木和鸟儿，我们都被拴在同一条生物链上，我们有着同样的生命意义。在上了年纪之后，见一棵树木倒下，往往就会伤心不已！

在那条水波不兴、十分静谧的小河旁，我穿行在白桦林间，向那座小桥走去，走在坚实的大地上，真叫人高兴，接着，我下到坡底的卵石滩上，脚下响起一阵哗啦声，这里的水流要更急一些，也更清一些，——然后，我重新回到坡上，走上小桥，小桥的两侧，躺着几根被截去头尾的原木，算作栏杆。这些原木早就躺在这里了，已经发黑了，木桥的桥面也已发黑，这座小桥已经被所有的人所遗忘了，因为，自打我住到这里以来，我还从未在这座桥旁见到过一个人影，这座忧伤的小桥，它在久久地等待着什么……然而，它究竟在等待什么呢？

干吗要建这座桥呢？我坐在桥栏杆上，想看看河上这个世界的两侧，看看道路所通向的对岸。我久久地坐在那里，克制着那种欲走过桥去、踏上那些白色圆石的愿望。甚至在我的想象中，我都没敢那样做。空气起伏跌宕，就像一股强大、隐秘的气息，吹拂着我的脸庞，黄昏的阴霾凝固了，右边森林那尖尖的柏树树冠变得更暗了。"好的，好的。"我轻轻地说道，我觉得，说了这句话，我就会闪出亮光来，就像一个远远就能看见的亮点。

后来，我发现自己是坐在扶手椅里，但我在继续思考：要知道，在我没能走出这个房间之前，实际上已先出去了一趟。我没敢越过那座小桥，可我其实已经站到了那桥上，从那儿看着那条消失在乱石间的道路，从那儿寻找那些即将出现的陌生感受。也就是说，我还是迈出了一步。这究竟是好还是不好，我不想去寻找答案，我仅仅是发出一声叹息，让自己挪动一下位置。天色完全暗了下来，该回家了。我在这个房间里，在回家的半途中，可是家如今究竟在什么方向，我却越来越搞不清楚了。

我坐在这里，已经分辨不清窗外的任何东西了，只能看到森林那浓重的轮廓，我不时摸一摸自己，看自己是不是还在这里，我在半睡半醒地思考着这样一个问题：如果我走上了那座小桥，那么在此之后，夜晚的钟声是否就会变得更近、更执拗呢？

（刘文飞 译）

克莱齐奥

勒·克莱齐奥（1940—）。法国作家。
代表作有《沙漠》《寻金者》等。

※ 山，注视

我想谈谈实在的美，谈谈人的眼睛，例如山，例如光。

阳光下，它很大，它的石壁，它的褶皱，它的沟壑，它的覆盖着易碎的泥土的缓坡，它的雪崩似的滚滚尘埃。它在光的中心，它像盐像玻璃一样闪亮，它岿然不动，独立于高空之中。它身上一切都是那么坚硬，那么真实。它是大地表面致密的一块，是一个隆凸，没有一种活的东西能像它一样。人们可以给它一个名字，如埃布吕斯，或者库赫一伊一巴巴。人们可以谈论它，讲述它的故事，探索它的起源，说说住在它上面的人。人们可以计算它的体积，研究它的构成，它的演变。然而这一切又能如何呢？它还是它，不动，不听，不应。人们可以在它身上取一小块石头，带往很远的地方，几千公里吧，或者扔进大海。人们可以在鼓荡的风中几天几夜地烧它，把它变成火山。人们可以在它的缝隙里放入炸药，安下起爆装置。然而安起爆装置的手始终是离得远远的，爆炸之后，山依然如故。

山是持久的，强大的，它的基石扎根在大地深处，随着人的远离，它始终赫然立于地平线上，继而变得越来越大，越来越模糊。消失的是枯草、树、一座座房屋、道路、水泥场，剩下的只是轻淡的线，宛若空中膨胀的云，灰色和淡紫色的隆凸，胀满了空间。它还在那儿，继续在那儿，每天，每个早晨，都在同一个地方。它举起它那巨石嶙峋的大块向着天空，就这样，不费一点儿力气，没有一点儿道理，因为它就是它，绝对地是它，自由而强大，空气和水的领域中的一个固体。风从它身上吹过，侵蚀它的峭壁，沿着山谷，自北而南。

没有什么比这孤独的山更持久，更真实。任何庙宇，任何建筑，任何人的居所。它们很想跟它一样，充当登天的板凳，向着隐藏的神祇们举起盛满祭品的托盘。然而山就是一位女神，人们注视不断地被引向它。

注视就是光，有生命的光，跳跃着奔向白色的山岩，热力深入岩石，令其微微地颤动。在不动的山坡上，小树和松柏是灼热的，让空气中充满它们的气味，而寒冷的风从它们周围滑过。每天它们都在那儿，用它们的根抓住风化的泥土。云在谷底积聚，然后很快，随风而降，然后散开，化水为雨，灌林和大树的叶子分开了，人们听见山里发出一阵阵古怪的喘息声。

光不断地从虚空的深处向山移动。重要的不是声音，不是汽车在城市的小路上奔驰，不是古老的无花果树枝条上一群群的蚜虫。重要的是人面对孤独的大山时，他所看见的，他所等待的。

人们看啊，看啊，总是看不够。人们一无所知，一无所愿，不等待启示。也不等待变化。人在目光的一端，女神——山在另一端，它们不再孤独了，它们变成两个完全一样的领域，可以让美通过。

遥远的美，人不能触摸，如夜空中的星辰，天上云层的堡垒的轨迹，或晨曦。然而它就该是这样，不可触及，比人看见的空间还要大，于是注视和它一样，不再是脚、翼和轮子所能及的了：那边，直到那边，它到达路的尽头，越过了有限世界的门槛，进入不可逾越的区域。

它是多么的稳定啊！在它周围，一切都跟跟跄跄，举步迟疑、消融、变化。人的腿是软的，胳膊没了力气，颈项弯曲如橡胶。然而它，它是石头做成，巨大、沉重，屹立在大陆的基石上，在宽阔的背上驮着大气层。

有时，它是无情的，粗暴的，它那尖利的棱角，伤人的绝壁，陡峭的悬崖有鸟儿碰死。太阳在它上面闪光，遍及它的全身，照亮斑斑白垩、石膏、胶结物的悬崖。这时，它是那样的大，占满了整个空间，低处的土地朦朦胧胧，蓝黑色的天空，缓缓地围着它旋转，仿佛大海围着岛屿一样画出了许多同心的圆。它像一个国家那样大，广阔得要几年工夫才能到它的顶，小群小群黑色昆虫沿着一道道石槽爬行。它像一个行星那样大，从大地的深处直达天的最高处，整整的一块，石头像冰冷的火焰迸射，而且从不坠落。

它是那样的大，不可能有空虚、恐惧和死亡。它像一座冰山一样巨大、寒冷，在凝视着它的光中炫人眼目。一切都冲向它，像铁屑受到磁石的吸引。沿着路一样笔直的目光，人向着它坠落，而它，是直立的巨大，是物质的巨大。

在一座孤独的山中有很大的力量。有许多的时间，许多的空间，许多的实在的规律。在它的石头中有许多的思想。在它的坡上，灌木和松柏就像白色灰尘中的许多黑色的符号。它们像是汗毛，头发，眼眉。几只鸟叫着，在悬崖上空慢慢地盘旋。风在石罅中穿过，古怪地哼着歌儿，隐蔽的溪流发出很温柔的响声。一切都来自于它，空气、水、土、火。甚至云也生自于它，在很高的地方，在绝壁之间。它们冉冉如火山的烟气。

有时山也是遥远的，灰蒙蒙的，被水包围着，人们只能看见它的臀部、腰肢、乳房和肩膀的柔和曲线，只能看见它的斜落进谷底的长发的波状线条。当晚霞中一切都消失的时候，或者当城市和道路像人被困在房子里一样被烟气笼罩的时候，山也远去了。它在拒绝中睡着，裹着沉寂和冷漠。女性的巨人，白色的女神，它突然厌倦了，闭上眼睛，不愿再让人看它。美是聋的、哑的，孤独地躲进它的蚊帐。谁敢靠近它？他将迷路，因为那已不再是坚硬的石头、牙齿状的绝壁、直立的悬崖了。那已不再是骄傲的生命的努力、德行、美的力量了。那是一种很单薄、很柔弱的命运，仿佛幻影，在沉睡的大地之上的半空中飘荡，也许是一句话，一段音乐，人们可以用脸上的皮肤感知到，而你则瑟瑟地抖起来。这时，没有人能发现它。

飞机在云的后面飞过，没有人看见。海天一色。太阳已远。于是目光模糊了，没有什么再发亮了。慢慢地，慢慢地，夜来了。这几天它来得更早了。带着蝙蝠走出所有的洞穴。

这一切过去了，到来了，散走了，周而复始。山是这样的美，然而没有注视它就不存在。而注视若没有山就一直向前，如子弹般穿过空气，在空中打着转儿，变小，什么也没有发现就消失了。名称，地点，词语，思想，有什么关系？我只想谈谈永恒的美，谈谈人的注视，谈谈在阳光中很高很高的一座山。

（郭宏安 译）

立松和平

立松和平（1947—），日本小说家。

主要作品有《给我指出方向》《白铁皮的北回归线》《远雷》等。

※ 山恋

　　我来到人世第一眼看到的就是山。那座山叫男人山。虽然我家的周围有足尾
连山、高原山、那须山，但从我家向前看，只能看到日光的男人山。

　　四季的交替，我是从山色的变化知道的。当山顶变成了银白色，而且这银白
色不断向山下蔓延时，冬天到来了，寒气渐渐来到了我的身边。

　　春天，大地充满了勃勃生机，但山还是一片白色，冬天依然顽固地盘踞在山

顶，迟迟不愿离去。这时候还不能算是真正的春天。只有山下的积雪融化，显露出褐色的山体，绿色缓缓攀上山顶，春天才真正到来了。

对于我来说，悠悠岁月，就是山色的演变。

不知为什么，有时我觉得山近在咫尺，伸手可及。这种感觉多出现在冬天，山岳有一种阳刚之气，而天空碧澄，一尘不染，距离感骤然飘散。

我在看山时，山也在看我。或许在海边长大的人也有这种感觉吧？你在观察大海时，海也在观察你。我觉得故乡的风景，也像人一样，是有灵性的。

我第一次看到海是小学一年级的时候，刚刚七岁。夏天，我们到了离宇都宫市最近的大洗海滨。当时的欢呼雀跃，至今仍历历在目。海的风光和山的景色是大不相同的。

从那以后，我常常上山下海，体会山海的不同。

山是沉默的。当我背着重重的行囊，像苦行僧一样默默地走着，就进入了自我反思的状态。

敞开心灵的门窗，天真地自问自答，苦苦思索。有时豁然开朗，有时山穷水尽，有时高深莫测。

山里人一般都沉默寡言，从不大声说话。猎人们怕声音吓跑了动物，更怕惊动了山神，所以少言寡语，保持缄默。

山是寂静的。如果没有风，没有流水，山里是无声的世界。

海是喧闹的。虽然有时风平浪静，湛蓝幽深，但里面有海流，有生物，一刻也不平静。

海是开放的、躁动的。在海中可以游泳、潜水、钓鱼，丰富多彩，其乐无穷。在海水中嬉戏与登山大相径庭。登山只能一步一步往前走，动作机械单调。

海是富有的。虽然山里春天有野菜，秋天有蘑菇，但远不及大海一年四季都有丰饶的水产。

海是快乐的，山是苦闷的。对于人生来说，苦闷和快乐哪个是幸福，可能很难简单地下结论。

这完全是我个人的体验，甚至可谓之偏执的山海论，可能有不少人是不赞成的，但我并不是爱山而贬海，实际上我爱山也爱海。

我在小学时就登遍了宇都宫市周围的山。中学时上了日光、那须的山。我觉得山也是海。山的水是空气，山的波涛是森林。山山相连，连绵不断，就是无边无际的大海。

海中有冥府，山里也有九泉。到日光、足尾修行的人，就是把山里当作冥府。有人信仰那须山中的汤屏山，身着素装进山朝拜。白衣就是寿衣呀！他们在人世时就想看一看自己死后的归宿。自古以来，进山修行与登山运动完全是两回事。

栃木县被海一样的山峦包围着。东是八沟山，北是那须山、鸡顶山，西是日光山、足尾山。每座山上都有修验道、古刹。实际上山里是他们精神的故乡。

对于日光山、那须山，不仅是我，栃木县人都怀着一种特殊的感情。小时候，儿童会、町之会、毕业旅行、家庭旅行，几乎都是去这两座山，不知去过了多少次。春暖花开时，盛夏酷暑时，红叶如丹时，白雪皑皑时，一年四季，都要上山。

登山时，内心有一种宗教的庄严感，好像把自己的历史镌刻在起伏的山岭上。人死后谁也不知道自己的去向，只能大致看一看而已。

日光、那须的山中，是死者灵魂聚集的地方。人都难免一死，最终都要到那里去。在这种深层的心理活动驱使下，从孩提时代起，人们就总进山。

人死后都想去一个美好的地方，在那里不知道要生活多久？日光、那须景色秀丽，四季分明，无疑是灵魂最理想的归宿地。

这是我——一个看着山长大的人的心情。我的生命可能就是从山里来的。为什么这样说呢？因为我看见山就激动，就觉得心旷神怡。我无法在看不见山的地方生活。当我身处高楼大厦林立的东京中心时，就坐卧不安，六神无主。

如果在我头脑清醒时就能明确知道自己的死期，我会回到故乡，像我来到这个世界时一样，望着山闭上眼睛。在山林中死去是幸福的。我生于山，死后也想回归山林。真的，我希望这样。

望着山而生者与望着海而生者是不同的，这就叫宿命。

生在枥木，这是命中注定的，不是我自己的选择，但想摆脱这种命运的安排是枉费心机的，所以我应当为自己的命运而感到高兴。

（陈喜儒 译）

青少纳言

清少纳言（约965—？），日本平安朝中期女作家。

清少纳言曾入宫任皇后的女官，她的随笔作品《枕草子》执等于她在宫中任职的时候。

作品记叙了她在宫中的所见所闻，为日本的散文文学奠定了基础。

大师谈风景

223

※ 四时的情趣

春天是破晓的时候最好。渐渐发白的山顶，有点亮了起来，紫色的云彩微细地飘横在那里，这是很有意思的。

夏天是夜里最好。有月亮的时候，不必说了，就是暗夜里，许多萤火虫到处飞着，或只有一两个发出微光点点，也是很有趣味的。飞着流萤的夜晚连下雨也有意思。

秋天是傍晚最好。夕阳辉煌地照着，到了很接近山边的时候，乌鸦都要归巢去了，三四只一起，两三只一起急匆匆地飞去，这也是很有意思的。而且更有大雁排成行列飞去，随后越看去变得越小了，也真是有趣。到了日没以后，风的声响以及虫类的鸣声，不消说也都是特别有意思的。

冬天是早晨最好。在下了雪的时候可以不必说了，有时只是雪白地下了霜，或者就是没有霜雪但也觉得很冷的天气，赶快生起火来，拿了炭到处分送，很有点冬天的模样。但是到了中午暖了起来，寒气减退了，所有地炉以及火盆里的火，都因为没有人管了，以致容易变成白色的灰，这是不大好看的。

※ 清凉殿的春天

在清凉殿的东北角，立在北边的屏风上，画着荒海图，并有样子很可怕的生物，什么长臂长脚的人。弘徽殿的房间的门一开，便看见这个，女官们常是且憎且笑。在那栏杆旁边，摆着个极大的青瓷花瓶，上面插着许多开得非常好的樱花，有五尺多长，花朵一直开到栏杆外面来。在中午时候，大纳言穿了有点柔软的樱的直衣，下面是浓紫的缚脚裤，白的下著，上边是浓红绫织得很是华美的出袿，到来了。天皇适值在那房间里，大纳言便在门前的狭长的铺着板的地方坐下来说话。

御帘里面，女官们穿着樱的唐衣，宽舒地向后边披着，露出藤花色或是棣棠色的上衣，各种可喜的颜色，许多人从半窗上的御帘下边，拥挤出去。其时在御座前面，可以听得见藏人们搬运御膳的脚步声以及嘘、嘘的警跸的声音。这样的可以想见春日悠闲的样子，很有意思。

过了一会儿，最后搬运台盘的藏人出来，报告御膳已经预备，主上于是从中门走进御座坐下了。大纳言一同进去，随后又回到插着樱花的地方落座。

中宫将前面的几帐推开，出来与大纳言面对面地坐在殿柱旁边，样子十分优美，侍候在左右的人觉得别无理由的非常可喜可庆。这时大纳言缓缓地念出一首古歌来：

　　　　日月虽有变迁，

　　　　三室山的离宫

　　　　却是永远不变。

　　这诗很有意思。的确同歌的含义一样，希望这情形能够保持一千年呀！

　　御膳完了，侍奉的人叫藏人们来撤膳，不久主上就又来到这边了。中宫说道："磨起墨来吧。"我因为一心看着天皇，所以几乎把墨从墨夹子里滑脱了。随后中宫再拿出白色的斗方叠起来道："在这上边，把现在记得的古歌，各写出一首来吧。"这样地对女官们说了，我便对大纳言说道："怎么办好呢？"

　　大纳言道："快点写吧。这是对你们说的，男人来参加意见是不相宜的吧。"便把砚台推还了，又催促道："快点快点！不要老是想了，难波津也好，什么也好，只要临时记起来的写了就好。"我不知道自己为什么会这样地畏缩，简直脸也红了，头脑里凌乱不堪。这时高位的女官写了二三首春天的歌和咏花的歌，该轮到我了，吩咐道："写在这里吧。"我就写下了藤原良房的《古今集》里的一首古歌：

　　　　年岁过去，身体虽然衰老，

　　　　但看着花开，

　　　　便没有什么忧思了。

　　只将"看着花开"一句，变换作"看着主君"，写毕送上去，中宫看了很是喜欢，说道："就是想看这种机智嘛，所以试试看的。"顺便就给讲了这个故事："在从前圆融天皇的时候，有一天对殿上人说道：'在这本册子上写一首歌吧。'有人说不善写字，竭力辞退，天皇说道：'字的巧拙，歌的与目前情形适合与否，都不成问题。'大家很是为难，但都写了。其中只有现今的关白，那时还是三位中将，却写了一首恋歌：

　　　　　　象在经常潮满时的海湾，

　　　　　　我是经常地、经常地

　　　　　　深切怀念着我的主君。

　　只将末句改写为'信赖着吾君'，便大被称赞。"

　　天皇这么说了，我惶恐得几乎流下冷汗来了。像我那首歌，因为自己年纪老了，所以想到来写，若是年轻人，未必能够写出吧。有些平时擅长写字的人，这一天因为过于拘谨了，所以也有写坏了的。

伊斯拉姆

纳兹鲁尔·伊斯拉姆（1899—1976），孟加拉作家，1921年发表成名作《叛逆者》。

其一生著作很多，主要有诗集《共产主义者》《毁灭》《毒笛》及散文集《时代之声》等。

※ 我的美

我的美首先化作短篇小说，款款走来；随即次第化作诗，化作情歌、乐曲、韵律和意蕴。有时走来也曾化作长篇小说、剧本或散文。它在诗集《彗星》《木犁》《人民之声》以及报纸《新时代》中显示了它的活力；化作革命和叛逆的呐喊，它具有湿婆那样狂飙般的豪迈气概。

我差点忘说了，先告别战场，身着军装，返回故乡之后，在哈克先生主编的《新时代》日报上发表了几篇文章，题目现在一时想不起来了；但在十五天之内，这家报纸的资金被全部没收了。

我写歌谱曲的那段日子，收入可观，并赢得荣誉、绚丽的花环和孟加拉青年的热爱。那时我只有二十五六岁。我闻名遐迩的主要原因，是在文学家和诗人中间，我第一个身陷囹圄，为抗议对政治犯的迫害，进行了长达40天的绝食斗争。强加到我头上的莫须有的罪名，使我饱受手铐脚镣的折磨和虐待。

当时，世界著名的诗人泰戈尔把他的剧本《春天》献给我，以示声援。胸前戴着他祝福的花环，我忘却了狱中的苦难和绝食造成的羸弱。只有他知道，他为什么如此关怀像我这样的普普通通的青年诗人，给我如此多的欢乐。出狱后，我不曾对他询问缘由，他也没有再谈起过。

今天，我才意识到，他右手送来的美的祝福，抚平了我这位囚徒的伤痛。他的剧本《春天》不光是献给我的，更是献给我的美的，献给与我的灵魂息息相关的崇高情谊的。

出狱后，广袤的孟加拉大地给我最亲密的美以无穷的花环、爱的檀香和亲情的炽热。整整八年，我的足迹遍布孟加拉的每个县，每个乡，每座村庄。为了祖国的独立，我经常参加群众集会，高唱爱国歌曲，慷慨激昂地发表演说。我第一次深深地爱上了故乡孟加拉，想起她是我的母亲。她深挚的慈爱的甘霖，无垠安详的天宇时深时浅的蔚蓝，赋予我的身心以恬静而豪放的韵律。祖国母亲身上，我看到内心美的奇妙显现。

我响应当时印度最杰出的领导人的号召，走遍了孟加拉的城镇、乡村。我与年轻人交往，把他们当作朋友，当作灵魂的亲人。他们也拥抱我，视我为兄弟和挚友。

但我过去和现在都没有成为领导人的奢望。我只感到，我学会了热爱平民百姓。我从来没有种姓和宗教方面的偏见。

我从不仇恨印度教徒。婆罗门也把我请到家里，一起用餐。从中我首次领略到了青春之美、友情之美。

不久，我的美渗透了辛酸。我的儿子化为淳朴娇憨之美，扑进我的怀里。他的肌肤蜡一般白皙，他心里充溢父爱的甜蜜和芳香。他像灵魂一样与我形影不离，我到哪儿他也到哪儿。他跟我撒娇，和我一起做游戏。我教他唱歌，他听两遍就会唱了。那时他只有三岁八个月。有天夜里，他对我说："月亮里一个小男孩一面吹笛子一面喊我。"刹那间，我的身心里涌起忧虑、惶恐和离愁的波涛，潸然而下的泪水漫湿了胸脯。那天深夜，他患上了可怕的天花，发起了高烧。这个来自天堂的孩子笑嘻嘻地返回了天堂。

我的美像阳光顷刻间熄灭了，它忍受不了我的悲恸，我的愉快、朗笑、歌声不知逃到哪里去了。这是我的伤悼之美。

我仰首发问："是哪位残酷者制造了这悲剧？为什么抢走我的娇儿？"悲痛中萌生了对造物主强烈的愤恨，这愤恨渐渐浓起，凝成无语的叛逆，凝成抗争，从我的周身喷发出来。四周响起鼓动的口号：去拼杀！去破坏！

但我从哪儿获得力量？哪条路上能遇见搏杀之美、毁灭之美？我苦苦思索。飘然而至的一位旅伴劝我："冥想吧，沉入冥想就能遇见。"

"何谓冥想？"我诧异地问。

他答道："思念并呼唤唯一的他。"

冥想之美第一次莅临。我有时喜欢有时不喜欢它。它常使我陷入迷茫。幻觉将我推进各种诱惑之中。

规劝者一本正经地说："我们是你的毁灭之美的动力。与我们同行，你能瞻仰造物主。你可以凭借我们的力量进行搏杀。"

跟随他们，我质朴的欢愉、旷达、青春的狂热，以及我写的歌词、乐曲和诗的情味仿佛全干涸了。

我拼命呼喊我的毁灭之美："你快来指路，指示你的路！"

好像谁在梦中劝告："念经文吧，读了经文中的箴言，你就能见到你的毁灭之美，见到在我之上的你的完美。"

我躬身施礼道："你难道在我的诗和其他作品中化为叛逆，化为革命的呐喊，显现于我的想象，我的意识之中？"

"是的，"他答道，"我是你的潜意识。"

他又用英语说了一遍，怕我不懂这个词的含义。

"我能再见到你么？"

"我在你的中间，我是你的朋友。"说完他隐逝了。

梦醒了。但我的血管里，我的细胞里，澎湃着梦境里欢乐的琼浆，有一种全身缠绕着亲人编的花条的感觉。

我偷偷地阅读《吠檀多》经文。霹雳和闪电之剑仿佛刺碎了我世界的天幕，我仿佛向高空升腾，遥遥地，我看见美的金光。

突然，一股挡不住的强大力量把我往下面推去，并责问我："疯子，不还母亲的债，不还祖国的债，你要去哪儿？"

我警告他："小心！我身上有毁灭之美！"

那强大的阻力一面蛮横地把我往下推一面说："那毁灭之美不是你这样的无知狂人，不偿还人世的债，印度的债，孟加拉的债，黎民百姓的债，你亲人和灵魂的债，你不能远遁。"

我怒气冲冲地说："难道你就是经文中描写的该受诅咒的撒旦？"

他笑道："是的，看到你能认出我，我很高兴。不读完经文，不还清我的债，你找不到造物主，你越不过我的障碍。"

我深切地感到，我的毁灭之美也爱莫能助。土地上的人又回到了土地上。凡世的深情像母亲一样泪流满面，紧紧地拥抱我。

这时来了一位我未见过面的朋友，他通过我的另一位勇于抗争的莫逆之交，给予我无可描述的觉悟。我重又热爱美丽的大地母亲，重又与她拥抱。

我满腔的悲愤渐渐平息了，我的蒙昧冰释了！我望着辽阔的孟加拉平原，望着印度，她正受着贫穷、匮乏和魔鬼的折磨，她的眼神和表情没有一丝欢悦，四肢无力，全身是贫穷的妖魔鞭笞的伤痕。我大声吼道："我不要梵天，不要真主，不要上帝！他们真的存在的话，请他们露面！只要披枷带镣的母亲摆脱不了魔鬼的迫害，恢复不了秀丽的容颜，我就没有自由。"

那暴戾的阻力听了哈哈大笑。

"你这是演戏。"我愤怒地说。

"在你面前，"他正色道，"我这是第一次真笑，不是表演。"

突然，高空袭来夹持着乌云的风暴。湿婆敲击长鼓似的隆隆雷声，龙女投射的灼灼电光，在我身心内外掀起狂欢的波涛，化为我喉咙里奔泻的歌声。

昭示毁灭之美的风暴来了！

"你是谁？"我高声问道。

立刻传来平静而温和的回答："我是毁灭之美的友人。"

"你已离我而去，"我又问，"为什么又返回？"

他拥抱着我的灵魂，滔滔不绝地说："你想伤害造物主和你的母亲，你想一死了之，我不得不夺下你的双刃刀。所幸的是，你恢复了知觉，今天在你身上看见了造物主。从万物，从凡世，从蓝天、空气，从香花、甜果，从肥沃的土地、清凉的河水、散布惬意的和风，你看见了你那绽露的创造之美！

"今天作为你的朋友，我为你带来了终极的完满，终极的安逸，终极的自由的福音。这世上你将与他合二为一。在这之前，你应该完美这丑陋的世界，铲除各种不平等和等级差别。你应该在人世间证明，人是他创造的尤物。之后，才有终极的娱乐和遨游，才有陪伴你的美。"

我大叫一声"我什么都不怕"，接着恳求道："那么，朋友，请给我那柄双刃刀，给我革命的号角，给我消灭妖魔的三叉戟和长鼓，给我刮起风暴的风帆，给我孟加拉逊德尔大森林里的虎皮，在我的额上描一颗耀眼的光痣，为我的发髻装饰新月的微笑，给我第三只眼，让我第三只眼具有消灭魔鬼的神力，让我吞尽世界的毒鸩，让我也有美丽的青颈，给我戴上闪电的花环，给我双足以舞王狂舞的韵律。"

毁灭之美的友人面带笑容："你将获得这一切，世上没有你得不到的东西。请稍等几天。你想过没有，你出于怨恨的反叛，给你造成多大的损失。你在布满蒺藜的泥泞道路上行走，伤痕累累，筋疲力尽。你的不完美臻于完美时，毁灭之美听不见的福音，像花一样谢落在你的作品之中。"

"但愿如此！"我兴奋地说。

毁灭之美也附和道："甚好，甚好，我也希望如此！"

（白开元 译）

邦达列夫

尤里·瓦西里耶维奇·邦达列夫（1924— ），俄罗斯作家。

卫国战争时期当过炮兵中尉，因反映卫国战争题材的中篇小说《营请求炮火支援》和《最后的炮轰》而被称为写"战壕真实"派和"前线一代"的代表作家。

大师谈风景

233

※ 美的真谛

人如同感知般地对大自然的反映是否就是美的真谛？

我在想，我们的地球，这宇宙中鲜花盛开的神奇花园，连同它的日出日落，空气清新的早晨，星光闪烁的夜晚，冰冻的严寒，炎热的太阳，连同它全部的光明，凉快的阴影，7月的彩虹，夏秋的薄雾，雨水和白雪——我想象，我们这个地球无可补救地变成了无人的荒寂。好吧，请想象一下：在地球上再也没有人——

在城市的石头走廊上，在荒野的草地上，到处只是一片沙沙作响的空旷；没有一点人声、笑声，甚至也没有一声绝望的喊叫来打破这沉寂。

在这空无一人的冰冷的寂静中，我们美丽的地球立即就失去了作为宇宙空间里人类之舟和尘世俗地的最高意义，并且它的美一下子就丧失殆尽，消失得无影无踪。因为没有了人，美也就不能在他的身上和意识里反映出来，不能被他所认识。那么美又对谁而言？对何而言？

美不能像精确的思维和细致的理智一样能自我认识。美中之美和为美而美是毫无意义的，是荒谬的和不现实的。事实上这就像为理智的理智一样，在这种消耗性的内省中没有自由的竞争，没有吸引或排斥，没有活的呼吸，因而它注定要死亡。

美必须要有反映，要有明智的评价者，有善良或赞赏的旁观者。须知美感——这是对生活、爱和希望的感受——是对永生的臆想和信心，会唤起我们生的愿望。

美与生命连在一起，生命与爱连在一起，而爱则和人类连在一起。一旦这些联系的纽带中断，大自然中的美就会和人类一起灭亡。

死亡的地球上最后一位艺术家所写的书，尽管它充满了最富有天才的和谐的美，至多也只是一堆废纸和垃圾。因为书的目的不是对着虚无喊叫，而是在另一个人心灵中引起反应，是思想的传递和感情的转移。

汇集了全部美的世界上所有的博物馆，所有的绘画杰作，如果离开了人类，看起来就像是一些可怕的、五颜六色的破板棚。

没有人类，艺术的美会变得乖戾丑陋，就是说变得比自然的丑更无法忍受。